[美] 赛珍珠(Pearl S. Buck) 著
王逢振 译

大地三部曲

大地

Pearl S. Buck
The Good Earth

湖南文艺出版社 博集天卷
·长沙·

一

这天是王龙结婚的日子。清早,床上挂着的帐子里还黑漆漆的,他睁开眼睛,想不出这天和往日有什么不同。房子里静悄悄的,只有他年迈的父亲微弱的咳嗽声。他父亲的房间在堂屋的另一头,与他的房间对着,每天早晨,他首先听到的便是父亲的咳嗽声。王龙常常躺在床上听着他父亲咳嗽,直到听见父亲的房门吱的一声打开,咳嗽声渐渐近了时才挪动身子。

但这天早晨他不再等了。他一跃而起,拉开床前的帐子。

这是个朦胧的、天色微红的黎明,风吹动着窗户上一格撕破的窗纸,透过小小的方孔,露出一片红铜色的天空。他走到那个方孔附近,把窗纸撕了下来。

"春天来了,不要这个了。"他低声说。

他不好意思大声说在这个日子房子要弄得整洁一些。那窗孔并不很大,刚好能把手伸出去,感受一下外面的空气。一阵柔和的微风从东方徐徐吹来,透着湿意。这是个好兆头。田里的庄稼正需要雨水。这天不会有雨,但如果这样的风继续吹下去,几天内便会下雨。下雨可是件好事。昨天他曾对父亲说,如果烈日曝晒、久晴不雨,小麦就不会灌浆了。现在,好像老天爷拣了这个日子来向他祝贺,大地会有好收成的。

他匆匆走到堂屋,边走边把他蓝色的外裤穿好,系紧蓝布腰带。他光着上身,把洗澡用的热水烧好。他走进挨着住屋的灶间,这是他们的厨房。在黑黝黝的门边,一头牛摇动着它的脑袋,低声地招呼着他。厨房和住屋一样用土坯盖成——土坯是用从他们自己田里挖的土做的,盖着自家的麦秸。他祖父年轻时用自己田里的土砌了一个灶,做饭使用多年,现在已烧得又焦又黑。灶上面,放着一口又深又圆的铁锅。

王龙用勺子从旁边的瓦罐往锅里添了半锅水。水是珍贵的,他舀得非常小心。然后,他犹豫了一下,突然把瓦罐提起,一下子把水全倒在锅里。这天他要把整个身子都洗洗。从他还是个在母亲膝上的小孩时起,谁都没有看见过他的整个身子。今天有人要看见,他要把身子洗得干干净净的。

他绕着锅台走过去,从厨房的墙角拣了一把干草和稻秆,细心地放到灶口里面,不让它们露在外边。然后,他用一个旧火石打着火种,塞进干草里面,火苗便蹿了上来。

这是他必须烧火的最后一个早晨。自从六年前他母亲死后,每天早晨他都要烧火。他烧火煮开水,把水倒进碗里端到他父亲的房间;他父亲坐在床边,一边咳嗽一边在地上摸着穿他的鞋子。六年来,每天早晨,老人都等着儿子把开水端来减轻他的晨咳。现在父亲和儿子都可以歇下来了。有个女人就要进门了。王龙再也不用无论冬夏都得一大早起来烧火。他也可以躺在床上等着,也会有人送开水来,如果年终的收成好,开水里还会放几片茶叶。每隔几年总会有个好收成的。

而且,如果那女人累了,还会有她的孩子们烧火,她会为王龙生养很多的孩子。王龙停下来,呆呆地想着孩子们在三间屋里跑进跑出的样子。自从他母亲死后,三间屋子对他们来说总显得太多,有一半空着。他们一直不得不抵挡人多房少的亲戚——王龙的叔叔,他有一大群孩子,常对他们说:"现在两个单身汉哪能需要这么多屋子?父子俩不能睡在一起?年轻人身上的热气会使老人的咳嗽好些的。"

但他父亲总是回答说:"我的床给我的孙子留着。等我老了,他会暖我的骨头。"

现在就要有孙子了,而且还会有重孙!他们要在堂屋里靠墙搭床。屋子里满是床。当王龙想着在半空着的房子里放张床的时候,灶里的火灭了,锅里的水也凉了下来。这时老人的身影出现在门口,身上披着衣服。他边咳边吐,喘着说:"怎么还不把开水拿来润润我的肺脏呢?"

王龙望望他,收回心,有些不好意思。

"柴草湿了,"他从灶后说,"潮气太大。"

老人不断地咳嗽,等到水开了才停下来。王龙把开水舀到碗里,然后,过了一会儿,他打开放在灶台边上的一个发亮的小罐子,从里面拿出十来片卷曲的茶叶,撒在开水上面。老人贪婪地睁大眼睛,但立刻抱怨起来。"你怎么这样浪费呢?喝茶叶好比吃银子呀!"

"今天是娶亲的日子,"王龙笑了笑答道,"喝吧,喝了舒服一些。"

老人用干瘪结节的手指抓着碗,咕咕哝哝有些抱怨。他看着卷曲的茶叶在水面上展开,舍不得喝这贵重的东西。

"水要凉了。"王龙说。

"对——对。"老人慌忙说,然后大口大口地喝起热茶。他像小孩子抓住了吃的东西,高兴得跟什么似的。但他并没有把什么都忘了,他看见王龙正毫不顾惜地把水从锅里舀到一个深木盆里。他抬起头,盯着他的儿子。

"这么多水,浇稻谷都够了。"他突然说。

王龙继续舀水,一直舀到完都没有回答。"喂,说你呢!"他父亲大声吼道。

"过了年后我都还没有洗过澡。"王龙低声说。

他不好意思对他父亲说,他想让女人看到他的身子是干净的。他匆匆忙忙把澡盆端到自己屋里。门挂在翘曲了的门框上,已经松得关不严实。老人跟着走进堂屋,把嘴对着门缝大声地喊叫:"刚有女人就这样不好——早晨开水里放茶叶,还这样洗澡!"

"难得就这一天,"王龙大声说,接着他又补上一句,"洗完了我把水倒到地里,不是全都利用了。"

老人听了这话便不再作声,于是王龙解开腰带,脱掉了衣服。墙上的窗户射进一道方形的光束,王龙在冒着热气的水里拧了一把小毛巾,使劲地擦洗他那瘦长褐色的身子。尽管他觉得天气暖和,但身子湿了后就有些冷,因此他加快速度,不停地用毛巾往身上撩水,直到他浑身都冒起淡淡的热气。然后,他走近原先他母亲用的箱子,从里面取出一套新的蓝布衣服。这天他不穿棉衣也许有点冷,但他突然觉得不能把那些衣服穿到他刚刚洗净的身上。他的棉衣表面又破又脏,棉絮从破洞里露出来,又黑又潮。他不想让这个女人第一次看见他,就穿着露出棉絮的衣服。以后她一定会洗会补,但不能第一天就这样。他在蓝布衣服外面,罩上一件同样布料的长衫——他唯一的一件长衫,只在逢年过节才穿,一年也只穿十来天。随后他很快地用手指解开垂在背后的辫子,从破桌的小抽屉里拿出一把木梳,开始梳理他的头发。

他父亲又走近他的房间,把嘴对着门缝。

"难道今天我不吃饭了?"他抱怨说,"到我这个年纪,身子骨早晨都是虚的,非得吃些东西才行。"

"我这就去做。"王龙说。他迅速把辫子编得整整齐齐,还在发辫中间编进一条带穗的黑丝绳。

随后他脱掉长衫,把辫子盘在头上,端着那盆洗澡水走了出去。他差不多把早饭给忘了。他一般都煮玉米粉粥给他父亲,而自己不吃。他摇摇晃晃把澡盆端到门口,把水倒进最近的地里。这时他想起自己为了洗澡已经把锅里的水用光了,他还得重新生火。于是心里升起一股火气。

"这老头子就知道吃喝。"他对着灶口低声说。但他也没有大声说什么。这是他必须为老人做饭的最后一个早晨。他从门旁边的井里打了一桶水,往锅里舀了一些。不一会儿水就开了,他在里面煮了玉米粉,然后端给老人。

"今晚我们吃米饭,爹,"他说,"喏,给你,玉米粉粥。"

"筐里只剩一点米了。"老人一边说,一边坐在堂屋的桌子旁边,用筷子搅着稠糊糊的黄粥。

"那在清明节就少吃一些。"王龙说。但老人没有听见,他正在呼噜呼噜地端着碗喝粥。

然后王龙走进自己的房间,穿上蓝长衫,放下辫子。他用手摸摸剃过的头,又摸了摸脸。也许最好再剃一剃。太阳几乎还没有出来。他可以穿过有剃头匠的那条街,先剃个头,再到那女人等他的那家人家。钱够的话,他就去剃。

他从腰带上取下一个油腻腻的灰布小荷包,数了数里面装的钱,六块银圆、两把铜板。他还没有告诉父亲,今天晚上他已经请了一些朋友来吃饭。他请了他的堂弟,也就是他叔叔的儿子,为了他父亲的面子还请了他叔叔,另外还请了三个同村的邻居。他打算早上从城里买点肉、一条塘鱼和一把栗子。他也许买些南方的竹笋和牛肉,和自己菜园里种的菜一起烧。但这要看买了豆油、酱油之后有没有余钱。如果他剃了头,也许就买不成牛肉了。不过,头总是要剃的,他突然拿定了主意。

没跟老人说什么,他一清早就去了。虽然天还是暗红色的,可是太阳正爬上天边的云端,照着成长中的麦叶,上面的露珠闪闪发光。王龙是农民,一时高兴,便弯下腰来察看刚抽出的麦穗。麦穗还空着,等着下雨。他嗅嗅空气,不安地望着天空。雨是有的,隐藏在云际,浓重地压在风上面。他要买一束香,烧给小庙里的土地爷。在今天这样的日子,他会这么做。

他沿着田间弯弯曲曲的小路走着。不远的地方矗立着灰色的城墙。在他就要穿过的城门里边,坐落着黄家大院,那个女人从小便是黄家的使唤丫头。有人说："娶个大户人家的丫头还不如打光棍呢。"可是当他对父亲说"我真的就娶不了女人吗"时，父亲回答道："日子这么难过，娶亲花费那么多，个个女人没过门就要金戒指、绸衣裳，穷人家只能讨个丫头。"

当时他父亲就开始在心里留意着，跑到黄家去问有没有要外嫁的丫头。

"丫头不要太年轻，也用不着好看。"他说。

王龙当时就因为她准不会好看而闷闷不乐。老婆好看，他脸上有光。别的男人都会跑来祝贺。他父亲看到他那不高兴的脸色，对他喊道："要好看的女人干什么？我们要的女人得会管家，会生孩子，会干田里的活，好看的女人会干这些事？她会总想着穿什么样的衣裳来配她的脸蛋！在我们家，那可不行。我们是庄稼人。再说，谁听说过有钱人家的漂亮丫头会是个黄花闺女？那些少爷早把她玩够了。讨一个丑老婆比漂亮老婆好得多。你想想看，漂亮女人会觉得你这庄稼人的手同阔少爷柔软的手一样舒服？你那晒黑的脸跟玩她的小白脸一样漂亮？"

王龙知道他父亲说的是对的。不过，他还是要争一下。他激烈地说道："反正脸上有麻子的、缺嘴唇的，我都不要。"

"那我们会看看她是什么样子的。"他父亲答应说。

其实，那个女人既不是麻子脸，也不缺嘴唇。他就知道这么多，其他的一无所知。他和父亲买了两枚镀金的银戒指和一副银耳环，父亲把这些东西拿给了那家主人，作为定亲礼。除了这点，对将要嫁给他的那个女人，他什么都不知道，他只知道这天他可以去把她接过门。

他走进阴森灰暗的城门。脚夫挑着大大的水桶,整天进进出出,水从桶里溅出来,洒在石头路上。在厚厚的砖土城墙下面,城门洞里总是湿漉漉的,甚至夏天也非常阴凉。所以卖瓜的人常常把瓜果摆在石头上,让切开的瓜果吸收潮湿的凉气。因为季节尚早,还没有卖瓜的,摆在两边的是一篮篮小硬桃,卖桃子的小贩正高声喊叫:"新上市的鲜桃——刚上市的鲜桃!买桃呀,吃了清火消气啦!"

王龙自言自语说:"她要是喜欢吃青桃,回来我给她买一把。"他想象不出,当回来走过城门时,有个女人跟在他后面会是一副什么样子。

他进了城门往右拐,不一会儿就到了"剃头街"。几乎没有什么人像他这样早进城,只有一些昨天晚上挑了蔬菜进城的农民,他们想在早市上把菜卖掉,再赶回去做地里的活。他们颤颤抖抖缩着身子,睡在菜筐旁边,现在,他们脚边的菜筐已经空了。王龙躲着他们,唯恐有人认出他来,他不想让人在这个日子开他的玩笑。整条街上,一长串剃头匠站在他们的剃头担子后面,王龙走到最远处的一个,往凳子上一坐,招呼正在和邻人聊天的剃头师傅。剃头师傅立刻转过身来,很快从木炭盆上拿起壶来往铜脸盆里倒热水。

"全套?"他用一种行家的语气问。

"剃头刮脸。"王龙回答。

"不修耳朵和鼻眼?"剃头师傅问。

"要加多少钱?"王龙小心地问。

"四个钱。"剃头师傅说,开始在热水里投洗一块黑乎乎的手巾。

"我给你两个吧。"王龙说。

"那就修一只耳朵和一个鼻眼,"剃头师傅立刻答道,"你想修哪一边的呢?"他一边说一边向旁边的剃头匠做了个鬼脸,那个剃头匠禁不住大笑起来。王龙看出自己受到人家的嘲笑,有某种说不出的心情,觉得自己不如这些城里人,哪怕他们只不过是剃头的,是最下等的人。于是他赶忙说:"随你好了,随你好了。"

然后他就让剃头师傅打肥皂、揉搓、剃刮。剃头师傅还算大方,他没有额外收钱,给王龙揉肩捶背,宽松宽松他的肌肉。他边给王龙刮前额边说:"现在时兴剪辫子。"

他的剃刀紧擦着王龙头顶上的发圈刮来刮去,王龙忍不住喊道:"没问我爹,我可不能把辫子剪掉!"

于是剃头师傅哈哈大笑,修齐了他头顶上的发边。

剃完头,把钱数到剃头师傅又皱又湿的手里,王龙感到一阵害怕。这么多钱!不过,一回到街上,清风拂着他刮过的头皮,他便对自己说:"就这么一次。"

然后他走到市场,买了两斤猪肉,看着屠户用干荷叶把肉包好,他想了一想,又买了六两牛肉。这些东西买好之后——包括在架子上颤动的两块新鲜豆腐——他走到一家香烛店,买了两炷香。随后,他带着羞怯的心情向黄家大院走去。

刚到黄家门口,他就恐慌起来。他怎么一个人到来呢?他应该请个人陪他一起来,他父亲、他的叔叔、他最近的邻居老秦,谁都行。他以前从来没有进过大户人家的门。他怎么能拿着办喜酒的东西进去说"我来接一个女人"？

他站在大门口看了好久。门紧闭着，两扇漆黑大门，边上框着铁皮，钉满铁钉。两头石狮子一边一个，守在门口。一个人也没有。他转身走开。他没法进去。

他突然觉得有些发晕。他要先去买点吃的。他还没吃一点东西——忘了。他走进街上的一个小馆，在桌上放了两枚铜钱，坐了下来。一个肮脏的，系着油腻发亮黑围裙的小伙计走到他身边，他叫道："两碗面条！"面端上以后，他用竹筷子把面条挟进嘴里，大口大口吞了下去，那个伙计站在一边，用拇指和食指转动着铜板。

"还要吗？"伙计无所谓地问道。

王龙摇摇头。他坐直身子，四处望望。在这个又小又暗摆满桌子的拥挤屋子里，没有一个他认识的人。只有几个人坐着吃饭喝茶。这是个穷人吃饭的地方，跟那些人一比，他显得干净整洁，像个有钱人。一个乞丐走过来向他哀讨："发发善心吧，先生，给一点小钱——我饿得慌啊！"

王龙以前从来没有碰到过乞丐向他乞讨，也没有人叫他先生。他觉得高兴，向乞丐的碗里扔进两个小钱，也就是一枚铜板的五分之一，那个乞丐迅速缩回他的"黑爪子"，抓住小钱，摸索着放进他的破衣裳里。

王龙坐在那里，太阳已经升起来。伙计不耐烦地闲走着。"你要不再买什么，"他终于不客气了，"就付板凳的钱。"

王龙为他这般无礼感到愤慨，本想发作，但是想到要去黄家大院接女人，他浑身冒汗，就像在地里干活似的。

"给我拿碗茶来。"他有气无力地对伙计说。他还没来得及转身,茶就来了,小伙计尖声说:"钱呢?"

王龙吃了一惊,但是毫无办法,只好从腰间再掏出一枚铜板。

"抢劫。"他咕咕哝哝地说,心里极不乐意。这时,他看到他邀了吃喜酒的一个邻居走进店来,便忙把铜钱放在桌上,一口气把茶喝完,匆匆忙忙从侧门溜了出去,又回到街上。

"总得去啊。"他无可奈何地自言自语,慢慢地向黄家大门走去。

这时已经过了中午,大门打开了。看门人懒洋洋地坐在门槛上,他刚吃过饭,正在用竹签剔牙。他是个高个子,左脸上有颗大黑痣,长着三根长长的黑毛,从没剪过。王龙走上前去,看门人从篮子猜想到王龙是来卖什么东西的,便粗声喊道:"喂,干什么的?"

王龙很吃力地回答说:"我是王龙,种田的。"

"噢,种田的王龙,什么事?"看门人又问。除了他老爷太太的阔朋友,他对谁都不客气。

"我是来……我是来……"王龙结结巴巴地说。

"我看得出来。"看门人装作耐心地说,捻搓着他黑痣上的长毛。

"有个女人。"王龙说,他的声音低得像耳语似的。在阳光下,他脸上冒出汗来。

看门人哈哈大笑。

"这么说你就是那个男的了,"他大声说,"今天叫我在这里等新郎。可是你胳膊上挂着篮子,我不知道你就是新郎。"

"这是买的一点肉。"王龙抱歉地说,等着看门人把他带进去,看门人却不动。最后王龙不安地问:"是不是我一个人进去?"

看门人装出可怕的神气:"老爷会要你命的!"

他看到王龙太天真,便说道:"拿进门钱来。"

王龙终于明白这人是想向他要钱。

"我是个穷人。"他乞求地说。

"让我看看你腰里有什么东西。"看门人说。

天真的王龙真的把篮子放在石阶上,撩起大衫,从腰里掏出钱包,把买东西剩的钱抖在左手里。这时看门人露出了笑脸。王龙还剩一块银圆和十四枚铜板。

"就要这块银圆。"看门人冷冷地说。王龙还没来得及说话,那人已经把钱放进袖子,快步走进大门,边走边喊:"新郎到——新郎到!"

王龙尽管对刚才的事情感到气愤,却对大声通报他的到来感到惶恐,他无可奈何,提着篮子,目不斜视地跟了进去。

他这是第一次到一个大户人家的家里,事后却什么也记不起来。他脸上发烧,低着头,走过一间又一间的院子,只听得前面有声音呼喊,四下里发出咯咯的笑声。他仿佛走过了近百个天井,突然,看门人不再喊叫,默默地把他推进一间小客厅。他一个人站在那里,看门人走进里面,过了一会儿转回来说:"太太叫你去。"

王龙正要往前走,看门人把他挡住,厌恶地喊道:"你不能提着一篮子猪肉和豆腐——去见一个尊贵的人!你怎么行礼呀!"

"对——对。"王龙激动地说。但他不敢把篮子放下,唯恐篮子里的东西给偷了。他不会想到世界上并不是人人都想要这些东西:两斤猪肉、六两牛肉和一条小鱼。看门人看出他的心思,非常蔑视地叫道:"像我们这种人家,这种菜只配喂狗!"他抓过篮子,放在门后,把王龙推向前去。

他们走过一条狭长的走廊,走廊的柱子雕画精致,然后走入一个王龙从未见过的大厅。这厅又宽又高,像他自己那样的房子,二十间装进去都显不出来。他只顾惊奇地仰望上面的雕梁画栋,差一点绊倒在高高的门槛上,幸亏看门人抓住他的胳膊,大声喊道:"你要这么礼貌地在太夫人面前磕响头吗?"

王龙非常羞愧,他定了定神,看看前面,在屋子中央的一个上座,倚着一个年迈的老太太,小巧的身子穿着闪亮的灰色缎袄,旁边矮凳上放着烟灯和一根正在燃着的烟枪。她用细小锐利的黑眼睛看着他。在她瘦削、布满皱纹的脸上,眼睛凹陷而又锐利,像是一双猴子眼睛。那只拿着烟枪头的手的皮肤,裹着纤细的骨头,圆滑而呈黄色,好像镀了金一般。王龙跪下,头碰在瓷砖地上。

"让他起来,"老太太庄重地对看门人说,"不必行礼了。他是来领女人的吗?"

"是的,太夫人。"看门人回答。

"为什么他自己不说?"老太太问。

"他是个傻子,太夫人。"看门人说,捻着他黑痣上的长毛。

这话惹急了王龙,他愤怒地望了望看门人。

"我只不过是个粗人,尊贵的太夫人,"他说,"这种场合我不知讲什么好。"

老太太庄重仔细地打量着他,似乎正要说话,可是一只手抓到丫鬟给她装好的烟枪,好像一下子全把话给忘了。她俯下身,端着烟枪拼命吸了一阵,她敏锐的眼神不见了,一层惘然的薄雾蒙上了她的眼睛。王龙仍然站在她的面前,她的眼睛瞟过来,看见了他的身影。

"这人在这儿干什么?"她突然发脾气。好像她已经把什么事都忘了。看门人脸上毫无表情,一句话也没说。

"女人?什么女人——"老太太又开始说话,她身旁的丫鬟弯下身低声提醒了她。她想起来了:"啊,是的,我一时忘了—— 一件小事——你是来领阿兰丫头的。我记得答应过要把她嫁给一个庄稼人。你就是那个庄稼人吗?"

"我就是。"王龙回答。

"快把阿兰叫来。"老太太吩咐她的丫鬟。她突如其来像是要赶紧把这件事了结,好让她一个人在大屋子里静静地抽她的大烟。

不一会儿,丫鬟回来了,领来一个高大结实的女人,那女人穿着一身干净的蓝布衣服。王龙看了一眼便把眼睛转开,心怦怦地跳着。这就是他的女人。

"过来,丫头,"老太太不在意地说,"这个人是来领你的。"

那女人走到老太太面前,低着头,合手站在那里。

"你准备好了吗?"老太太问。

那女人慢慢地回答:"准备好了。"

王龙第一次听到她的声音,他趁她站在他前面,看了看她的背影。她的声音很好——不尖，不娇，朴实，脾气不错。她的头发整齐光滑，衣服也干净。但有一点失望，她的脚没有缠过。但他来不及细想，老太太正跟看门人说话："把她的箱子搬到大门口，让他们走吧。"

她叫过王龙说："你站到她身边去，听我说。"等王龙走上前去，她说："这女人来我家时，还是个十岁的孩子，她一直住在这里，现在已经二十岁。我是在一个荒年买下她的，那年她父母没有饭吃，逃荒来到南方。他们原籍在山东北部，接着回那里去了，后来就没有听到过他们的消息。你看得出来，她身体强壮，脸也端正。她会在地里帮你干活、打水，做你想让她做的一切。她长得不算漂亮，但你不需要漂亮的女人。没事干的男人才要漂亮女人来寻欢作乐。她也不算聪明。可是你叫她做什么，她都做得很好，脾气也好。我清楚，她还是个黄花闺女。她不够漂亮，即使她不当厨房丫头，也不会叫我的儿孙们动心。要是有什么事，也只会是个男仆。可是院子里有这么多漂亮丫头随便走动，我想不会有谁看上她的。把她带走吧，好好待她。她有些迟钝，可是她是好丫头，要不是我在庙里许了愿，年纪大了，要积些功德，多放生，我还不放她走呢，她在厨房里做得不错。不过，如果有人要我的丫头，我就把她们嫁出去，老爷们是不要的。"

她又对那女人说："听他的话，给他生儿子，多给他生几个。把头生儿子抱来给我看看。"

"好的，太夫人。"那女人顺从地说。

他们犹豫不定地站着，王龙觉得非常难受，不知道该不该说话，也不知该说些什么。

015

"好了，走吧，你们走吧！"老太太不耐烦地说。王龙慌慌忙忙地鞠了躬，转身走出去。那女人跟在他后面，她后面是看门人，肩上扛着她的箱子。他把箱子放在王龙转回来找篮子的那个过厅里，不肯再往前扛了，他连一句话也没说就走了。

然后王龙转向那女人，第一次面对面看她。她的脸方方的，显得很诚实，鼻子短而宽，鼻孔黑黑大大，她的嘴也有点大，就像脸上的一条又深又长的伤口，两眼细小，暗淡无光，充满了某种说不清楚的悲凄。这是一副惯于沉默的面容，好像想说什么但又说不出来。她耐心地让王龙端详自己，既没有不好意思，也没有什么反应，一直等到王龙把她看了个够。他看见她的脸确实一点也不漂亮——一张平凡、耐心、黑乎乎的脸。不过她的黑皮肤上没有麻子，嘴唇也不缺。在她的耳朵上，他看到了他给她买的那副银耳环——她的手上戴着他给她的戒指。他转过身去，暗暗兴奋。是啊，他有了女人啰！

"这只箱子，还有篮子。"他粗声粗气地说。

她弯下身，一句话没说，提起箱子的一头，把箱子扛到自己肩上，箱子很重，她挣扎着想站立起来。他望着她，突然说道："我来拿箱子。你拿篮子。"

于是他把箱子扛到自己背上，顾不得他穿着最好的长衫。她仍然没有说话，把篮子提了起来。他想起他走过的上百间院子，想起他扛箱子的怪样子。

"要是有个边门就好了。"他低声说。她想了一会儿后点了点头，好像一时没有明白他说的是什么。然后，她带路穿过一个荒废的小院，院子里长满杂草，水池子也干了，还有棵弯弯的松树，树下有一扇陈旧的圆门,她拉开门闩,他们出了门走到街上。

有一两次他回过头看她。她跟随他走着,一双大脚走得很稳,好像她这辈子一直跟着他走似的。宽大的脸上没有表情。在城门那里,他有些犹豫地停了下来,一只手在腰里摸索他剩下的铜板,另一只手把肩上的箱子扶稳。他掏出两枚铜板,买了六颗小的青桃。

"拿着桃子,你吃吧。"他闷闷地说。

她像个孩子似的贪婪地抓住那些桃子,把它们攥在手心里,一句话也没说。他们沿水田田埂走着,他再次看了看她,她正在一点一点啃着桃子,但当她发现他瞧着她的时候,她又把桃子攥在手里,下巴也不动了。

他们就这样走着,一直走到了村西边的土地庙。这座小土地庙,只有一个人的肩那么高,灰砖盖的,顶上铺了瓦片。王龙的祖父以前在这块地上耕作——现在王龙自己也靠它过日子——是祖父用手推车从城里推来砖盖了这座小庙。庙墙外面抹了灰泥,有一年收成好,他雇了画匠在白灰泥墙上画了一幅有山和竹子的风景图。但是经过几代雨水冲刷,现在只剩下模糊的、羽毛似的竹子了,原来画的山差不多全看不见了。庙里坐着两尊严肃的小神像,他们是由庙周围的泥土塑成的,在屋顶下受到很好的保护。两尊神像是土地公公和土地婆婆。他们披着用红纸和金纸做的衣服,土地爷还有用真头发做的稀疏下垂的胡须。每年过年,王龙的父亲都买些红纸,细心地为这对神像剪贴新的衣服。因为年年雨雪飘、日头照,他们的袍子毁坏了。

这年刚开始不久,他们的衣服还是新的,王龙对他们漂亮的外观感到骄傲。他从女人手里拿过篮子,小心地在猪肉下面找他买的香。他唯恐香折断了,弄得不吉利。幸好香都完好无损。他把香找出来后,把它们并排插在神像前的香灰里,那是别人烧香时积起来的。所有的邻居都供奉这两尊小神像。然后他摸出打火石和铁片,用一片干树叶引火,燃起火来点着了香。

王龙和他的女人双双站在土地神前。女人看着香头烧红后变成了香灰。香灰太重时,她俯过身去,用手指把香灰弹掉,她好像为自己的举措感到害怕,扫了一眼王龙,眼神迟钝。可是她看得出来,他喜欢她这样做,这似乎说明她觉得那些香是属于他们俩的。这就是结婚的时刻。他们肩并肩,一声不响地站在那里,看着香烧成了灰烬。太阳渐渐沉下去,王龙又扛起箱子,他们向家里走去。

老人站在家门口,最后一缕阳光晒在他身上。当王龙和女人走近时,他站着没动。他要是注意她,就失了他的身份。他装着兴致勃勃地看云彩,大声说:"新月左边那块云是雨云。最迟明天夜里就会下雨。"

他看见王龙从女人手里接过篮子,喊道:"你花钱了。"

王龙把篮子放到桌上。"今晚有客人。"他简短地说,然后把箱子扛进他睡觉的屋子,放在他自己放衣服的箱子旁边。他好奇地望着它。老人走到门口,又唠叨说:"成个家就没完没了地花钱!"

他暗暗高兴儿子请了客人,但他觉得在新儿媳妇面前花了钱,不埋怨几句不行,不然的话,她可能一开始就会乱花钱。王龙没有说话,他走出去把篮子拿进厨房,那女人也跟了进去。他把吃的一样一样从篮子里拿出来,放在冷冷的锅台上,对她说:"猪肉、牛肉和鱼,一共有七样吃的。你会做菜吗?"他对女人说话时并没有望着她,那不合适。女人用呆板的声音回答说:"自从进了黄家,就做厨房丫头。黄家顿顿都有肉。"

王龙点点头,把她留在厨房里,直到客人们拥进来才重新见她。客人当中有他的叔叔,人虽精神却狡猾贪嘴;他叔叔的儿子,一个十五岁的毛孩子;还有一些老实羞怯地笑着的农民。有两个是村里的人,王龙经常与他们交换种子,收割时互相帮忙。还有一个是他的近邻,姓秦,身材矮小,人很沉静,除非万不得已总不愿开口讲话。

客人们为座次让来让去,等他们在堂屋里坐定之后,王龙走进厨房,叫女人上菜。他很高兴,因为她说出这样的话:"最好我把菜递给你,你端出去。我不想在男人跟前露面。"

王龙心里非常得意,因为这女人是他自己的,她不怕见他,但不愿见别的男人。他在厨房门口从她手里把菜接过来,端到堂屋的桌上,大声招呼说:"吃吧,叔叔、阿弟。"

当他爱开玩笑的叔叔说"不请我们看看新嫁娘吗?"时,王龙坚定地答道:"我们还没有成亲,她不好意思出来见大家。"

他劝客人们尽量吃,他们便欣然吃起那些好吃的东西,吃得很开心,不怎么讲话,但有人赞扬红烧鱼做得好,也有人称赞猪肉好吃,而王龙则一遍又一遍地回答说:"菜不好,做得也不好。"

不过他心里却对那些菜感到满意,那女人烧肉,配上糖、醋、一点酒和酱油,便巧妙地调出了所有滋味。王龙在朋友家的酒席上，还从来没有尝过这么好吃的菜肴。

那天晚上，客人们喝过茶，又说又笑地待了很久，那个女人一直挨在锅台后面。王龙送走最后一个客人，走进厨房一看，她已经缩在牛旁边的草堆里睡着了。王龙叫醒她，她头上沾着稻秆。她突然举起了胳膊，仿佛是怕挨打似的。她终于睁开眼睛，用陌生的、无语的眼神望着他，他觉得在他面前的好像是个孩子。他拉着她的手，把她带到早晨他为了她洗身子的房间，然后点亮了桌子上的红蜡烛。在烛光下，他发现只有自己一个人和那女人在一起，突然觉得有些羞涩，于是他安慰自己："这是我的女人。总得干那个事的。"

他硬着头皮脱掉衣服。女人在帐子角上趴着，不声不响地铺床。王龙闷闷地说："你上床先把蜡烛吹了。"

然后，他躺下来，把棉被拉过来盖住肩头，假装睡觉。但他并没有睡着。过了好长一会儿，屋子黑了下来，那女人在他身边慢慢地、不声不响地蠕动，一阵狂喜充满了他的全身，他兴奋极了。他在黑暗中发出一阵沙哑的笑声，把她抱进了怀里。

二

生活中有这样的享受：第二天早晨，王龙躺在床上，望着这个现在完全属于他的女人。她坐起身，披上宽大的布衫，扣紧脖子和腰，慢慢扭动着身子把衣服穿好。然后她把双脚伸进布鞋，把鞋提上。小窗孔里射进的一道光照在她身上，他朦朦胧胧看见了她的脸。她的脸并没有变化。这使王龙感到惊奇，他觉得那一夜一定使他自己变了样；可是那女人，从他的床上起来，好像她有生以来天天都这么起床似的。在清晨的黑暗里，老人的咳嗽声高了起来，他对她说："先拿一碗开水给我爹，让他清清肺。"

她用和昨天说话一样的声音问："要不要放茶叶？"

这个简单的问题叫王龙为难。他本想说："当然要茶叶。你以为我们是叫花子吗？"他想让女人觉得茶叶在他们家算不了什么。在黄家，肯定每天喝的都是绿莹莹的茶水，甚至丫头也不喝白开水。但他明白，如果这女人头一天给他父亲端的是茶而不是白开水，他父亲一定会生气的。何况，他们也真的不富裕。他若无其事地答道："茶叶？不——不——他喝茶水咳得更厉害。"

他躺在床上,温暖而满意,那女人在厨房里烧火煮水。他本想继续睡下去,他现在可以多睡一会儿了,但他这些年来天天早起,根本睡不着,于是他便躺在那里,用脑子和肉体体会这种懒散的享受。

他想起这个女人,心里仍然有些害羞。他有时候想他的田地,想田里的麦子,想着要是下了雨收成会怎么样,想着要是价格差不多,可以从姓秦的手里买些白萝卜种。但是,在这些他天天都想的事情当中,不断插进新的心思,那就是他的生活,他想起夜里的事,突然想知道她是不是喜欢他。这是个新的疑问。以前他只是想知道他会不会喜欢她,她在床上和家里会不会令人满意。虽然她的脸平平板板,两只手上的皮肤很粗糙,她高大的肉体却是柔软的,还没有被人动过,想到这里他笑了——跟昨天晚上他在黑暗里发出的又短又粗的笑声一样。看来少爷们只看见厨房丫头平板的面孔,对她身上的其他部位却一无所知。她的身子很迷人——高个子,大骨架,圆润而柔软。他突然希望她喜欢他这个丈夫,而想到这里他竟有些不好意思起来。

门开了,她不声不响地走了进来,双手捧着个冒着热气的水碗。他在床上坐起身,把碗接了过来。水面上漂浮着一些茶叶。他很快地抬头看了她一眼。她立刻感到有些害怕,对他说:"我给公公的水里没有放茶叶——照你说的——可是你这一碗我——"

王龙看到她有些怕他,觉得很高兴。没等她说完他就回答说:"我喜欢茶水,我喜欢茶水。"他高兴地咕噜咕噜把茶水喝了下去。

他充满了这种新的欢悦,他不好意思,可是心里明白:"这女人真够喜欢我的!"

此后一连好几个月,他好像一直在观察属于自己的这个女人。其实他还是和以前一样干活。他扛了锄头到田地里,耘出一行行庄稼;把牛套在耕犁上,耕好村西栽种蒜和葱的土地。他做得非常快活,中午他一回到家里,吃的饭就准备好了,桌子擦得干干净净,碗筷整齐地摆在上面。以前,他回到家里,再累还得自己做饭,除非老人早早就饿了,自己去拌点玉米粉粥或者做几张烙饼,卷蒜苗。

现在,不论吃什么都是现成的,他只要往桌边的板凳上一坐,马上就可吃饭。屋里的泥地扫过了,柴火也堆了起来。早上他到田里去,女人便拿着竹耙和一条绳子到田野去捡柴火,这里捡一些草,那里捡一根树枝或一把树叶,中午回来,背回足够做饭的柴草。王龙感到很高兴,他们用不着花钱买柴烧了。

下午,她将一把铁锹和粪筐背到肩上,去到通往城里的大路上,那里有载货的骡子、驴和马来往。她捡牲口粪,把粪背回家堆在门外的墙角,用作肥料。她干这些活不声不响,也没有人要她这样去做。到了晚上,她要把厨房里的牛喂饱以后才休息。

她拿出他们的破衣服,用自己在竹锭上用棉花纺成的线缝补,补好他们冬棉衣上的破洞。她把他们的被褥拿到门口的太阳底下,拆了被里,洗干净,挂在竹竿上晒干,还把多年来变得又硬又黑的棉絮重新絮一遍,再充分曝晒,杀死藏在被褥缝里的虱子和跳蚤。一天又一天,她不停地做这做那,把三间屋子都搞得干干净净,平添了生气。老人的咳嗽渐渐转好,他背靠南墙坐着晒太阳，常常半醒半睡，感到温暖而满足。

但这女人，除了生活中非说不可的话，从不开口。王龙看着她那双大脚慢慢稳稳地在屋子里走来走去，暗暗注视着她那面无表情的方脸和有些害怕的眼神，对她捉摸不透。夜晚，他知道她的身体柔滑结实。但在白天，她朴素的蓝布衣裤遮住了他所知道的一切，她像一个忠诚的、沉默寡言的仆人，一个只有仆人身份的女人。他不好问她"你为什么不说话？"，那不合适。该做的她都做了，这就够了。

有时，他在田里干活，也常常想想她的事情。她在黄家那上百间院子里见过些什么？与他共同生活以前，她过的是什么样的生活？他想不明白。然后他又因为对她的好奇心和兴趣而觉得不好意思。总而言之，她只是一个女人。

但是，她在大户人家里做过丫头，从早忙到晚，这三间屋子的家务和一天做两顿饭是不够她忙的。有一天，王龙在迅速生长的小麦地里忙得不可开交，一天接一天地锄地锄得他腰酸背疼，她的身影出现在他弯身挥锄的麦垄中间，她站在那里，肩上扛着一把锄头。

"天黑以前家里没什么事干。"她简短地说。然后她再没说话，走到他左边的一垄田里，扎扎实实地锄起地来。

时值初夏，烈日直晒到他们身上，她脸上很快就挂满了汗珠。王龙脱去上衣，光着脊背；她却穿着遮住双肩的薄布衫，布衫湿透了，贴在身上像是一层皮肤。他和她两人一起干活，配合得很有默契，一句话也不说。一小时一小时过去了，他觉得和她凑合在一块儿，甚至不觉得累了。他好像把什么事都忘了，这样在一起干活，心里痛快。他们把自己这块地对着太阳翻了又翻——正是这块地，建成了他们的家，为他们提供食物，塑成了他们的神像。土地肥沃得发黑，在他们的锄头下轻轻地松散开来。有时他们翻起一块砖头，有时翻起一小块木头。这不算什么。从前，男男女女的尸体都埋在那里，当时还有房子，后来坍塌了，又变成了泥土。同样，他们的房子有一天也要变成泥土，他们的肉体也要埋进土里。在这块土地上，每个人都有轮到自己的时候。他们干着活，一起沿田垄移动着——一起让田地结出果实——谁也不跟谁讲话。

太阳落山了，他慢慢直起腰，看了看他的女人。她满头大汗，一脸泥土，浑身成了和土地一模一样的褐色。她湿透了的、被泥土染黑了的衣服紧贴在宽而结实的身体上。她慢慢地把最后一垄地锄完。然后，像平常那样毫无表情，她直板板地说："我怀了孩子了。"她的声音在寂静的夜空里显得单调，比平常更缺乏生气。

王龙一动不动地站着。对这件事该说什么呢！她弯下腰捡起一小块砖头，把它从田垄里扔了出去。她说这句话就像平常说"你茶端来了"那类话一样安详，但对他来说——他说不出这究竟对他意味着什么。他心情激动，接着突然冷静下来。看来，轮到他们在这块土地上传宗接代了！

他突然从她手里拿过锄头，声音有些闷塞地说："别干了，天晚了，告诉老爹去。"

他们走回家去。她走在他后面隔五六步，做女人的就应该那样。老人站在门口，饿着肚子等吃饭。自从家里有了女人以后，他从不自己做饭。他有些等急了,嚷着说:"我老了,这样等饭吃受不了!"

但王龙从他身边走进屋里时说:"她快要生孩子了。"

他想尽量说得平静些,就像说"今天我在村西地里下了种"那样,但他做不到。虽然他说话声音很低,但在他听起来比他喊话的声音还高。

老人先是眨了眨眼,然后一下子明白过来,哈哈大笑。

"哈——哈——哈!"他仿佛是对走来的儿媳妇喊道,"这么说快有收获了!"

昏暗中他看不清她的脸,但她平静地回答说:"我这就做饭去。"

"对——对——吃饭!"老人急切地说,像个孩子似的跟着她走进厨房。刚才他想到孙子忘了饭,现在,想到新做的饭菜,便又把孙子的事给抛在脑后。

王龙却在黑暗里坐在桌边的凳子上,交叉着双臂托着脑袋。另一个生命,他自己亲生的孩子,即将出世。

三

快到分娩的时候，王龙对他的女人说："到时候我们得有个人来帮忙——得有个女人。"

但她摇了摇头。她正在洗晚饭用过的碗。老人已经上床睡觉。晚上只剩下他们两人，闪烁的灯光照在他们身上。灯是用小罐头盒做的，里面装豆油，用棉花搓成的灯芯浸在油中。

"不要女人？"王龙吃惊地问道。他现已经开始习惯这样与她谈话，谈话时，她这一方只做些头和手的动作，偶尔不情愿地从她的大嘴里漏出一两个字来。他甚至逐渐觉得这种谈话并不缺少什么。"可是家里只有两个男人怎么行呀！"他继续说，"我母亲那时从村里找了个女人。这些事我一窍不通。你在那个大户人家家里，没有跟你相处不错的老妈子能来吗？"

这是他第一次提到她离开的那户人家。她沉下脸来——他从没见过她这样，两只小眼睛睁大了，脸上激起了沉郁的怒气。

"没一个人能来！"她冲着他喊道。

他把他正在装烟叶的旱烟筒放下,瞪眼看着她。但她的脸忽然平静下来,她收拾筷子,好像她什么话也没有说过。

"噢,这可是件大事!"他吃惊地说。但她什么话都没说。他继续争辩道:"我们两个男人,对生孩子的事一点不懂。父亲呢,进你的房间不方便;我呢,连生小牛都没见过。我笨手笨脚,别把孩子给弄坏了。喂,还是从大房子里找个人,那里的丫头常常生孩子的……"

她已经细心地把筷子在桌子上堆好,然后看看他,过了一会儿说:"我要上那家的门,就要抱着儿子去。给他做一件红袄和一条红花裤子,头上戴缀着金色小菩萨的帽子,脚上穿虎头鞋。我自己也要穿新鞋,新的黑棉袄,我要到从前干过活的厨房里去,到老太太躺着抽鸦片的厅里去,我要让他们看看我,看看我的儿子。"

他从来没有听她说过这么多话。这些话虽然说得慢,却是一字一句一口气说了出来。他意识到她已经把整个事情都盘算好了。她在田里挨着他干活的时候,一直在盘算这些事!多么令人惊讶啊!他原以为她很少想到孩子,她总是一天又一天默默地干活。然而并不是这样,她已经看到了这个孩子,看到他生下来,穿什么衣服,她这个做妈的也穿上了新衣服!他一时间说不出话来,便小心地在拇指和食指间把烟叶揉成一个小球,拿起他的烟筒,把烟装了进去。

"我想你需要点钱。"他终于说,声音明显有些生硬。

"要是你能给我三块银圆……"她害怕地说,"这笔钱不少,但我仔细算过,我不会乱花一个子儿。我要卖布的给我放足尺寸[1]！"

王龙在他的腰里摸索着。前天，他到镇上卖掉一担多一点村西池塘的芦苇，腰里的钱比她需要的还略多一些。他把三块银圆放到桌子上。然后，犹豫了一会儿，他又添上了第四块。这块银圆他一直在身上带了好长时间，打算哪天早上在茶馆里赌赌运气时好当个赌本。但他总怕赌输，所以他从未赌过，只是围着桌子徘徊，看着骰子在桌子上碰撞。他到镇上去，一般是在说书棚里消磨时间，听听旧的战争故事，最多在敛钱的碗伸过来时给一枚铜板。

"这一块也拿着。"他说，一边很快地把纸捻吹着，点上他的烟斗，"可以买一小块绸子给他做个斗篷。毕竟是头一个孩子。"

她没有马上把钱拿起来，只是低头看着钱。她站在那儿，脸上毫无表情。然后她像耳语般地低声说："我这是第一回拿到银钱。"

突然她把钱拿起来攥在手里，然后匆匆忙忙走进卧房。

王龙坐着抽烟，想着刚才桌子上放着的银钱。钱是从田里来的，是从他耕锄劳作的土地上得来的。他依靠土地生活。他靠一滴滴汗水从土地得到粮食，从粮食得到银钱。在这之前，他每次把银钱拿出来给人的时候，就像是割了他身上的肉。但是现在，头一回这样给钱不觉得心痛。他看见这些银钱不是落到了城里陌生的商人手里；他看见这些银钱变成了甚至比银钱本身还有价值

---

1. 当时布店为招徕顾客有"放尺"的规矩，最常见的是"加三放尺"，即买一尺布给一尺三寸。——译者注

的东西——穿在他儿子身上的衣服。他这个奇怪的女人，只干活不讲话的女人，看起来好像什么都不知道，却第一个想见了孩子穿戴着这些的模样！

她分娩的时候不让别人待在她身边。那是在一个傍晚，太阳刚刚落下去。她正在田地里和他一起干活。小麦割过以后，田里放了水插上了稻秧，现在稻子也该割了，稻穗已经熟透，夏天下了雨水，又经初秋的温暖催熟，稻粒非常饱满。他们全天在一起收割稻子，弯着腰，用短把镰刀将一撮撮稻子割下。她挺着大肚子，勉强地弯下腰，割得比他慢多了，他们前后拉开，他的垄在前面，她的在后面。从中午到下午到傍晚，她越割越慢，他不高兴地扭过头看她。她停下手来，然后站起身，把镰刀扔到地上。她的脸上透出新汗，这是一种新的痛苦的汗水。

"到时候了，"她说，"我要回家去。等我叫你，你再进屋。你只要给我拿一根新剥的苇子，把它劈成薄片就行了。我好把孩子的脐带割断。"

她穿过田地向家走去，仿佛没事人似的。他望了她一会儿，然后走到远处地里的池塘旁边，挑了一根细长的绿苇子，细心地剥好，用镰刀劈开。秋天的夜幕很快降临，他带着镰刀，往家里走去。

他回到家里，发现他的晚饭热乎乎的，放在桌上，老人正在吃着。原来她停了工是来给他们做饭的！他心里暗自思量，这样的女人真是难找。他走到房间门口叫道："苇篾拿来了。"

他等待着，以为她会叫他把苇篾拿进去。但她没有叫。她走到门口，从门缝里伸出手，把苇篾拿了进去。她一句话没说，但他听见她沉重地喘着气,像一个跑了很多路的动物那样喘息。

老人从碗上抬起头来看了一看说:"吃饭吧,要不全都凉了。"接着他又说:"还用不着你操心——要很长一段时间呢。我清楚地记得,我那第一个孩子到天亮才生下来。唉,想想我和你娘生的所有那些孩子,一个接一个——总有十来个——我都忘了——只有你一个人活了下来!你这就明白为什么女人要生了又生。"这时他好像刚刚想起来似的又说道:"明天这时候,我就有了孙子,做爷爷了!"他突然开始大笑,不再吃饭,在昏暗的屋子里,哈哈大笑了好一阵子。

但王龙仍然站在门口,听着她沉重的、动物般的喘息。从门缝里透出一股热血的腥味,难闻得叫他害怕。女人的喘息声变得又急又粗,像在低声喊叫,但她忍着没发出叫声。他再也忍不住,正要冲进屋里时,一阵尖细有力的哭声传了出来,他忘记了一切。

"是男的吗?"他急切地喊道,忘记了他的女人。尖细的哭声又传了出来,坚韧,动人。"是男的吗?"他又喊道,"你先说是不是男的?"

女人的声音像回声般微弱地回答:"是男的!"

这时他走到桌子旁坐下。这多快呀!饭早就凉了,老人坐在板凳上睡着了,可这多快呀!他摇了摇老人的肩膀。

"是个男孩!"他自豪地叫道,"你当爷爷了,我当爹了!"

老人突然醒来,开始哈哈大笑,就像他刚才在睡梦中笑出来的一样。

"对——对——当然,"他哈哈笑着说,"当爷爷了——当爷爷了!"他站起身向他的床走去,仍然哈哈地笑着。

王龙端起一碗凉饭便吃了起来。他突然间觉得饿极了,恨不得把饭一下子倒进肚里。他能听到女人拖着身子移动,孩子的哭声尖尖的,连续不断。

"这个家再也不会冷清了。"他得意地自言自语。

他痛痛快快吃饱以后,又回到了门口。她叫他进去,他就进去了。空气中仍然飘着那种破水的热乎乎的气味,但除了木盆以外,别处没有任何痕迹。不过,她已经往木盆里倒了水,把它推到了床底下,他几乎看不见什么东西。屋里点着红蜡烛,她躺在床上,盖得整整齐齐。她身边躺着他的儿子,按照当地的风俗,孩子用他的一条旧裤子裹着。

他走上前去,一时间说不出话来。他的心涌上了胸口。他俯下身去看孩子。他的脸圆圆的,布满着皱纹,显得很黑,脑袋上的头发又黑又长,还湿漉漉的。他已经不啼哭了,躺在那里紧闭着眼睛。

他看看他的妻子,她也回眼看了看他。她的头发仍然浸透着痛苦的汗水,细小的眼睛显得暗淡无神。除此之外,其他都和平常一样。可是在他眼里,她躺在那里,蛮动人的。他的心扑向了母子二人,他不知道该说些什么,只是说道:"明天我到城里去买一斤红糖,冲红糖水给你喝。"

他又看了看孩子,像刚想起来似的,说道:"我们要买一大篮鸭蛋,把它们染红然后分给村里的人。人人都会知道我有了儿子!"

四

孩子生下的第二天,阿兰就起床了,照常给他们做饭,只是不再跟王龙下田。王龙一个人一直做过了中午,换上他的蓝长衫进了城,到市集上买了五十个鸭蛋。鸭蛋不是新下的,但仍然很好,一个一文钱,他还买了红纸,是泡在开水里染蛋用的。他提着放鸭蛋的篮子,到杂货店买了一斤多红糖,他看着卖糖的用黄糙纸小心地把糖包好,又在包扎糖的纸绳下面塞了一方红纸。卖糖的一边包一边笑道:"给刚生孩子的母亲买的,是吧?"

"头生儿子。"王龙得意地说。

"噢,好福气啊。"那人随随便便地回道,他的目光转向一个衣着很好的刚进来的顾客身上。

伙计这话对别人说过多次了,天天都对人说,但王龙听来觉得这是专门对他说的。他对这人的好意感到高兴,从店里走出来的时候一再鞠躬。他走到烈日下满是尘土的街上时,觉得没有一个人有他那样的好福气。

想到这点,他先是高兴,后来又恐慌这世道福气太好是不行的。天上地下到处是恶鬼，不会让凡人老享福，尤其是像他这样的穷人。他急忙转到卖香的蜡烛店，买了四炷香，全家一人一炷，然后带着这四炷香赶到小土地庙，把香烧在他和妻子烧过的冷香灰里。他望着四炷香燃尽，然后才走回家去，心里感到宽慰了一些。这两尊小小的保护神稳稳地坐在小屋顶下面——他们真的能保佑啊！

大家几乎还不知道孩子这回事，这女人就下地和他一起干活了。收割完毕，他们在家门口的场院打谷脱粒。他和女人一起用连枷打谷。打下谷粒后他们就用大簸箕把谷粒扬进风里，谷粒落在簸箕里，杂物和秕子则一团团随风飘去。接下来田里又该种冬小麦了，他把牛牵出去套上犁耕地，这女人便拿着锄跟在后边，打碎犁沟里翻起来的颗粒。

她现在整天干活，孩子就躺在铺在地上的一条旧被子上睡觉。孩子哭的时候，女人就停下来，侧躺在地上解开怀给他喂奶。太阳照着他们二人，晚秋的太阳不减夏日的炎热，要到冬天热气才会散开。女人和孩子晒成了土壤那样的褐色，他们坐在那里就像是两个泥塑的人。女人的头发上，孩子柔软乌黑的头顶上，都沾满了田里的尘土。

雪白的奶水从女人褐色的大乳房里涌了出来，孩子吮一个奶头时，另一边的奶水也像泉水一样喷涌而出，但她听任它那样流淌。虽然孩子很贪，她的奶还是吃不完，她真可以喂养很多孩子。她知道自己的奶水充足，流出来也毫不在意。奶水往往越来越多。有时候为了不把衣服弄脏，她撩起上衣让奶水流到地上，奶水渗入土里，形成一小块柔软、黑色的沃土。孩子长得很胖，性情也好,他吃的是母亲给他的永不枯竭的奶汁。

冬天到了,他们做了过冬的准备。这一年的收成比往年都好,这三间屋里到处都堆得满满的。房顶的屋梁上挂满了一串串干葱头和大蒜;在堂屋的四周,在老人的屋里,在他们自己屋里,都安放了用苇席团成的囤圈,装满了小麦和稻谷。这些大部分都要卖掉,但王龙很会过日子,他不像村里许多人那样,随便花钱赌博或买些奢侈的食物,他不必像他们那样在卖不出好价的收获季节把粮食卖掉。相反地,他把粮食保存起来,等下雪或过年的时候再卖,那时城里人会出高价。

他的叔叔常常等不到庄稼全熟便去卖粮。有时候等现钱用,他站在田里把粮食卖掉,省得他费心收割、打场。他的婶母也是个荒唐的女人,又胖又懒,经常闹着要吃好东西,还要穿从城里买的鞋子。但王龙的女人做全家人的鞋子,王龙的、老人的、她自己的,也做孩子的。要是她也要买鞋穿,他真不知道该怎么办!

在他叔叔那间破旧的房子里,梁上从来没有挂过什么东西。他自己家的梁上,还挂了一刀猪腿肉,这是他在姓秦的邻居杀猪时买的。那头猪像是得了什么病,于是在变瘦以前就被杀了。阿兰把这条大猪腿挂起来风干。他们还把自己养的鸭杀了两只,取出内脏,肚子里塞盐,带着毛挂起来风干。

因此,当冬天凛冽刺骨的寒风从东北方的荒漠地带吹来时,他们安坐在家里,周围是一片富裕的景象。孩子很快就差不多能自己坐着了。孩子满月那天,他们请吃面,表示孩子将来长命百岁。王龙请来吃过喜酒的人一个人分十个煮熟的红蛋,村里来道喜的，一个人分两个。人人都羡慕他得的儿子，一个又大又胖的月圆脸孩子，高高的颧骨像他母亲。现在冬天又到了，他坐在屋里地下铺的被子上，不用坐在田里了。他们把朝南的门打开，让太阳照进来，而北风被房子的厚土墙挡住，根本吹不到他。

门前枣树上的树叶，田边柳树和桃树上的树叶，很快被风吹落了。唯有房子东边稀疏的竹丛上的竹叶还留着，即使狂风扭动竹子，竹叶也没有脱落。

天刮的是干风，播到地里的麦种发不了芽，王龙不安地等着下雨。接着，风渐渐停了，空气清静温暖，在平静而阴暗的一天，忽然间下起雨来。他们一家坐在屋里，心满意足，看着雨直泻下来，落到场院周围的地里，从屋檐上滴滴流下。小孩子感到惊奇，伸出小手去抓那银白色的雨线，小孩子笑了，他们跟着一起笑。老人坐在孩子身边的地上说："方圆十几个村子里也没有见过这样的孩子。我兄弟那几个臭小子在学会走路之前什么也看不见。"

田里的麦种发芽了，在湿润的褐色土地上拱出了柔嫩的新绿。

这时候人们就互相串门，每个农民都觉得，只要老天爷下雨，他们的庄稼就能得到灌溉，他们就不必用扁担挑水，一趟趟来来去去，把腰累弯。他们上午不是上这家喝茶，便是去那家，光着脚，打着油纸伞，穿过田间小路，一家家走来串去。会过日子的女人们就待在家里，做鞋、缝补衣服，准备过年。

王龙和他的妻子却不常串门。在这个由分散的小房子组成的村子里——他们家是六七户当中的一户——没有一家有他们那样温暖富足，王龙觉得跟别人关系太近，别人就会来借钱。春节就要到了，谁有钱做新衣服、办年货？他待在家里，女人缝补衣服，他拿出竹耙进行检查，绳子断了的地方，他用自己种的麻搓成绳穿好，耙齿坏了，他就灵巧地用一片新竹子修好。

他修理农具，阿兰就修理家里用的东西。陶罐漏水，她不像别的女人那样把它扔掉，嚷嚷着买个新的，她不——她把土和黏土和成泥，补上裂缝，用火慢慢烤烧，结果跟新的一样好用。

他们坐在家里，很高兴彼此之间的默契，讲话不多，只是零零星星说些这样的家常话："你把种南瓜的籽留好了吗？"或者"我们把麦秸卖掉吧，烧火用豆梗。"王龙偶尔会说："这面条做得好吃。"阿兰会回答说："今年我们收的麦子好。"

今年好收成，王龙有了不少银圆，一时用不完，他不敢把钱带在身上，除了他女人以外，也不敢告诉别人他有多少钱。他们计划着把这些银钱放在什么地方，最后他女人在床后面的内墙上巧妙地挖了个小洞，王龙把那些银钱塞进这个洞里，然后她用一团泥把洞抹好，外面一点也看不出来。这使王龙和阿兰两人都觉得暗藏了一笔财富。王龙知道自己钱多，走在伙伴们中间觉得愉快，事事都感到顺心。

五

快过年了,村里家家户户都在准备。王龙到镇上香烛店买了一些红纸方,其中有些印着金色的"福"字,有些印着"财"字。他把这些红纸方贴在农具上,为来年讨个吉利。他在耕犁上、牛轭上、用来挑肥料和水的两只桶上,都贴了一张这样的纸方;然后他在家门口贴上红纸春联,上有毛笔写的吉利字眼;在门板上,他贴了用红纸剪得非常细致的花卉图案。他还买了给土地神做新衣用的红纸。老人的手有些颤抖,他还是精巧地把纸衣服做了出来。王龙拿了这些纸衣,给两尊神像穿上,为了过年,他在神前烧了香。王龙家里堂屋中间桌子上方的墙上还挂着一张神像,他买了两支红蜡烛,准备除夕点在神像前的桌子上。

王龙又到城里买了猪油和白糖,他的女人把猪油熬得又滑又白,拿出些米粉——那是用米磨的,要吃的时候,套上牛拉着石磨磨——她把猪油和白糖和在一起,揉成许多过年吃的糕团,也叫月饼[1]，跟黄家大院里吃的一样。

她把月饼一行行摆在桌上准备烤，王龙高兴得心都要跳出来了。村里没有别的女人会做有钱人过年才吃的月饼。在有些月饼上，她缀了一条条小红果，点上绿梅干，做成多种花样的图案。

"真舍不得吃。"王龙说。

老人围着桌子转来转去，见了这些鲜亮的色彩高兴得像小孩子似的。他说：

"把我兄弟叫来，把他的孩子也叫来——让他们瞧瞧！"

可是，王龙有了钱也有了心眼。人不能把饿肚子的人请来只是瞧瞧。

"新年之前让人看团子会倒霉的。"他赶忙说。他的女人双手沾满细米面和黏糊糊的猪油，也跟着说："这团子我们不吃，没做花的留一两个给客人尝尝。我们还没有富到吃白糖和猪油的地步。我这是拿去孝敬黄家老太太的。大年初二我带孩子去，这些团子拿去送礼。"

于是这些月饼比什么都显得重要，王龙很高兴他的妻子要去做客。想当初他站在那个大厅里，那么畏缩，那么寒酸，可是现在抱着穿红衣服的儿子，带着这些用最好的面粉、糖和猪油做的糕团。

除了这件事外，那个新年别的事都变得无关紧要。当穿上阿

---

1. 作者曾在《纽约时报》上发表文章解释："月饼因是专用点缀中秋节之用，但在新年及其他佳节，也有混同别种饼饵供奉者……恰同西方的果饼，或梅子布丁，相沿为季节特制品，但实际上任何时期，都可以吃到。"——译者注

兰给他做的黑棉布长衫时,他对自己说:"等我带他们去黄家时,要穿这件长衫。"

他甚至觉得大年初一也过得没什么意思。那天,他的叔叔和邻居拥进来向他父亲和他拜年,吵吵嚷嚷又吃又喝。他已经把着色的团子放进篮里装了起来,唯恐让这帮粗人吃了,可是当他们赞扬无花的白团子又香又甜时,他真熬不住想说:

"你们还没有见过着色的团子呢!"

但他没有说,他最大的希望是气气派派地走进那个大户人家。

大年初二,也就是女人们互相拜年的这天——男人们前一天已经吃好喝好了——他们一大清早就起来了。女人给孩子穿上她做的红袄和虎头鞋。除夕那天,王龙给孩子刚刚剃过头,女人在孩子头上戴了绣着金色小菩萨的红帽子,然后把他放在床上。王龙很快地穿好袍子,他的妻子把又黑又长的头发梳好,用他给她买的镀银的夹子绾成发髻,然后穿上她的黑棉布新袄。她的新袄和他的新袍子是用同一块布做的,两人一共量了二丈四尺好布,其中有二尺是放的,那是布店的规矩。他抱上孩子,她拎着糕团篮子,两人一起向田间的小路上走去。因为是冬天,田野空荡荡的。王龙在黄家大门口如愿以偿,看门人听到他女人的叫声出来,睁大了眼睛看了又看,他捻着黑痣上的三根长毛,惊叫道:"啊,种田的老王,这回三个人,不是一个人了。"看见他们全都穿着新衣,孩子又是男的,他继续说:"你去年走了红运,今年运道再好也没有了。"

王龙像对一个平等的人讲话似的,漫不经心地回答说:"收成好——好收成啊。"说完他自信地走进大门。

看门人对他看到的一切深有感触,他对王龙说:"到我这破屋子里坐坐,我这就去通报,让你女人和儿子进去。"

王龙站在门口,望着他的妻子和儿子带着孝敬主子的礼物,穿过院子进去。这真是给脸上增光。看着他俩穿过一个又一个院子,终于拐进深处不见人影的时候,他才走进看门人的屋里,好像理所当然的一样,接受了看门人的麻脸老婆让的上座,坐在桌子的左边,又接过她端上来的茶,只是稍微点了点头,没有喝,仿佛那茶叶的质量欠佳似的。

似乎过了很久,看门人才带着他的女人和孩子出来。王龙仔细看看他女人的脸,想看出是不是一切顺利,他现在已经学会了从那张面无表情的脸上,找出他原来看不见的微小变化。她一脸满意的神色,于是他迫不及待地想听她讲那些内院里的事情。这一次他没什么事,进不了那些内院。

他向看门人和他的麻脸老婆略微躬躬身,把已经睡着的孩子接过来抱在怀里,便匆匆地带着阿兰走了。

"怎么样?"他回过头,向跟在他后面的她喊道。只这一次,他对她的慢慢吞吞有些不耐烦了。她向他走近一些,低声说:"要让我说的话,我看那家人今年缺钱花了。"

她说这话声音发抖,好像是说菩萨都挨饿似的。

"这是怎么回事?"王龙催着她说。

但她并不着急。她说话就像从嘴里一件一件地往外掏东西,很费力气。

"老太太今年还穿着去年的衣裳,这我以前可从来没有见过。

丫鬟们也没给新衣裳。"她停了一会儿说,"我没见一个丫鬟穿我这样的新衣服。"然后她又停了一会儿,接着说:"要说我们的儿子,连老爷姨太太的孩子也比不上他,那些孩子不论长相还是穿着,都不如他。"

她的脸上慢慢泛起了笑容,王龙哈哈大笑,慈爱地将孩子偎在怀里。他好福气——好福气啊!但得意过后又害怕起来。他在干什么样的蠢事呀!在这样空旷的天空下面,带着一个漂亮的男孩,会让偶尔经过的妖魔看见的。他急忙解开外衣,把孩子的头塞进怀里,大声说:"我们这'女'孩没人要,脸上还长小麻子,多可怜呀!还不如死了好呢。"

"是啊,是啊。"他女人也尽可能快地说道。她心里模模糊糊地明白了王龙的用意。

他们采取了这些预防措施以后,心里觉得宽慰了一些,王龙便又催问妻子:"你知道他们为啥穷下来的吗?"

"我只和原来带我干活的厨子悄悄说了一会儿话,她说,这户人家的门面撑不下去了。五个少爷在外边很远的地方,花钱像流水一样,把厌倦了的女人一个又一个送回家来;老爷子一年也要添一两房姨太太;老太太每天抽鸦片的钱抵得上塞满一双鞋的金子。"

"他们真的那样!"王龙像入了迷似的小声说。

"还有,三小姐春天就要出嫁了,"阿兰继续说,"她的嫁妆花的钱呀,可以在大城市里买一幢房子。她的衣服全要用苏州杭州织的锦缎,还要请上海的裁缝带着徒弟来做,总怕自己的衣服比不上外地女人的时髦。"

"花这么多钱,她嫁给谁呀?"王龙问,他对这样浪费钱财既羡慕又厌恶。

"嫁给上海一位官老爷的二公子。"女人说。她停了好长一会儿,又接着说:"他们一定是一步步穷下来了,老太太亲口对我说他们想卖地,卖掉家南边的一片地,就在城墙外边,以往每年都种稻子。那是块好地,方便用护城河的水灌溉。"

"他们想卖地?"王龙重复说,已经有些相信,"这么说他们真的穷下来了。地可是人的血肉啊。"

他想了一会儿,突然有了一个主意,用手掌拍了拍前额。

"我怎么没有想到!"他大声说,向他的女人转过身,"我们买下来!"

他们互相看了看,他非常高兴,她感到吃惊。

"可是这地……这地……"她咕哝着说。

"我要买下来!"他用一种高傲的口气喊道,"我要买大财主黄家的地!"

"这地太远了,"她惊愕地说,"我们得走好半天才能到。"

"我要买下来。"他倔强地重复了一遍,好像他是个母亲不答应,就非缠着要的孩子。

"买地是好,"她平静地说,"比把钱藏在墙里好。可是,为什么不买你叔叔的地?他一直吵着要把靠我们村西的那块长条地卖掉。"

"我叔叔那块地,"王龙高声说,"我不要。那块地让他给种苦了,二十年了,这么种那么种,可没施过一点肥,没放过一块豆饼,土质跟石灰差不多。不买他的,我要买黄家的地。"

他说"黄家的地"就像说"秦家的地"一样随便——老秦是他那个种地的邻居。他要胜过愚蠢、浪费的富户家的那些人,大大方方地去说:"我有钱。你们那块地想卖什么价?"他仿佛听见自己在老地主面前说话,而且对老地主的管家说:"我和别人一样算一份。公道价是多少?我手里有钱。"

他的妻子做过那个大户人家的厨房丫头,可是现在就要变成拥有那家一块土地的男人的妻子,黄家几代兴旺靠的就是这些田地。他女人好像感觉到了他的意思,她突然不再阻挡,而是说:"那就去买吧。那片稻田是块好地,靠着护城河,年年能浇上水。收成靠得住。"

她的脸上又一次泛起了淡淡的笑容,但这笑容从不使她那无神的、小小的黑眼睛放射出光彩。过了好一会儿,她说:"去年这个时候,我还是那户人家的丫头呢。"

他们继续走路,默默地想着这件心事。

六

　　王龙现在买下的这块地,大大改变了他的生活。起初,他把墙里的银钱取出来拿到那个大户人家家里,有了跟老地主平起平坐说话的机会。从这份体面以后,他几乎有一种后悔的精神压抑感。他想到墙上塞着银圆的洞现在空了,他真希望能把银圆收回来。毕竟这块地要多劳累好几个钟头。就像阿兰说的那样,这块地很远,远在一里[1]之外,差不多有三分之一英里[2]。而且,买这块地并没有像他期望的那样令他感到非常荣耀。他那天到黄家去得太早,老地主还在睡觉。尽管已经中午了,他大声说:"告诉老爷我有要紧的事情——事关银钱啊。"看门人却明确地回答说:"天底下银钱再多也不能让我把那个老虎叫醒。他正在跟新讨的小老婆桃花睡觉,过门才三天。我不要命了!去把他喊醒。"他拽着黑痣上的毛,有些不怀好意地补充说:"不要以为有银圆能

---

1. 1里合0.5千米。
2. 1英里约合1.6千米。

叫醒他——他一生下来手边就有。"

最后,他只好与老地主的管家打交道,那是个狡猾的无赖,要钱的时候手狠极了,所以王龙有时候觉得毕竟银圆比土地更有价值。人可以看着银圆闪闪发光。

不过,那块地是他的了!

在新年二月里的一个阴天,他去看那块地。还没有人知道那地已经属于他了,他是一个人去的。那是一长块土地,在环绕城墙的护城河旁边,浓黑的黏土平平展展。他用步子丈量那块土地,长三百步,宽一百二十步。四块界石仍然立在地角,上面刻着黄家的大字。啊!他要把这些界石改过来。以后他要把这些界石拔掉,把自己名字刻在上头,栽在那里——现在还不到时候,他还不准备让人知道他已经富有得能买大户人家的土地,但以后他更富有的时候就要那样做,到那时候,他做什么都没有关系了。他看着那块长方形的土地,暗自想道:"在大户人家那些人看来,这块地算不了什么,只不过是巴掌大的一片地,但对我来说,这可是了不得的大事!"

接着他的思想一转,对自己充满了一种蔑视:一小块土地就看得这么重。是呀,那一天他得意地把银圆倒在管家面前,那人无所谓地把钱掂了一掂说:"反正这点钱够老太太抽几天鸦片。"

他和那个大户人家之间仍然存在的巨大差距,一下子变得不可逾越,像他面前充满水的护城河,像他眼前高大古老的城墙。于是他慢慢地下定决心,心里想着一定要一次又一次地用银钱把墙上的洞塞满,直到他从黄家买进大量的土地,使他现在买进的这块根本算不得什么。

这样，这一小块地对王龙便成了一个标志，一种象征。

春天到了，伴随着强风和撕开的乌云，王龙冬天那种半闲的日子已经过去，他整天在他的土地上拼命耕作。老人现在照料孩子，女人和男人一起从早到晚忙着地里的活。一天，当王龙知道她又怀了孕时，第一个感觉便是恼火，因为她在收获的时候就不能干活了。他又累又急地冲她喊道："你挑好这个时间来生孩子，是不是？"

她毅然答道："这次算不了什么。只有生头胎才会麻烦些。"

除此之外，从他见她肚子渐渐变大，一直到秋天孩子出生，关于第二个孩子谁也没有说什么。秋天的一个上午，她放下手里的锄头，慢慢地走回家里。那天他没有回去，甚至没有回家吃饭，因为天空阴沉沉地挂满雷雨云，他割倒在地上的熟稻子要收起来捆住。后来，在太阳落山之前，她又回到了他的身边，她的肚子瘪了，显得筋疲力尽，但脸色沉静而刚毅。他本想说："今天你已经够受了。回去躺在床上歇着吧。"但他自己腰酸背痛，干脆狠下心不说这话，心想他这天的劳苦还不是同她生孩子一样？他只是在割稻的中间问道："男的还是女的？"

她平静地回答说："又是男的。"

他们彼此再没有说话，但他心里感到高兴，不停地俯身弯腰也不显得那么累了。他们一直干到月亮从紫色的云边升起，收捆完了田里的稻子，才走回家去。

吃过晚饭，用冷水洗过被太阳晒黑的身子，喝茶解渴之后，王龙走进屋里去看他的第二个儿子。阿兰做过饭后便躺到床上，孩子躺在她的身边——一个胖嘟嘟、安静的孩子，相当好看，只是头比第一个小些。王龙看看他，非常满意地回到堂屋。又一个儿子，一年一个——那就不能年年发红蛋，在生第一个孩子时做过就够了。每年生个儿子，家里充满好运——这女人净给他带来好运。他对他父亲喊道："爹，又有了一个孙子，我们得让大的跟你睡了！"

老人非常高兴。长久以来，他都盼望这个孩子睡在他床上，用充满活力的年轻血肉来温暖他那衰老发冷的身子。可是孩子不愿意离开他的母亲。不过现在，他摇摇摆摆迈着双脚走进屋里，望着他母亲身边这个新孩子，严肃的眼神里似乎懂得了另一个孩子占了他的位置。于是他不再反抗，让人放到了祖父的床上。

这年收成又很好，王龙卖掉他的谷物后攒了银钱，他把银钱又藏在了墙里。他从黄家买的那块地里，收的稻子差不多是他自己稻田的两倍。那块地湿润肥沃，稻子长在那块地上，就像野草一样，不让它长也长。而且现在人人都知道那块地是王龙的了，于是村子里议论，要推他为村长。

七

这时候，王龙的叔叔开始找他的麻烦，这是王龙从一开始就料到的。这个叔叔是王龙父亲的弟弟，按亲属关系说，如果他不能维持自己和家庭的生活，他可以依靠王龙。王龙和他父亲愁穿少吃的时候，他叔叔还勉强招呼家里人在地里做活，收入刚够他的七个孩子、老婆和自己的吃喝。可是一旦有了吃的，他们谁也不再干活，他的妻子连家里的地也懒得扫，连他的孩子们吃完饭替他们抹个嘴都嫌烦。更不体面的是，女孩子们长大了，可以出嫁了，可是她们仍然在村子里跑来跑去，乱蓬蓬的黄棕色头发也不梳理一下，有时还和男人们说话。一天，王龙看到他的大堂妹这样，非常生气，他觉得这样丢尽了他们家的脸，于是放胆去找他的婶母，说道："你说，像我堂妹那样的姑娘，人人都可以看，谁还会娶她？这三年她都可以出嫁了，可是她还到处跑。今天我看见一个无赖在街上把手放到她臂膀上，她还不知羞耻地对他笑着！"

他婶母身上毫无动人之处，却有一张伶牙俐齿的嘴。她现在冲着王龙开了腔：

"好啊，买嫁妆、办喜事还有媒人钱，谁来出呀？地多得不知道怎么办才好的人说得好听，他们银圆多，去买大户人家的地，可是你叔叔是个苦命的人啊，他从小就不走运。他的命不好，不是他有什么过错，天命如此呀。别人能收获粮食的地方，换了他去做，连撒在那里的种子都死了，除了草什么都不长，就是这样，他还累得腰都快断了。"

她大哭大闹，开始发起火来。她抓住后面的发髻，拆散头发，让乱发披散到脸前，不顾一切地喊叫起来："唉，不晓得命有多苦！别人地里长出好米好麦，我们家的地里净长草呀；别人家的房子能住一百年，我们家房子底下的地都动，墙都裂了；别人生男孩，可我除了一个儿子外，生的净是女的——唉，真是命不好呀！"

她号叫着，邻家的女人们都跑出来听她吵嚷。但王龙坚定地站在那里，他要说清楚他的来意。

"不管怎么说，"他说，"我不敢放肆劝说叔叔，但我还是要说，一个闺女嫁出去的时候总该是黄花闺女，有谁听说过母狗在街上乱跑而不会生崽子？"

王龙硬板板地这样说过后，便回自己家去，留下他婶母在那里哭喊。他想着今年要从黄家再买一些地，最好每年都能买进一些，他还想着应该再加盖一间新屋。然而，使他生气的是，他看到自己和儿子们正上升为一个有地产的人家，而他堂弟堂妹们这帮懒虫竟放荡自己，他们和他偏偏又是同姓的一家。

第二天，他叔叔来到他正在干活的田里。阿兰不在那里，因为她生了第二个孩子以后,已经过了十个月,很快又要生第三胎了。这一回她身体不太好,好几天没有到地里来,只有王龙一个人在干活。他叔叔没精打采地沿田垄走来,他的衣服从来不扣,把衣襟兜在一起,用腰带松松地系住,一阵风吹来,就会把他的衣服一下子吹光。王龙在锄一垄豆子,他叔叔来到他身边,不声不响地站在那里。终于,王龙头也不抬,没好气地说:"叔叔,别怪我不停下手里的活。你知道,这些豆子一定要锄两三遍。你的豆子肯定已经锄完了。我干得很慢——穷庄稼人——活老干不完,没有时间歇歇。"

他叔叔完全明白王龙话里的敌意,但他圆滑地说:"我运气差,今年种的豆子,二十棵里只出一棵,还长得很差,锄也没什么用。今年要想吃豆子,只能花钱买了。"他重重地叹了一口气。

王龙硬起心肠。他知道他叔叔是来向他要东西的。他把锄头插进地里,顺着豆垄平放,小心地一拉,然后用锄板压碎锄起来的小土块。豆苗长得挺拔茂盛,阳光下一条条花边般的小影子清楚地投在地上。终于,他叔叔开口说话了。

"我屋里的人告诉我,"他说,"你很关心我那个不中用的大丫头。你说得很对。就你这年纪来说,是个明白人。她该出嫁了,十五岁,这三四年她可能也会生孩子了。我常常担心,唯恐哪个野狗让她怀了孕,叫我和我们家落下坏名声。这种事要是出在我们这种正经人家,真是可怕,替你亲叔叔想想吧!"

王龙使劲地把他的锄头锄进地里。他很想直率地说几句。

"那你为什么不管她呢?为什么不让她老老实实待在家里,让她扫地、洗衣做饭、给家里人做衣服?"

但不能这样跟长辈说话。他沉默不语,紧靠着一棵小苗锄着地,等待着。

"要是我的命好,"他叔叔悲伤地继续说,"像你爹那样,娶个又能干活又能生几个儿子的老婆,也像你自己的媳妇那么能干——不像我现在这个女人,只会吃喝长肉,其他什么都不会,生孩子也净生女的,唯一的一个儿子还是个懒虫,懒得没有一点男人气——否则我现在可能也像你一样富有了。我要是有了钱,我会很乐意和你们一起花。我会让你的女儿嫁个好男人,让你的儿子到商店去学生意,很高兴给他们作保;我会很高兴地给你翻修房子,如果有什么好吃的东西,我会分给你、你爹,还有你的孩子一起吃。我们都是至亲骨肉呀。"

王龙简短地回答说:"你知道我没有多少钱。现在我有五张嘴要喂,我爹老了不能干活,可是他得吃饭,眼下又要添一张嘴了,这都是明摆着的。"

他的叔叔大声说:"你有钱——你有钱——你买进大户人家的土地,天知道出了什么价钱——村里还有谁能买得起?"

听到这话,王龙激动得发火了。他扔下锄头,瞪眼望着他叔叔,突然嚷道:"就算我有几个钱,那是我和老婆干活挣来的,我们可不像有些人,在牌桌旁闲坐着,家门口从不打扫,倒坐在那儿穷聊天,宁可让地荒废掉,孩子们吃不饱肚子!"

他叔叔的黄脸涨得血红,扑向他的侄子,狠狠地打了他两记耳光。

"真该揍你,"他喊道,"你敢教训长辈!难道你没有爹娘教训,没有良心道德,这么不孝?你没有听过经书上说晚辈不犯长辈？"

王龙绷着脸，一动不动地站着，他意识到自己不该那样说话，但从心底里恨他叔叔这个人。

"我要把你的话告诉全村。"他叔叔怒气冲冲地用一种高大粗哑的声音喊道，"昨天你训斥我家里，在街上大声喊叫我女儿不贞；今天又教训起我来，你父亲要是死了，我就是你父亲哪！就算我女儿全都不是女儿身，也轮不到你来教训！"接着他一次又一次地重复："我要告诉全村……要告诉全村……"直到王龙最后勉勉强强地说："你要我做什么呢？"

要是这件事真的嚷遍全村，这会坏了他的名声。毕竟这是他自己的骨肉至亲。

他的叔叔也马上变了，怒气全消。他微笑着，用手抓住王龙的胳膊。

"唉，我知道你——好孩子，好孩子，"他温和地说，"老叔叔知道你——你是我的孩子。孩子，给我这个可怜的老人手里拿几块银圆吧——十块，或者九块也行——我就去找个媒婆把我那丫头嫁了。唉，你说得对，她是该出嫁了——该出嫁了！"他叹了一口气，摇摇头，一脸真诚地望着天空。

王龙拿起他的锄头，然后又放下了。

"到家里来吧，"他简短地说，"我又不是少爷，把银钱带在身上。"他走在前头，心里气得说不出话来，因为他打算用银钱再多买些地，这下子有一些就要落到他叔叔手里，而且天黑以前就会从他手里流到牌桌上面。

他推开正在门口温暖的阳光下光着屁股玩的两个小男孩，走进家里。他叔叔显得非常慈善,把孩子叫到身边,从皱巴巴的衣服深处掏出两枚铜板,一人一枚。他还把胖胖的、闪闪发亮的孩子的身体揽到胸前,把鼻子贴到他们柔软的脖子上,高兴地闻着那被太阳晒黑了的肌肤。

"啊,你们两个小男人。"他说,一只胳膊揽住一个。

王龙却没有停下来,走进跟老婆和小儿子睡觉的屋里。他刚从阳光底下进来,屋里显得很黑,除了从窗孔里射进来的光线,他什么也看不见。但他闻到了那种熟悉的血腥味,于是他尖声喊道:"怎么啦——你生了吗?"

他妻子微弱的声音从床上传来,他从没有听到她发出过比这更微弱的声音。她说:"已经生了。想不到这次是个丫头——不值得再说了。"

王龙一动不动地站着。一种不祥的感觉涌上心头。一个女孩子!一个女孩子在他叔叔家里引起了这么多麻烦。女孩子也生到了他的家里!

他没有回答,走到土墙前,找到那个藏钱的记号,把泥坯拿开。然后他在钱堆里摸了一阵子,数出了九块银圆。

"你干吗往外拿钱?"他妻子突然在暗中说。

"没办法,借钱给叔叔。"他短短地答道。

他妻子起初没有什么反应,然后她用那又冷又硬的声音说:"最好不要说借吧,那种人家只借不还,只是白给。"

"唉,这我知道,"王龙痛苦地答道,"这是从我身上割肉呀。谁让我们是一家子呢!"

他走到门口,把钱塞给叔叔,急急忙忙回到地里,又开始干活,那股劲头像是要把土地兜底翻动似的。当时他只想到他的银圆:他看见那钱被满不在乎地倒在牌桌上,让赌徒一手划拉过去——他的银钱,他受苦受累从田里的收成中攒下的银钱,那是准备用来买地的呀。

直到傍晚他的怒气才消去,他直起腰来,想起了他的家,想起他该吃饭了。然后他又想起今天他家新添的一口,心里真觉得倒霉,他们也开始生女孩子了——女孩子不是自己人,是给别人家生养的。当时他跟叔叔生气,没有想到看看这个新生的小东西的脸是什么样子。

他拄着锄头站着,心里非常悲伤。现在,要等到下一次收获,他才能买下紧挨着他原来买的那块地的土地,家里还新添了一张嘴。暮色苍茫,灰暗的天空里一群深黑的乌鸦大声呼叫,从他头顶上飞过。他望着它们像一团云一样消失在他家周围的树林里,便冲着它们跑过去,一边喊叫一边挥舞着他的锄头。它们又慢慢飞起,在他的头顶上盘旋,发出使他生气的哑哑的叫声,最后,它们向黑暗的天边飞去。

他仰天呼号。这是一个不吉利的征兆。

八

好像老天爷一旦和人过不去，就再也不会顾惜人的死活。初夏时节本应下雨，可是一直不下，烈日日复一日地无情曝晒。焦渴的土地，老天爷管不着。从早到晚，天空没有一丝云彩，夜晚挂在空中的星星，金光闪耀，美丽中透着残酷。尽管王龙拼命耕作，田地还是干得裂了缝。春天，麦苗曾茁壮地生长，只等下了雨吐穗灌浆，但是现在天上无雨地上干，它们停止了生长，起初在太阳下一动不动，最终枯黄而死，颗粒无存。

王龙种的稻秧苗床，是褐色土地上仅存的青绿色方块。他看到小麦没有指望以后，天天用扁担挑着两大桶沉重的水往秧里送。尽管他肩上压出了碗口大的老茧，雨仍然没有下。

后来，池塘干成了泥饼，井里的水也快要干了，阿兰对他说："看来稻秧非要干死了，要不然孩子们就没有水喝，老人家的茶水也喝不成了。"

王龙愤怒地答道："哼，稻子干死了他们全得饿死。"这话是真的，他们的生命全靠这土地。

只有护城河边上的那块地还有收成，这是因为整个夏天没有下雨，王龙放弃了别的土地，整天待在这块田里，从护城河提水浇灌这饥渴的地。这一年，他第一次把刚刚收下来的粮食立刻卖掉，他觉得手里有了银钱，得紧紧地攥住不放。他暗自思忖，下了决心要做的事情，他非做不可，不管老天爷下不下雨。他累断了腰，流尽了汗，才收到这么点银钱，他一定要用这钱做他想做的事情。他急忙到黄家，见到管家，便开门见山地说："我要买护城河边靠着我那块田的土地，喏，这是买地钱！"

现在王龙到处听说黄家那年也濒于贫穷了。老太太好多天都没有抽足鸦片，她像一只饥饿的母老虎，每天都派人去找管家，骂他，用扇子打他的脸，冲着他吼叫："难道连一亩地都不剩了？"弄得管家也失去了常态。

管家把平时从家庭开支中克扣下来留作己用的钱也拿了出来，他真是太反常了。然而好像还不够，老爷又新纳了一房妾。她是个使唤丫头，是一个年轻时也是老爷手上玩物的丫头的女儿。那个老丫头早已嫁给家里一个男仆，因为老爷在纳她为妾之前就不喜欢她了。丫头的这个女儿才十六岁，老爷见了却产生了新的欲望。他衰老发胖，好像越来越喜欢苗条年轻的姑娘，越小越中他的意，以为这样他的性欲就不会消失。老太太抽她的鸦片，他满足他的肉欲，不知道他已经没钱为他的宠妾买玉耳坠，为她们的嫩手买金戒指了。他不理解"没钱"意味着什么，他一辈子只知道伸手要钱，愿意要多少就有多少。

少爷们见爹娘如此，耸耸肩肯定钱足够他们这辈子花的。他们只对一件事意见一致，那就是管家对财产管理不善。因此这个狡猾的管家，这个曾经富裕舒适的人，现在被弄得忧心忡忡，迅速消瘦，皮肤挂在身上，就像是旧衣服似的。

老天也没有往黄家的土地上下雨，他们同样没有收成，所以王龙来到管家面前喊"我有银钱"时，简直就像是对一个饿汉子说"我有吃的"。

管家赶紧抓住这个机会。以前还有讨价还价和喝茶之类的事，现在两个人急切地小声交谈，快得连客套话都不说了，一手交钱，一手签盖印，那块地就归了王龙。

钱是王龙的心头肉，是实实在在的东西，但他又一次不去考虑钱的事情。他用钱实现了心里的愿望。他现在有了一大片好地，新买的地足足有第一次买的那块地的两倍。这块土地不仅油黑肥沃，更重要的是，它过去是黄家的地。这一次，他没把买地的事告诉任何人，连阿兰也没有。

一个月又一个月过去了，仍然滴雨未下。秋天来了，又小又轻的云朵不情愿似的聚集在天空。在村子的街上可以看到男人们四处站着，徘徊不定，仰望天空，仔细判断这块云那块云，哪块云会下雨，但是不等云多到有下雨的兆头，就有一阵狂风从西北吹来。这种从远处荒漠吹来的恶毒的干风，像扫帚扫除地板上的尘土那样，把天上的云一扫而光。天空又晴得没有一丝云彩，庄严的太阳天天早晨升起、运转，到晚上又孤独地落下。月亮上来了，在清澈的天空中亮得像个小太阳。

王龙只收到很少的豆子，从他的玉米地里——那是在稻秧还没来得及往水田移栽就已枯黄而死时，他在绝望中抢种的——他也只收了一些又短又小的玉米穗,穗上的玉米粒稀稀疏疏。他和他女人打豆子时一粒都没丢,打完以后,他让两个小男孩用手指把豆场上的尘土全筛了一遍。然后他在堂屋里剥玉米粒,眼睛睁得大大的,唯恐漏掉一粒。他准备把玉米轴扔在一边当柴烧的时候,他女人说道:"不能烧——烧了就浪费了。记得小时候在山东,遇到这种年景,连玉米轴都碾碎吃掉。这可比野草好吃。"

她说过之后,全家都不讲话了,甚至连孩子们也不再开口。地里旱得不长庄稼,那些古怪的阳光、灿烂的大晴天使人感到害怕。只有小女孩不懂。母亲的两个大乳房还能喂饱她。阿兰给她吃奶的时候,低声说道:"吃吧,可怜的傻子——趁着还有奶,吃吧。"

接着,好像灾难还没有受够似的,阿兰又怀了孩子。她的奶断了,阴森森的家里响起了孩子不断要奶吃的哭声。

如果有人问王龙:"过了秋你们吃什么呢?"他就会回答:"我不知道——这里找点,那里找点吧。"

但没有人问他。整个乡下谁都不问谁:"你们吃什么?"人人都只问自己:"今天我吃什么呢?"做父母的也只是说:"我们、孩子们吃什么呢?"

王龙尽量照顾好他的耕牛。只要有可能,他就喂它一些稻草或一把豆秸,后来,还采树叶子喂它,直到冬天到来,再也没有树叶子可采。因为无地可耕,播种也只能把种子撒到干土里,也因为他们已经把种子吃了,所以他就把牛放出去让它自己找吃的,他让大孩子整天坐在牛背上,牵着带鼻钩的缰绳,免得被别人偷去。但后来他不敢这样做了,他怕村里人,怕邻居打他的孩子,把牛抢去杀了吃掉。于是他就把牛留在门口,直到它瘦得只剩下一把骨头。

断粮的日子终于到了,既无剩米也无剩面,只有一点点豆子和一点少得可怜的玉米,牛饿得低下了头。这时老人说:"接下来要吃这头牛。"

当下王龙就喊了起来,这好像有人说"接下来要吃人"一样。这头牛是他在田里的伙伴,他曾经走在它后面,由着他的心情夸它或骂它。并且,从他年轻的时候起,他就知道这头牛的脾气,买来的时候还是一头牛犊。他说:"怎么能吃这头牛?以后我们还要耕地呀!"

老人十分平静地回答说:"唉,你不死就得牲口死,你要让你儿子活命就不能让牲口活命。牛可以再买,人命可是买不来。"

但王龙不愿那天就把它杀掉。过了一天又一天,孩子们哭着要吃的,没有法子满足他们了,于是阿兰看着王龙,求他可怜可怜孩子。王龙终于看出事情不办不行了。他粗声说道:"把它杀了吧。可是我下不了手。"

他走进睡觉的房间,倒在床上,用被子把头蒙住,免得听那牲口死时的叫声。

阿兰慢慢走出去,拿了一把厨房里用的大刀,在牲口的脖子上割了一个很大的口子,就此结束了它的生命。她拿了一个盆把血接下来,准备做血豆腐吃;接着她把皮剥掉,把尸体砍成小块。一切弄好,把肉煮熟放在桌上以后,王龙才从屋里出来。但当他准备吃牛肉时,他感到一阵阵哽噎,咽不下去,只喝了一点汤。这时阿兰说:"一头牛毕竟只是一头牛,再说这头牛也老了。吃吧,总有一天还会有的,会有比这头好得多的牛。"

王龙觉得宽慰了一些,他先吃了一小口,然后就吃得很自在了。他们全家都吃。这头牛很快被吃完了,为了吃骨髓连骨头都敲碎了。这一切一下子就光了,除了牛皮什么都没剩。牛皮被阿兰摊在竹架子上,又干又硬。

从一开始,村里人就对王龙有气,以为他藏着银钱,囤积着粮食。他的叔叔最早挨饿,他来到他门口纠缠,这人和他的老婆及七个孩子也确实是没吃了。王龙无可奈何,往他叔叔张开的衣裳前襟里像数东西一样放了一小堆豆子和一把宝贵的玉米。然后他坚决地说道:"我只能给你这么多了。即使我不管孩子,我先得照顾我爹。"

在他叔叔又来时,王龙喊道:"即使孝顺,我也养不了你这个家!"他让他叔叔空着手走了。

从那天起,他叔叔像条被人踢了的狗一样同他翻了脸,他满村子从这家到那家私下散播说:"我侄子那里,又有钱又有吃的,可是他谁都不给,连我和我的孩子都不给,我们还是他的至亲骨肉呢。我们只好挨饿了。"

就在家家户户吃完积蓄,在市集上用完最后一枚铜钱的时候,冬天的西北风刮来,冷如钢刀,焦躁烦人。村人们由于自己的饥饿,由于妻子们的饥饿和孩子们的啼哭,一个个情绪变得非常暴躁,因此当王龙的叔叔像条瘦狗一样,颤抖着满街嚷嚷说"有一个人有粮吃——他的孩子还很胖"的时候,人们便拿起棍棒,在一天夜晚冲到王龙家,使劲地砸门。王龙听到邻人们的声音便把门打开,他们向他扑过去,把他从门口推开,然后又把他受惊的孩子们轰了出去。他们搜查每一个角落,用手乱扒乱翻,想找到他藏粮食的地方。当他们只找到王龙贮存的一点可怜的干豆子和一碗干玉米时,他们发出了失望和愤怒的吼叫,于是便抢拿他的家具,桌子、凳子,还有老人躺在上面的那张木床。老人受到惊吓,呜呜地哭泣。

这时阿兰出来说话了,她那平板缓慢的声音高过了男人。

"别这样——可不能这样,"阿兰喊道,"现在还不是从我们家抢桌椅板凳和床的时候。你们把我们的粮食全拿去了。可是你们还没有卖掉自己家的桌椅板凳。把家具留下。我们是一样的。我们不比你们多一粒豆子,也不比你们多一粒玉米——不,现在你们比我们还多,因为你们把我们的全拿去了。如果你们再拿别的,你们会遭天打雷劈的。现在我们要一起出去找草根树皮吃了——你们为了你们的孩子,我们也得想着我们自己的三个孩子,而且我马上还要生第四个孩子。"她一边说一边用手拍拍她凸起的肚子。那些人在她面前感到羞愧,一个个走了出去。他们本不是坏人,只是饿急了。

有一个人迟疑了一下,就是姓秦的那人。他身材瘦小,沉默寡言,胆子很小。光景好的时候,他的脸有点像猴脸,现在双颊深陷,满面愁容。他本想说些道歉的好话,因为他是个老实人,只是他孩子的哭叫才迫使他生了邪念。不过他怀里揣着一把抢来的豆子,唯恐道了歉就必须把它们还回去,所以他只是用憔悴无声的眼睛看了看王龙,然后走了出去。

王龙站在他门口的场院里,那是多年以来他丰收时打粮食的地方。几个月来它一直空着。家里没有一点给父亲和孩子们吃的东西了——更没有给他女人吃的东西,而她除了自己的身子之外,还要喂养另一个孩子成长,这个孩子用那强烈的新生命,残酷地暗暗吸食他母亲身上的血肉。他有一刻害怕极了。但接着他心里出现了一种像酒一样使他温暖舒适的想法:"他们无法从我这里把土地拿去。我的辛苦,田里的收成,现在都已变成了无法拿走的东西。要是我留着钱,他们早已拿走了。要是我用钱买了粮食,他们也会全部拿走。可是我现在还有地,地是我的。"

九

王龙坐在门槛上自言自语,他觉得现在一定要想个办法才行。他们不能留在空房子里等死。尽管他身体日益消瘦,天天都要紧一紧宽松的腰带,但骨子里有一股生存的决心。他将要进入男人生活的全盛期,决不甘心让愚蠢的命运突然剥夺一切。他心里现在常常有一种说不出来的无名怒火。有时,他像发疯似的跑到光秃秃的打谷场上,向着荒谬的天空挥舞他的双臂。然而天空依然在他头上放光,永远蔚蓝、晴朗、冷酷,没有一丝云彩。"你太狠了,老天爷!"他常常不顾一切地这样呼喊。要是他有一刻害怕了,接下来他会伤心地喊道:"再坏也坏不过如此!"

有一次,他拖着虚弱的步子走到土地庙,故意把唾沫吐到和土地婆坐在那里的土地爷冷漠的脸上。这对神像面前再没有人烧香,好几个月都没有了。他们的纸衣服破烂了,透过裂缝露出了他们泥塑的身体。然而,他们坐在那里,对什么事都无动于衷,王龙恨得咬牙切齿。他一路上哼哼着回到家里,躺在床上。

家里现在谁都躺在床上,很少爬起来。没有必要起来,至少在睡熟的时候，睡眠可以代替他们缺少的食物。他们已经把玉米轴晒干吃了，剥光了树皮，在整个乡间，人们都吃他们在冬天的山冈上所能找到的各种野草。到处都看不见动物。你可以连续走几天而看不见一头牛或一头驴，也看不见任何其他牲畜或飞鸟。

孩子们的肚皮胀得像皮鼓，里面空空的没有东西。这些日子，人们再也看不到有孩子在村街上玩耍。王龙家里的两个孩子最多是慢慢地走到门口，坐在太阳底下，残酷的太阳一直放射着灼人的光芒。他们一度丰满肥胖的身体现在瘦得皮包骨头，尖尖的小骨头像鸟骨头似的，只有他们的肚子又重又大。小女孩从没有坐起来过，只能不声不响地裹着条破被子躺着，虽然按她的年龄早就该会坐了。原先家里处处听得见她要吃的的哭声，但现在她安静了，虚弱地吃进放到她嘴里的任何东西，再也不大声哭了。她凹陷的脸面对着他们大家，嘴唇青紫，像个没牙的老太太，她一双黑眼睛深深陷了进去，呆呆地盯着他们。

小生命的这种韧性赢得了父亲的感情，假若她像别的孩子一样，在这个年龄时又胖又快乐，那她父亲很可能会因为她是个女孩而漠不关心。有时候，王龙看着她，温柔地轻声说："可怜的傻子……可怜的小傻子。"有一次，当她想使劲用她那没有牙的嘴虚弱地露出一丝微笑时，王龙突然掉下泪来。他把她的小手拿在他干瘦的硬手里，觉得她的小手紧紧地抓着他的手指。此后，他常常抱她。她躺着时光着屁股，所以他就把她塞进不太暖和的衣服里贴着他的肌肤，抱着她坐在家门口，望着干燥、平坦的原野。

至于老人，他比谁都活得好些，只要有吃的东西总是先孝敬他，哪怕孩子们没有。王龙心里骄傲地对自己说，谁也不会说他在生死关头忘了他的父亲。即使他自己掉下肉来养他,老人也应该吃的。老人整日整夜地睡觉,吃着给他的东西,所以中午太阳暖和的时候,他仍然有力气走到门外的场院中去。他的气色比别人都好,有一天他还用他那沙哑颤抖的老嗓子说:"从前有过比这更坏的荒年——比这更坏。有一次,我见过大人吃孩子。"

"我们家里永远不会有这样的事情。"王龙极其厌恶地说。

一天,那个已经瘦得像人影似的姓秦的邻居来到王龙家里,从他的像泥土一样又干又黑的嘴唇里轻轻地吐出这么几句话:"城里已经吃狗了,各地方也都把马和家禽吃了。我们这儿已经吃了耕地的牲口,吃光了草根树皮。现在还有什么东西可吃呢?"

王龙绝望地摇摇头。他怀里躺着瘦得像骨架子似的女儿。他低头望了望她那瘦弱的皮包骨似的脸,又望了望她那不停地从他胸前望着他的又亮又惨的眼睛。他看见那双眼睛像以前一样,她的脸上隐隐现出一丝微笑,他的心都要碎了。

姓秦的把脸贴近了一些。

"村子里有人在吃人肉了,"他小声说,"听说你叔叔和婶母就在吃人肉。要不然他们怎么能活下去呢?怎么有那么多力气闲逛呢?谁都知道他们已经没有东西吃了。"

王龙躲开了老秦伸过来的如死人般的脑袋。那人的眼睛这样靠近,他觉得害怕起来。他突然觉得有一种莫名的恐惧。他急忙起身,仿佛要逃避什么危险似的。

"要离开这个地方,"他大声说,"我们到南方去!这一大片土地处处饿死人。老天爷再怎么着,总不会把我们汉族子孙一下子全饿死！"

他的邻居宽厚地望着他。"唉，你年轻呀，"他悲叹道，"我比你老，我老婆也老了，再说我们只有一个女儿。我们死了也就算了。"

"你的命比我的稍好些，"王龙说，"我有爹，还有这三个孩子，另外一个又要出生。我们不能不走呀，除非我们没了人性，像野狗一样你吃我，我吃你。"

这时他忽然觉得他说得非常正确。家里没吃的没烧的，阿兰一天天在床上躺着不说话。他大声对阿兰叫道："来，阿兰，我们到南方去！"

他的声音显得有些高兴，这是好几个月来没有见过的。孩子们抬起头看着，老人从他的屋里走了出来。阿兰从床上慢慢起来走到门口，手扶着门框说："对，到南方去。我们不能等死。"

她肚里的孩子悬在她的腰部像个多疤的果子，她脸上掉得没一点肉了，凹凸不平的骨头像石头一样鼓起。

"等到明天，"她说，"到那时我就生了。从这东西在我肚子里的活动，我能知道。"

"那就明天吧。"王龙答道，然后看见了他女人的脸，心里泛起一种对谁都从未有过的同情。这个可怜的人还得生个孩子！

"你怎么走得动，你这个可怜的人？"他心里想着。然后他无可奈何地对仍然靠在家门口的老秦说："如果你还有什么吃的东西，发发善心给我一点，救救我孩子他娘的命。我不会记恨你来我家抢东西的事了。"

老秦惭愧地看看他，谦恭地答道："发生那起事情之后，我一想到你就觉得不安。是你叔叔那条狗哄骗了我，他说你藏了很多粮食。我当着这个无情的苍天对你发誓,我只有几把赤豆埋在门口的石板底下。这是我和我老婆藏的,预备我们和孩子到最后一刻才吃,好让我们死的时候肚里有点东西。不过我愿意给你一些。你们能走的话,明天就到南方去。我留在这里,我和我家里的都留下。我比你年纪大,也没有儿子,死活都没有什么关系。"

说完他便走了,过了不大一会儿回来,带来用手绢包的两把沾着泥土的赤豆。孩子们一看见吃的立刻振作起来,老人的眼睛也发出光来,但王龙推开他们,把豆子拿给了躺在床上的女人,她一颗颗地嚼着吃了一些。要不是她要分娩,她是不愿意吃的,但她知道如果不吃任何东西,她在阵痛痉挛时就会死去。

只有一点点豆子被王龙藏在手里,他把豆子放进自己嘴里,嚼成面糊,然后嘴对嘴吐进他女儿的口里。看着她的小嘴唇动着,他觉得自己好像也吃了东西。

那天夜里他待在堂屋。两个男孩子在老人屋里,阿兰一个人在另一个屋里分娩。他像第一个儿子出生时那样坐在那里听着。她不愿意生孩子的时候有他在身边。她愿意独个儿生,蹲在她的旧浴盆上,然后爬着把生孩子的迹象清除,就像一个动物下崽后把污物隐蔽起来那样。

他细心地听那种他已熟悉了的尖声哭叫,显得有些绝望。男孩也好,女孩也好,现在他都无所谓了——反正又要添一张吃饭的嘴。

"没有喘息声就好了。"他咕哝道,接着听到一声微弱的哭啼——多么弱的哭声!——有一瞬间悬在寂静的屋中。"但是这些日子不可能有什么顺心的事情。"他痛苦地说完,又坐下来细听。

再没有第二声啼哭,整个屋子里静得使人窒息。多少天以来到处都是一片沉寂,那是没人活动的阒寂。王龙突然感到无法忍受。他觉得害怕。他站起身走到门口,从门缝中向里面喊叫,他自己的声音使他稍微振奋一下。

"你没事吧?"他对女人喊道。他听了听,以为他坐着的时候她已经死了。但他听到了轻微的沙沙声。她正在屋里移动,终于她以像叹气似的声音答道:"进来吧!"

于是他走进去,她躺在床上,身子几乎没有盖好。她一个人躺在那里。

"孩子呢?"王龙问。

她的手在床上微微动了动,他在地上看见了孩子的尸体。

"死了!"他惊叹道。

"死了。"她低声说。

他站在那里,端详着孩子巴掌大的尸体—— 一张皮和一副骨头—— 一个女孩。他正想说:"我听见她哭了——是个活的。"他看见了女人的脸。她闭着眼,颜色紫灰,骨头从皮下突起—— 一张可怜的、毫无表情的脸躺在那里,她已经耗尽了一切。他还有什么可说的呢!这几个月来,他毕竟只受自己身体的拖累。而这个女人,肚里那饥饿的东西渴望自己的生命,也从内部消耗着她,她忍受了怎么样的饥饿和痛苦呀!

他没有说话,只是把死婴拿到另一个屋里,放在地上,然后找了一块破席子,把她卷了起来。死婴那只圆脑袋转来转去,他发现她脖子上有两块深色的瘀伤,但他还是做完了该做的一切。

他拿起席卷,就他的力气所及,走到离家尽可能远的地方,把孩子的尸体放到一个旧坟墓陷下去的一侧。这个坟是许许多多坟墓中的一个,坟头都快平了,也不知道是谁的,似乎没人照料过,正好在村西边的一个小山坡上。他还没来得及把尸体放好,一条饥饿贪婪的狗已在他的身后徘徊。这条狗饿急了,尽管他拿起一块小石头向它扔去,砰一声打在它的肋骨上,但它还是不肯跑开。最后,王龙觉得自己的腿已经发软,便用手捂着脸走开了。

"最好还是顺其自然。"他低声对自己说。他第一次完全陷入绝望。

第二天早上,太阳毫无变化,升上万里无云的晴空。王龙觉得简直像做梦一样,竟要带着这些不能自理的孩子,这个虚弱的女人和这个老人,离家出走。即使能找到有吃的的地方,他们怎么能拖着瘦弱的身子走两三百里路呢?谁知道究竟南方有没有吃的呢?人们说,普天下处处都遭了旱灾。说不定他们耗尽最后的力气,结果只是看到更多的灾民,他们不认识的人。最好还是待在家里死在自己的床上。他坐在门槛上苦苦思索,悲哀地望着干硬的田地——吃的、烧的都是从田里来的呀。

他没有一点钱。他早就用掉了最后一枚铜板。不过现在有钱也没有用,根本就买不到吃的东西。早些时候,他听说城里有些富人为自己储存了粮食,还卖给更有钱的人,但这点也不再使他感到愤怒。此刻,他觉得自己已经走不到城里了,即使不要钱让他白吃也走不动了。实际上,他已经不觉得饿了。

他肚子里最初那种极度的饥饿感现在已经过去。他用地里的泥土给孩子们拌点泥汤,自己却一点不想吃。好几天来,他们一直吃这种泥土。观音土，它含有极少量滋养性的物质，但最终还是不能维持生命。然而，把它拌成稀糊可以暂时平息一下孩子们的饥饿，给他们胀大而空空的肚子里填进一点东西。他死也不肯动用在阿兰手上的几颗豆子，听到阿兰嚼那些豆——一次嚼一颗，很长时间才嚼一次——他模模糊糊觉得有些安慰。

就在他坐在门口，放弃希望，带着梦幻般的快乐想躺在床上顺其自然死去的时候，有几个人穿过田野走了过来——几个男人。他们走得近些时，他看见其中一个是他的叔叔，跟他一起的还有三个他不认识的男人。

"好多天没看见你了。"叔叔大声叫道，装出一副高兴的样子。他走得更近的时候，用同样大的声音说："你过得很不错吧！你爹——我哥，他好吗？"

王龙看看他叔叔。他人确实很瘦，但还没有显露出饿相，尽管他早就该挨饿了。王龙觉得在自己虚弱的身体里，他的生命最后残存的力气，正聚积着对这个人恨之入骨的愤怒。

"你怎么吃的——你怎么吃的！"他模模糊糊地低声说。他根本没想到要向这些陌生人打招呼。他只看见叔叔没有饿到皮包骨头的地步。他叔叔睁大眼睛，双手伸向空中。

"吃的！"他叫道，"你去我家看看就知道了！麻雀都没法再啄起一星半点碎屑。我女人——你记得她有多么胖吧？记得她的皮肤多么滋润，多么好看吧？现在她就像挂在一根棍子上的衣服——皮肤里只剩下了可怜的咯咯作响的骨头。我们的孩子只剩下四个了——三个小的全都没了——至于我，你看得见的！"他用衣袖小心地擦了擦两个眼角。

"你吃过了。"王龙呆呆地重复说。

"我惦记的是你和你爹——我哥。我这次来说明我说的是实话。我尽快地向城里的好心人借粮,答应他们吃了东西有了劲的时候,帮他们买些我们村子附近的土地。我首先想到了你的好地,你的,也就是我哥的儿子的,现在他们来买你的地了,来给你钱——钱就是口粮,就是性命!"他叔叔说完这些,向后退了几步,用又脏又破的衣服裹住双臂。

王龙一动也不动。他没有站起来,也没有跟来的人打招呼。但他抬起头看了看他们,他看见他们穿着脏的绸布长衫,确实是城里人。他们的手是柔嫩的,手指甲很长。他们看上去像是吃过东西的,他们的血液仍在血管里快速流动。他突然对他们充满了无限的愤恨。就是这帮有吃有喝的城里人,现在站在他的身边,见他的孩子快要饿死了,吃的是地里的泥土,于是趁火打劫,来抢夺他的土地!他木然地向上望着他们,他的眼睛深深地陷进那皮包骨头的脸里。

"我绝不卖。"他说。

他叔叔一步步走了过来。就在这时,王龙的小儿子用双手和膝盖爬到了门口。这些日子他饿得毫无力气,孩子又像婴儿那样,用手和膝盖爬着走了。

"那是你的孩子吧?"他叔叔大声问,"夏天我给过一枚铜板的胖小子,是吧?"

于是他们全都把目光投向了那个孩子。王龙这段时间从不曾哭过,这时却突然开始无声地哭泣起来,无限痛苦的泪水聚结成大滴大滴的泪珠,沿着他的脸颊流下。

"你们给什么价?"他终于低声说。是啊,有这么三个孩子要养——这些孩子,还有那年迈的老人。他和他妻子可以在地里挖个墓坑,躺进去长眠。可是还有这些人呀。

这时,城里来的人当中的一个开口了,这人一只眼睛瞎了,脸上深深地陷下去一块。他虚情假意地说:"我可怜的人,看在快饿死的孩子分上,我们给你一个好价钱,别处出不了这么高的价。我们给你——"他停下来,然后粗声粗气地说:"我们给一吊钱一亩。"

王龙痛楚地笑了笑。"哈哈,"他大声说,"那等于我白送了!我买的时候付了二十倍那样的价钱呢!"

"嗯,可是那时候你不是向饿得快死的人买的。"另一个城里人说。这个人瘦瘦小小,长着一副鹰钩鼻子,但声音却出人意料,又大又粗。

王龙看着这三个人。他们认准了,这些人!为了饥饿的孩子和老人,一个人有什么东西不肯给呢!这种屈从的软弱在他身上化成了一种愤怒,一种他这辈子还从未有过的愤怒。他跳起来,像狗扑向敌人那样扑向那些人。

"我的地永远不卖!"他冲他们喊道,"我要把地一点一点挖起来,把泥土喂给孩子们吃,他们死了以后就把他们埋在地里,还有我、我老婆和我的老爹,都宁愿死在这块地上!"

他凶猛地放声大喊。接着,他的怒气像一阵风一样突然消散;他站在那里,抽动着啼哭起来。那几个人站在那里微笑着,他叔叔一点也没有动心。这是在气头上说的疯话,他们等到王龙的疯劲过去之后再说。

这时阿兰忽然来到门口,她说话的声音平平淡淡,好像这种事情天天都发生似的。

"我们肯定不会卖地的,"她说,"不然我们从南方回来,靠什么养活自己呢?不过我们准备卖掉桌子、两张床和床上的被褥、四把椅子,甚至灶上的铁锅。但是耙子、锄头和犁我们是不卖的,更不会卖地。"

她的声音里有某种镇静,听起来比王龙的愤怒更有力量,王龙的叔叔含糊地说:"你们真的要去南方?"

"一只眼"跟其他几个人凑在一起嘀咕了一阵,然后"一只眼"转过身说:"这些都不值钱,只能当柴烧。给你两块银圆,卖不卖随你。"

他说着话便傲慢地转过身去,阿兰却平静地回答说:"这还不到一张床的价钱,不过要是出现钱,马上给钱,就把东西拉走。"

"一只眼"从腰里摸出银钱,丢在她伸出的手里。然后三个人走进来,先把王龙屋里的桌子、凳子、床和床上的被褥搬了出去,接着又把安在土灶上的铁锅掀起来。他们走进老人的屋里时,王龙的叔叔站在门外边。他不想让哥哥看见他,也不想看见身下的床被抽走后,老人只得躺在地上的光景。一切搬完之后,整个房子全空了,只剩下两把耙子、两把锄头和靠在堂屋角上的一个犁,这时阿兰对她丈夫说:"趁有这两块钱,我们走吧,不然就得卖掉屋椽子,等以后我们回来就没有窝了。"

王龙凄然地答道:"我们走吧。"

他的目光越过田野看着那几个走远的越来越小的身影,一遍又一遍地对自己说道:"我还有地——我留下了地。"

十

他们把门关好,铁门环扣紧,再没有什么要做的事情。所有的衣服都穿在身上。阿兰在每个孩子手里放了一个饭碗和一双筷子,两个小男孩急切地拿过来紧紧握住,好像这是有饭吃的一种保证。他们就这样出发了,穿过原野,排成一个凄凉的小队慢慢地移动,他们走得慢极了,似乎连城墙那里也永远不会走到。

王龙把小女儿抱在怀里,后来见老人要倒,便把女孩递给阿兰,自己弯下身,把父亲背在身上,驮着老人又干又瘦的骨架子摇摇晃晃地朝前走。他们沉默无语地走着,走过了有两个庄严神像的小土地庙,两个神对发生的任何事情都毫不在意。尽管天寒风冷,王龙因为虚弱已经大汗淋漓。风不停地朝他们身上吹,而且正冲着他们,两个男孩冻得哭了。王龙哄他们说:"你们是两个大人了,这是往南方走,南方暖和,天天有吃的,我们大家天天都有白米饭,你们会有吃的,一定会有吃的。"

他们走一段歇一会儿,但还是赶到了城门。王龙以前喜欢城门洞里的凉爽,现在他却要咬着牙来对抗冬天的寒风。那风猛烈地吹过城门，真像一道冰泉从悬崖间直冲过来。他们脚下是一层厚泥，上面布满了针尖似的冰碴。两个小男孩往前走不动了，阿兰背着小女孩，自己的身体也有些支撑不住。王龙挣扎着把老人背过去，放在地上，然后又走回来把孩子一个个抱过去，等到都过去了的时候，王龙已经浑身汗流如雨，耗尽了力气。他在潮湿的墙上靠了好长一会儿，闭着眼睛，呼哧呼哧地直喘息。全家人围在他身边，颤抖着站在那里等他。

他们走近黄家大门，门关得死死的。包着铁皮的门高高地矗立着，两边灰色的石狮任风吹打。门口的台阶上，几个衣衫褴褛的男女缩着躺在那里，他们饥饿地望着那紧闭的大门。王龙可怜的一家人路过时，其中一个人疯狂地喊道："这些富人的心跟老天爷一样狠。他们还有米吃，吃不了的米还用来做酒，可是我们就要饿死了！"

另一个人也悲叹地说："唉，要是我这只手还有一点力气，我就放火把这门和里面的房院烧了，哪怕我自己也被烧死在火里。去他黄家的祖宗八代！"

但王龙一言不发，他们继续默默地向南方走去。

他们走得很慢，到城南的时候已经是黄昏时分，天差不多都黑了。他们发现有一群人也正在往南走。王龙正想找个墙角以便挤在一起睡一觉的时候，突然发现自己和家人走在了这一群人当中，于是他问一个靠近他的人："这些人到什么地方去？"

那人说："都是快要饿死的难民，准备赶火车到南方去。火车从那个房子旁边开出，有些座位是给我们这种人坐的，票价不到一块银圆。"

火车！王龙听说过。以前在茶馆里也听人说过这种车，车是一节一节地连起来的，既不用人拉也不用牲口拉，而是用一种像龙一样喷水吐火的机器拉着。那时他想过很多次，有空的时候他要去看看，但田里的活多得做不完，总没有时间，况且他还住在城的北面。再说人们对不知道或不了解的东西总是不信。除了过日子必须知道的事以外，知道太多也没什么好处。

于是，他疑惑地转向他女人，对她说："是不是我们也去搭这种火车？"

他们把老人和孩子从走过的人群中拉到一边，又忧虑又恐惧地互相看看。就在这暂停的一瞬间，老人一下子坐到了地上，两个小男孩也倒在尘土中，顾不得周围到处有人乱踩。阿兰仍然抱着最小的女孩，但孩子的脑袋耷拉在她胳膊外边，紧闭着眼睛，露出了一种死色。王龙忘却一切，叫道："小丫头死了？"阿兰摇摇头。

"还没有。她的心还在跳动。但她挨不过今天夜里，全家人都难挨过去，除非……"

她望着他，好像再也说不出话来，她的方脸显得非常疲倦和憔悴。王龙没有回答，心里却说，要是再这样走上一天，他们全都会死的。于是他用尽可能显得愉快的声音说："起来吧，我的孩子，把爷爷挽起来。我们要去乘火车，坐着到南方去。"

但是谁也不知道他们走不走得动，这时黑暗中传来雷鸣般的隆隆声，一声巨兽般的呼啸，还出现了两只巨大的喷火的眼睛，于是人们又喊又叫，奔跑起来。在混乱中，他们被挤到前面拥来拥去，但总是拼命地抓在一起。然后，在黑暗中，在嘈杂的喊叫声里，他们不知怎的被推进一扇开着的小门，进入一间像箱子似的房间。接着，随着一阵连续的呼叫，他们所乘坐的这个东西在茫茫的夜里奔驰起来，里面装着他们一家人。

十一

  王龙用两块银圆付了三百来里路的车费，而收钱的售票员还找给了他一把铜钱。路上，车刚停，一个摊贩便把货盘伸进了车厢的窗子，王龙用几枚铜钱买了四个小馒头，还给女儿买了一碗粥。这比他们那时好几天吃的东西还多。虽然他们饿得急需食物，但吃的东西一到嘴边却变得毫无食欲，他连哄带骗，男孩子才肯下咽。但老人坚持着用没牙的牙床吃着馒头。

  "人一定要吃，"火车隆隆向前滚动时，老人兴奋地说，对周围靠近他的人非常友好，"我不在乎我的傻肚子这些天没吃东西已经变懒。我一定得吃。我可不想因为肚子不愿意干活就白白死去。"人们对这个微笑着的干瘪的小老头突然发出了笑声，他的白胡子稀稀疏疏地长满了下巴。

  王龙没有把所有的铜钱都用来买吃的。他尽可能留着，以便他们到了南方可以买席子，搭栖身的窝棚。火车上有些男人和女人以前到过南方；有些人每年都到南方富有的城市去干活，为了节省饭钱还沿街乞讨。王龙习惯了火车上的种种奇妙之处和车窗外田地飞快旋转的惊人奇观以后,便开始听车上这些人在谈论些什么。他们正以炫耀聪明才智的态度聊着别人不知道的事情。

"首先,你要弄六张席子,"有一个人说,这个人嘴唇粗糙下垂,像个骆驼嘴似的,"席子是两枚铜板一张。可是你得学乖,举止别像个乡巴佬,要是那样,一张就会要你三枚铜钱,那可不值得,这些我都清楚。我不会上南方城市人的当,哪怕他们是富人。"他扭扭脑袋,看看周围,想听到人们的赞赏。王龙急切地听着。

"然后呢?"王龙催促那人说下去。他蹲在车厢的地板上——那种车厢只不过是一间木头造的空屋子,没有可以坐的东西,风沙穿过地板上的裂缝钻了进来。

"然后,"那人放大了声音说,声音高过了下面铁轮的隆隆声,"然后你把席子连在一起搭个棚子,再出去讨钱,要紧的是用泥土和污物把你自己涂抹一下,让人看了觉得你可怜。"

王龙活到现在还从未向别人讨过钱,他不喜欢到南方去向陌生人讨钱的想法。

"非得讨钱吗?"他重复问道。

"啊,那当然,""骆驼嘴"说,"你要吃过饭再去。南方人米多得很,每天早晨你可以到粥棚花一文钱吃饱肚子,白米粥能吃多少吃多少。那时你可以舒舒坦坦地去讨钱,讨了钱买豆腐、青菜和大蒜。"

王龙从其他人身边挪开一点,转身对着墙,偷偷用手在腰里数数他剩下的铜钱。够买六张席子,每人吃一文钱的粥之后还剩三枚铜钱。他感到宽慰,可以开始新的生活了。但是,伸出一只碗向过路人乞讨的想法仍然使他不安。让老人和孩子去乞讨，甚至让他女人去，这还可以的，但他自己有一双手啊。

"男人有两只手，就没有活干吗？"他突然转过身问那个人。

"有，有活干！"那人蔑视地说，往地上吐了口痰，"要是你肯干，可以拉富人坐的黄包车，跑的时候你会热得流汗，站在路边等的时候你的汗会冻成冰贴在你身上。我宁愿去讨钱！"他胡诌了一通，王龙也不想再问他什么。

不过，那人说的一番话对他是有好处的。火车把他们载到终点站，下车以后，王龙已经盘算好了。他把老人和孩子安顿在一家宅院长长的灰墙脚下，让他的女人看着他们，自己便去买席子。他边走边打听市场在什么地方。起初他听不懂别人说的话，这些南方人说话的声音又尖又脆。好几次他向别人打听而又听不懂的时候，别人就不耐烦了，于是他学着去找一些慈眉善目的人。这些南方人是急性子，很容易发脾气。

他终于在城边上找到了席子店，他像知道价钱似的把铜钱在柜台上一放，扛了席子就走。孩子们一看见他便哭叫起来，他看得出他们在这陌生的地方感到害怕。只有老人愉快而惊异地注视着各种各样的事物，低声对王龙说："你看这些南方人，长得多胖，皮肤多么白嫩油润。一定天天吃肉。"

但是过路人谁也不看王龙这一家。在通往市里的石子大路上，人们来往不断，只顾忙自己的，从不看一眼旁边的乞丐；每隔一会儿就有一队驴子经过，小蹄子在石路上踏出清脆的嗒嗒声响，它们的背上驮着一筐筐盖房子用的砖块，或者一大袋一大袋的粮食。赶驴的人骑在最后一头驴的身上，手持一根鞭，一边吆喝一边在驴背上甩出啪啪的鞭声。赶驴的经过王龙时,个个都向他投以蔑视、高傲的目光。他们穿着粗糙的工作服,走过站在路边露出惊讶神情的一小堆人,那模样比王子还要高傲。这是赶驴人的特殊乐趣。他们觉得王龙这一家非常奇怪,因此走过他们时便甩响鞭子,划破空气的清脆鞭子声吓了他们一大跳,赶驴的见他们吓成这样便哈哈大笑。两三回以后王龙恼了,他离开路边去找搭窝棚的地方。

他们后面的墙边,已有一些人的窝棚搭了起来,但谁也不知道墙里头有些什么,也无法知道。这堵灰墙伸延得很长,砌得很高,靠墙根的小窝棚看上去颇像是狗身上的跳蚤。王龙仔细观察那些已建的窝棚,然后开始不停地来回摆弄席子,但用苇管做的席子很硬,不好定形,他失望了。

这时阿兰忽然说:"我会做。我小时候做过,还记得。"

她把女儿放在地上,把席子拿起来这么拉拉那么拽拽,然后搞成了一个垂到地面上的圆形棚顶,高低适合人坐在底下而不碰到头。在垂到地面的席子边上,她用附近的砖头压住,又让男孩子去捡了一些砖头。窝棚搭好之后他们走进里面,把她留着未用的一条席子铺在地上。然后他们坐下来,算是有了个住处。

他们这样坐着,面面相觑,似乎不相信他们前天才离开自己的家园,现在已经在三百多里之外了。那么远的路至少要走几个星期,而且,不等走完有的人肯定已经死在路上了。

这时,他们深深感到了这个地区的富足,在这里,看来没有挨饿的人。王龙说"让我们出去找找粥棚",他们几乎是高高兴兴地站起来的。他们又一次走了出去。

这次,男孩子边走边用筷子敲打饭碗,因为碗里立刻就能装上吃的。他们很快发现为什么窝棚都靠着那堵长墙:墙北头不远有一条街,街上走着许多人,手里拿着碗、盆和空罐头盒之类的容器,正在朝为穷人设的粥棚走去,粥棚设在那条街的一头,离墙不远。于是王龙一家人混进这群人当中,一起来到两个用席子搭建的大棚,每个人都向大棚开口的一面挤去。

每个大棚后面都有用土坯垒起的锅灶,那样大的灶王龙从来没有见过。灶上放着铁锅,铁锅也大得像小水池似的。当木头锅盖掀开时,煮着的好白米发出咕嘟咕嘟的响声,冒出一团团喷香的热气。人们闻到这种米香,觉得这是世界上最美的味道。他们一大群人全都向前走去,又喊又叫,母亲们又急又怕地喊着孩子,唯恐他们被人踩着,婴儿也不断地啼哭。这时掀开锅盖的人喊道:"人人都有,大家轮着来!"

但是,什么都挡不住这群饥饿的男人和女人,他们像动物一样争抢着,直到抢到。王龙陷在人群当中,只能紧紧拉着他的父亲和两个儿子,当他被拥到大锅前面时,他把碗伸了过去盛粥,盛满之后扔下铜钱。他用尽全身的力气站稳身子,粥盛好前绝不能被人挤出去。

他们又回到街上,站着吃他们的粥,他吃饱了,碗里还剩着一点,他说:"拿回去晚上吃吧。"

但附近站着一个人,像是这地方的警卫,因为他穿着特殊的蓝镶红的衣服。他厉声说:"不行,除非吃下去,否则不能带走。"

王龙不明白，说："我已经付了钱，吃了还是拿走跟你有什么关系？"

那人接着说："这是规矩。有些狠心人，来买救济穷人的粥——只出一文钱——他们把粥带回家里去当馊水喂猪。米是给人吃的，不是喂猪的。"

王龙听到这话非常吃惊，他喊道："有这样的人！"接着他问："为什么有人这样给穷人吃的？是什么人给的呢？"

那人答道："这是城里的富人和绅士给的。这样做有的是为来世做好事，救人性命，积阴德；有的是为名声，让人说他们的好话。"

"不管什么理由，都是好事，"王龙说，"有些人一定是出于好心才这样做的。"那人没有回答，王龙便又为自己辩护说："好心人总是有的吧！"

那人懒得再与王龙说话，他转过身，哼起一种懒洋洋的小调。孩子们拉了拉王龙，王龙便带着父亲和儿子回到他们搭的那个窝棚，躺了下来。他们一直躺到第二天早晨。这是从夏天以来他们第一次吃饱肚子，而且他们也太困乏了。

第二天上午，他们一定得设法弄点钱，因为头天早晨买的粥已经用掉最后一枚铜板。王龙看着阿兰，不知道该怎么办。但他不是像看他们光秃秃的田地时那样失望了。这里，街上有吃得很好的人来来往往，市面上有肉有菜，鱼市上的桶里有活鱼，这样的地方绝不可能让一个人和他的孩子们饿死的。这里的情况不同于他们家乡，在那里，有钱也买不到吃的，因为根本就没有吃的东西了。阿兰坚定地回了话，仿佛这就是她熟悉的生活："我和孩子们可以讨饭去，老人也可以。看到他满头白发，人家会给的，看到我们不一定。"

于是她把两个男孩子叫到跟前。毕竟他们还是孩子，只要有吃的便把什么都忘了，在这个陌生的地方，他们跑到街上，站在那里观看路过的人。她对他们说："你们每人手里拿个碗，这么拿着，这么喊叫。"

她把空碗拿在手里，伸出去端着，悲凄地叫道："好老爷——好太太！发发善心吧——做好事积阴德呀！你扔一枚铜钱，救救快饿死的孩子啊！"

两个男孩子和王龙都惊异地望着她。她在什么地方学会这一套的？关于这个女人，有多少事他还不知道呀！看着他惊异的眼神，她说："我小时候这样讨过，而且讨得到。那年也是这样的荒年，我被卖去做了丫头。"

这时一直睡着的老人醒了，他们给了他一个碗，四个人一起出去沿街乞讨。阿兰开始喊叫，把她的碗伸向每一个路过的人。她把小女孩塞进裸露着的怀里，孩子睡着了，她走的时候孩子的头一会儿歪向这边，一会儿歪向那边，随着她伸到人们面前的碗而不停地摆动。她乞讨的时候指着孩子大声喊叫："好心的先生，好心的太太，给点钱吧——这孩子要死了——我们没有吃的——没有吃的呀——"女孩子看上去也确实像已经死了，她的头一会儿摆到这边，一会儿又摆到那边。于是，有些人——好几个人——不情愿地丢给了她一些小钱。

但过了不久，男孩子把乞讨当成了游戏，老大还有些害羞，乞讨时竟腼腆地咧着嘴发笑。他们的母亲发现以后，把他们拖进窝棚,狠狠地打了他们一顿耳光,气愤地责备他们:"你们能一边说饿一边发笑吗?你们这些笨蛋,活该挨饿!"她打了又打,打得自己的手都疼了,他们满脸眼泪呜呜哭泣。她让他们再出去乞讨,对他们说:"现在该懂得怎么要饭了!你们再笑,我还要狠打!"

至于王龙,他走到街上,到处打听,终于找到了一个出租人力车的地方。他进去租了一辆,说好价钱是当天晚上付半块银圆,然后他便拉了人力车上街。

身后拉着这么个两轮木车,他觉得人人都把他当傻瓜。他那笨拙劲就像第一次套上犁的牛一样,几乎迈不开步。可是要挣钱谋生,他还非得拉着跑不可。在大街上,不论什么地方,人力车送客人都得跑着走。他走进一条窄胡同,那里没有店铺,只有一些私人住家的门关着,他在胡同里拉着车走来走去,想熟悉拉车的窍门。他感到绝望,想想还不如讨饭去,这时,一个戴着眼镜穿得像教员似的长者走出来向他招呼。

王龙一开始就想告诉他自己是个新手,不会拉着车跑,但那老人是个聋子,一点都听不见王龙的话,只是平静地挥手叫他把车杆放低,让他上车。王龙照他的意思办了,但不知道下一步该做什么。他觉得必须按那老人的意思做,他是个聋子,而且他穿得很好,看上去很有学问。老人在车上坐直,对他说:"去夫子庙。"然后他直直地坐在车上,显得非常平静,那平静的神态使人无法再问。于是王龙仿照别人的架势往前拉车,他根本不知道夫子庙在什么地方。

他边走边打听。那是一条很拥挤的街道,小贩们提着篮子走来走去，女人们都在市场上买东西，另外还有马拉的车和许多像他拉的那种人力车。街上到处摩肩接踵，根本不可能拉着车跑，所以他尽可能快走，但总觉得他后面的车在笨拙地咯噔咯噔跳动。他惯于背东西，不习惯拉车，没等看见夫子庙他的胳膊就疼了，手也磨出了泡来，车把和锄把磨的不是一个地方。

到了夫子庙门口，王龙把车杆放低，老先生走出来，在怀里摸了摸，掏出一个小银圆给了王龙，对他说："我一向就给这么多钱，你嫌少也没用。"说完他转过身向夫子庙里走去。

王龙根本没有嫌少，因为他还没有见过这种银圆，也不知道能换多少铜钱。他走到附近一家能换钱的粮店，店家换给他二十六枚铜钱，这使王龙对在南方挣钱这么容易感到惊奇。站在旁边的一个人力车夫在他数钱时凑过来问他："只给二十六枚呀。你给那个老头拉了多远？"王龙告诉他，那人喊道："真是个抠门的老头！他只给了你一半。你开始跟他要多少？"

"我没有要，"王龙说，"他说'过来'，我就去了。"

那个人同情地望着王龙。

"真是个乡下人，还留着辫子！"他向周围站着的人喊道，"有人说要他去他就去了，这个傻子里的傻子，根本不问'你给多少钱'！要知道，傻瓜，只有拉白皮肤的人可以不争价钱！他们脾气像生石灰，他们说要你去你就可以过去，而且可以相信他们。他们都是笨蛋，什么东西什么价钱，一点都不懂，只会像流水一样花口袋里的洋钱。"周围的人听着，都哈哈笑了。

王龙没有说话。确实，他觉得自己在城里人当中显得低贱无知。他一声不吭，拉着他的车走了。

087

"不管怎样,这些钱够我孩子明天吃的了。"他心里固执地想着。但这时他想起了晚上还要付车的租金,现在实际上连一半都不够呢。

那天上午他又拉了一个客人,这次他跟人讨价还价,讲妥了价钱。下午又有两个人叫他拉车。但到晚上,他数了数手上所有的钱,付过租金后只剩下一枚铜钱。他非常痛苦地往窝棚走去,心想:做了一天比田里活还苦的工,只挣到一枚铜钱。这时,他对土地的思念像洪水一样涌入他的心里。这一天倒是奇怪,他一次都没想到过他的土地,但现在,想着他的土地躺在遥远的地方等着他——他自己的土地——心里便平静不下来。他就这样想着,回到了他的窝棚。

他回到窝棚以后,发现阿兰一天讨到四十个小钱,差一点有五枚铜钱,大的男孩子讨到了八个,小的讨到十三个,加在一起够付第二天早晨的粥钱。只是他们要把钱收集在一起放的时候,小的哭着要留下自己的,他喜爱自己讨来的钱,夜里睡觉手里还攥着,谁也不给,后来还是他自己拿出来交了他那份粥钱。

老人什么都没有讨到。他一整天都非常老实地坐在路边,没有开口。他坐在那里睡觉,醒过来就看看路过的人和车,看累了就又睡去。他是长辈,谁也不能说他。他看到自己双手空空,只是说:"我耕地,播种、收割,我是这样来装满饭碗的。我还生了儿子,儿子又生孙子。"

他看到自己的儿子和孙子,就像一个孩子那样相信他现在不会再挨饿。

十二

在王龙生命中最初的严酷饥饿过去了。他看到孩子们天天都有些吃的,也知道每天早晨都有米粥,而且他一天的劳动和阿兰的乞讨,两者所得足以应付早晨的粥钱,于是他生活中的陌生感逐渐消失,他开始感觉到这座城市是什么样子,虽然他只是生活在城市的一角。他每天从早到晚在街上奔跑,渐渐知道了这座城市的一些风尚,也知道了这座城市一些偏僻的地方。他了解到早晨拉的那些客人,如果是女的,那是去市场买东西;如果是男的,他们不是去学校就是去商行。这些都是什么样的学校却无法知道,他只知道它们叫作"西洋大学堂"或"中国大学堂",因为他从未进过校门。他知道,如果他进校门,就会有人来问他待在不该待的地方干什么。他拉客人去到的那些商行的情况,他也一无所知,反正他只知道别人坐车,他拿钱。

他知道晚上拉的人是去大茶馆或者娱乐场所,这些场所是公开的,放着满街都能听到的音乐,在木桌上放着用象牙或竹子做的麻将牌,而秘密的、不声不响的、隐蔽的娱乐则是在墙后面的内房里。但王龙本人对这些娱乐一无所知,除了他的窝棚,他的脚还没有跨进过任何门槛,他拉的车总是停在某个门口。他对生活在这个富裕的城市里感到格格不入,就像在富人家里靠吃残肴剩饭为生的老鼠,这里躲躲那里藏藏,永远也不会成为那个家庭真正生活的一部分。

情况就是这样,虽然三百多里不及千里遥远,陆路不及水路遥远,但王龙和他妻儿在这个南方城市里却像外国人似的。不错,街上走来走去的人们也长着黑头发、黑眼睛,和王龙一家人没有什么不同,和王龙老家那地方的人也没有什么不同,听他们说话虽有困难,但至少能够听懂。

然而安徽毕竟不是江苏。在王龙的出生地安徽,人们说话慢而深沉,就像是从嗓子里发出来的似的。在江苏他们现在住的这座城市里,人们说话时音节从嘴唇和舌尖上爆破出来。王龙老家的田地一年里总是慢腾腾地收两季,麦子和稻子,以及一些玉米、豆子和大蒜;而这座城市周围的农民不停地用臭大粪催他们的土地,除了稻子之外,一茬接一茬在地里种各种蔬菜。

在王龙老家,一个人有了白面烙饼配大蒜就是一顿好饭,再不需要别的。但这里的人吃肉圆、冬笋、栗子鸡、鸭肫、鸭肝,以及各式的蔬菜。当乡下人带着隔夜的大蒜味走过时,这里的人就仰起鼻子喊道:"真臭,江北佬!"一闻大蒜味,卖布的商人会抬高蓝棉布的价格,就像他们对外国人抬价那样。

因此,贴墙而建的这一带窝棚永远不会成为这座城市的一部分,也不会成为城外乡村的一部分。有一次,王龙听见一个年轻人在夫子庙的角落上对一群人慷慨激昂地演讲——那个地方谁有勇气都可以站上去演讲——年轻人说中国必须发动一次革命,起来反对洋人,王龙听了非常害怕,偷偷地溜走了,觉得自己就是那个年轻人义愤填膺地谴责的洋人。又有一天,他听到另一个青年演讲——这座城市里到处都有青年演讲——那人站在街角说,现在这个时候,中国人必须团结起来,必须进行自我教育。王龙不觉得那人说的包括他王龙在内。

直到有一天,他在绸缎行的街上找顾客,才明白更多的情况,原来这座城市里还有些人比起他来更加是洋人。这天他正好经过一家店门口,那是女人常去买绸缎的商店,有时候那里出来的顾客付的车钱多。就在这天,有个人走出来突然碰上他,这个人的样子以前他从未见过,说不出是男是女,但是个高个子,穿着一件用粗料子做的挺直的黑色大衣,脖子上围着死兽的毛。他刚经过,这个不知是男是女的人轻快地打了个手势,让他把车杆放低。他照着做了。他站直身子,茫然地看了看这个坐车的人,那人结结巴巴地告诉他去大桥街。他开始拉着车奔跑,几乎不知道自己在干什么。他叫住那天拉车碰巧认识的另一个车夫问:"你看——我拉的是个什么人?"

那人喊着回答说:"洋人——美国女人——你发财啦!"

但王龙害怕身后那个奇怪的家伙,拉着车尽可能地快跑,等他到达大桥街时,已经筋疲力尽,汗流浃背。这个女人下了车,用同样结结巴巴的话说:"你用不着拼命跑。"然后在他手里放了两块银圆,这比平常的价钱多出了一倍。

这时王龙才知道这是个真正的洋人,在这座城市里比起他来更是外来人;他也知道了黑头发、黑眼睛的人毕竟只是一种人,还有另外一种黄头发、黄眼睛的人。从那以后,他在这座城市里不再完全觉得自己是洋人了。

那天晚上,他原封不动把两块银圆带回到窝棚,告诉了阿兰这事,她说:"我见过他们。我经常向他们讨钱。只有他们才往我碗里放银钱而不放铜钱。"

但是,王龙和他老婆都觉得洋人给银钱不是出于什么善心,而是他们无知,不知道给乞丐铜钱比给银钱更合情理。

然而,从这次经验中,王龙学到了那个青年不曾教给他的东西:他和那青年属于同一类人,都长着黑头发和黑眼睛。

如此靠近这个巨大的、四面伸延的、富裕的城市的郊区,看来至少不会缺少吃的东西。在王龙和他一家人来的地方,人们挨饿就是因为没有吃的,天灾无情,地里不长东西。在那里,银钱没什么用,在没有东西的地方,自然买不到东西。

在这座城市里,处处都有吃的东西。在鱼市那条石子路上,两旁排着大筐,大筐装着银白色的大鱼,那是夜里在水很深的河里捕的;一桶桶鳞光闪闪的小鱼,那是用渔网从池塘里捞的;一堆堆青色螃蟹,在愤怒的惊恐中爬动,用前脚互相夹着;还有蜿蜒蠕动的鳝鱼,那是美食家的佳肴。在粮食市场上,有些很大的粮囤,大得一个人可以走进去埋在里面,没看见的人绝不会知道;那里还有各种各样的粮食,有白米,深黄和浅金色的小麦,黄色的大豆,红豆,青绿的蚕豆,鲜黄的小米和黑白芝麻,等等。在肉市场,整口整口的猪被钩住脖子挂着,肚子对着劈开,露出红色的肉和肥实的猪膘,猪皮柔软,又厚又白。在鸭店的檐下,到处都挂着一排排棕色的烤鸭,那是人们在炭火上用铁扦插着鸭子慢慢地转着烤制出来的，店里还挂着白色的盐水鸭和一串串的鸭肫、鸭肝。在那些卖鹅、山鸡和其他各种家禽的店里，同样也是一派丰盛的景象。

至于蔬菜，地里能产什么，这里就有什么。鲜艳的红萝卜、空心的白藕、白的芋头、绿的卷心菜、芹菜、豌豆芽、棕栗子以及调味的香菜等等，应有尽有。在这座城市的市场上，凡是人们想吃的东西都可以找到。小商贩们来来去去，有卖糖、水果和干果的，有卖美味的蘸糖山药的，有卖肉包子的，也有卖黏米糕的。城里的孩子手里抓着满把的铜钱，跑出来到这些小摊上买东西，他们又买又吃，吃得他们的皮肤因为糖和油而发亮。

确实，人们会说在这座城市里不可能有人挨饿。

然而，每天早晨，天刚亮不久，王龙一家人还是从窝棚里钻出来，带着碗，聚在一起站在长长的队伍里。从窝棚出来的人，穿着在河边的潮湿空气里显得过于单薄的衣服，浑身发颤，弯身顶着寒冷的晨风，向救贫的粥棚走去，用一文钱买一碗粥。尽管王龙拉着人力车奔跑，尽管阿兰四处求乞，他们总不够钱买米天天自己做饭。如果付了救贫粥棚的饭钱还有剩余，他们就会买一点点卷心菜。但不论什么价钱，卷心菜对他们来说还是贵的，因为要阿兰在两块砖支撑着的锅上做菜，两个男孩子就必须去找柴火，他们从往城里柴市上送柴草的农民那里一把一把地偷抢，有时候被人抓住就遭一顿狠打。大的比小的胆小，干不来那种事，一天夜里，他被农民打成了乌眼青，回家后眼睛都睁不开了。可是小的却越来越熟练，实际上他干小偷小摸比乞讨更在行。

阿兰觉得这没有什么。如果男孩子不笑不闹也讨不回钱来，那就让他们偷东西塞饱肚子。但王龙不同，他说不过她，可是他打心底里厌恶儿子这种偷窃行为，因此对大男孩的笨拙并不责备。大墙下面这种生活，王龙是不喜欢的。他的土地在等着他呢。

一天夜里，他回来迟了，发现炖的菜里有一大块猪肉。这是自从他们杀了自己的牛以来第一次有肉吃，于是王龙睁大了眼睛。

"你今天一定是向外国人乞讨了。"他对阿兰说。但她一如以往，什么都不说。这时，二儿子年幼天真，对自己的机灵感到骄傲，便说："我拿回来的——这块肉是我的。卖肉的把它从案子上的大块肉上割下来，往别处看的时候，我从一个来买肉的老太太胳膊底下钻过去，抓了它跑进一条胡同，藏在人家门后的干水缸里，等哥哥过来。"

"我不吃这种肉！"王龙生气地喊道，"我们要吃买的或者讨来的肉，不是偷来的。我们虽然讨饭，但不是贼。"说完，他用两个手指从锅里把肉夹出来，扔在地上，一点不顾二儿子的哭叫。

这时阿兰走过来，不急不火，她捡起地上的肉，用水洗干净，又扔进了开着的锅里。

"肉总归是肉呀。"她平静地说。

王龙再没说什么，但他心里又气又怕，他的儿子在城里正沦为小偷。阿兰用筷子把煮得鲜嫩的猪肉分开，给了老人一块，然后给了男孩子一些，甚至还在小女孩嘴里塞了些，她自己也吃了。王龙始终一言不发，而且坚决不吃，他宁愿吃自己买的蔬菜。吃过饭后，他把二儿子带到街上，在他女人听不见的一个房子后面，他把孩子的脑袋夹在胳膊底下，狠狠地打了起来，孩子怎么哭号他也不肯住手。

"叫你偷！叫你偷！"他喊叫着，"偷就得挨揍！"

把哭哭啼啼的儿子放回家以后，他心想："我们一定要回老家去。"

十三

王龙在这个富裕的城市里一天天熬日子,生活在穷困的底层。尽管市场上摆满了食品,尽管在绸缎街上飘扬着黑的、红的、橘黄色的绸旗做成的商品广告,尽管富人穿着绫罗绸缎,他们不干活的双手软得像花一样又香又好看,尽管所有这些使这座城市堂皇富丽,但在王龙他们住的区域里,人们却不够吃,解不了难忍的饥饿,也不够穿,遮不了瘦弱的身子。

男人们整天为富人的宴席烤制糕点,孩子们从黎明工作到深夜,他们浑身油垢,睡在粗糙的草垫地铺上,第二天摇摇晃晃又去炉边,但是他们挣到的钱很少,还不够买一块他们为别人制作的好的糕点。男人和女人辛勤地设计剪裁过冬的厚毛皮和过春的轻裘,剪裁厚实的锦缎,把它们做成豪华的礼服,供那些享受丰盛食品的人穿,但他们自己只能扯一点粗糙的蓝棉布匆匆缝制起来遮体挡寒。

生活在这些为他人的享受而辛劳的人当中,王龙听到一些怪事也不在意了。确实,老一代的男人和女人对谁都不愿吭声。胡须半白的老人有的拉人力车,有的推着小车往烤坊和官邸送炭送柴,把腰都累弯了;他们在石子路上推拉装载着重载商品的大车,身上的筋像绳子一样暴出来,他们很节俭,吃得少得可怜,夜里睡的时间很短;他们始终沉默不语,脸像阿兰那样没有表情,谁也不知道他们心里在想些什么。如果他们开口,也只是说食物和铜钱。他们很少说银钱,银钱很难被赚到他们手里。

他们休息时皱着眉头,仿佛是在生气似的,其实并没有生气。多年以来,他们拉运重载的大车,累得龇牙咧嘴,这种繁重的劳动加深了他们眼角和嘴角上的皱纹。他们不知道自己是什么样子。有一次,一个人在一大车家具路过时从镜子里看到自己,他大声喊道:"看那家伙多丑!"别人笑他时,他却痛苦地微笑着,不知道人家为什么发笑,还急忙向四周看看,像是怕自己得罪了什么人似的。

在王龙周围那些一个挨一个的小窝棚里,女人们把破布缝在一起,为她们接连不断生养的孩子做衣服。她们从农民的田里偷偷抓一些蔬菜,从粮市上偷几把米,整年从山坡上挖取野菜。收获的时节,她们像鸡一样跟在收割者的身后,眼睛尖尖地盯住每一粒遗下的粮食。而且,这些棚里不断有孩子死去。他们生了死,死了生,做爹娘的都不知道生了几个死了几个,也几乎弄不清有几个活着。爹娘只把他们当作要养活的一张嘴罢了。

这些男人、女人和孩子在市场和布店里进进出出,他们也在城市附近的乡间流浪;男人们为了挣几文钱做这做那,女人和孩子们则小偷小摸和沿街乞讨。王龙和他的老婆孩子也处在这些人当中。

上了年纪的男人和女人接受了这种生活。但年轻的男孩子终于成长起来,他们是血气方刚的青年,对生活极为不满。他们中间出现了愤怒不平的议论。后来,当他们完全成年并结婚以后,越来越多的人心里感到颓丧,他们青年时纷乱的愤怒变得根深蒂固,形成了一种难以忍受的绝望和一种无法用言语表达的深刻的反抗,因为整个一生他们连牛马都不如,挣得的只是一点用来填饱肚子的残茶剩饭。一天晚上,王龙听着这种议论,他第一次听到了他们窝棚所靠的那堵大墙里面是怎么回事。

那是晚冬的一个晚上,当时人们第一次觉得春天有可能再来。窝棚周围的地上因冰雪融化还非常泥泞,雪水从窝棚顶上滴到里面,每家都东找西找地捡一些砖头垫着睡觉。尽管潮湿的土地让人很不舒服,夜晚的空气却显得温和,这使王龙越来越心神不宁,他晚饭后不能马上入睡,这已成了他的习惯,于是他出门走到街边,站在那里消磨时间。

他的父亲习惯靠墙蹲着,现在正端着碗在那里蹲着喝粥,因为孩子又吵又闹,窝棚里太挤。老人的一只手牵着一个用布带子做的束圈的一端,那是阿兰用她的腰带做的,在这个束圈里,小女孩摇晃着走来走去也不会摔倒。他就这样天天看着小女孩,她现在已经不愿意在母亲乞讨时偎在母亲的怀里了。此外,阿兰又怀了孩子,小女孩在她身上闹来闹去,她也会累得受不住的。

王龙看着孩子爬起来,倒下去,又爬了起来,老人握住束圈的一端。他这样站着,觉得晚风柔和,心里涌起了对他的土地的强烈思念。

"像这种日子,"他大声对父亲说,"应该耕地种麦了。"

"嗯,"老人平静地说,"我知道你心里在想什么。我这辈子好几次不得不像今年这样出来逃荒,但我也知道田里没有种子不会有新的收成。"

"可是你总会回去的,爹。"

"那里有地呀,孩子。"老人简短地说。

是的,他们也要回去的,今年不行就明年,王龙心里想着。只要他们自己有土地!想着土地躺在那里等他,春雨又多,他心里充满希望。他走回窝棚,粗声粗气地对妻子说:"要是我有什么东西能卖,我就卖掉,然后回老家去。要是没有老人,我们可以步行回去。但他和这些小孩子怎么走上百里路呢?还有你,你也太累了!"

阿兰一直在用不多的水洗着饭碗,现在她把碗搁在窝棚的一角,蹲在地上抬起头向他望着。

"除了这个小女孩没有可卖的东西。"她慢慢地回答。

王龙吃惊地吸了口气。

"不——我不卖孩子!"他大声说。

"我就是给卖了的,"她非常缓慢地说,"我被卖给一个大户人家,我爹娘才能回老家去。"

"这么说你要卖掉这孩子?"

"要是就我一个人,宁可让她死了也不卖……我简直是吃足了当丫头的苦!但是一个死了的孩子换不了钱给你——为了你,我可以卖掉这个女孩子——好让你回到老家去。"

"坚决不卖——即使我一辈子流落在这地方也不卖!"王龙坚定地说。

但是,当他又一次走出去的时候,卖孩子的想法诱使他违背自己的初衷,他心里出现了种种矛盾的想法。他看着小女孩,她正在祖父牵着的束圈里不停地摇摆活动。她靠着每天给她的食物已经长大，虽然还不会说话，但却是个不太费事就长得胖嘟嘟的孩子。她那像个老太婆似的嘴唇已经变红，正在微笑。她总是那样，他看她的时候她就变得高兴起来，微微地笑着。

"如果她从不曾躺在我的怀里像那样笑过，"他想，"也许我会卖掉她的。"

接着他又想到了他的土地，于是他激动地大声嚷道："难道我永远见不到我的地了？这样做工，这样乞讨，可得到的只能管一天吃的！"

这时从黑暗中传来了一个低沉的声音："这样的人不止你一个。在这座城市里，有成千上万的人跟你一样。"

那人走过来，吸着一根短的竹烟袋。这是距离王龙家两间窝棚的那户人家的父亲。这个人白天很少看见，因为他白天整天睡觉，夜里才出去干活。他拉重载大车，这种车太大，白天别的车来来去去，这种车在街上很难行动。有时王龙在天亮时看见他蹒跚着回家，累得气喘吁吁的，宽厚的肩膀也垂了下来。王龙早上出去拉车时碰见过他几回，有时候，在夜间工作之前的黄昏，这人也出来和准备回窝棚里睡觉的人站一会儿。

"那么，就永远这样下去吗？"王龙凄苦地问。

那人吸着大烟，往地上吐了一口痰。然后他说："不，不会永远这样下去。富的太富有富的办法，穷的再穷也有穷的办法。去年冬天，我们卖了两个女孩子，维持了下来，今年冬天，如果我女人怀的是女孩，我们还要卖。我留了一个大丫头——头胎生的。其他的卖掉总比让她们死了的好，虽然有些人宁愿让她们刚生下来就死去。这是穷人穷得没办法时的一种办法。富人太富了的时候也有一种办法，要是我没有说错的话，那办法很快就会出现。"他点点头，用他的烟袋指指他们身后的高墙："你看见过墙里面的样子吗？"

王龙摇摇头，呆呆地望着。那人继续说："我到里面卖过我的一个丫头，我看见过。我告诉你这家的钱财进出情况，你可能不会相信。跟你说吧，仆人吃饭用镶银的象牙筷子；使唤丫头戴玉石和珍珠耳坠，连鞋上也缀着珠子，鞋子稍微有一点脏，或者稍微有一点你我根本不认为是裂缝的裂缝，他们就会扔掉，连上面的珠子也一起扔掉。"那人狠狠地吸了一口烟。王龙张大嘴听着。就在这堵墙里边，竟有这样的事情！

"这就是富人太富时的一种方法。"那人说。

他沉默了一会儿，然后像什么都没说过似的，无所谓地说道："好了，还是干活吧。"接着他消失在夜幕之中。

但王龙那夜睡不着了，他想着墙那边的金银珠宝，而自己就靠着这堵墙睡觉。他身上穿着天天都穿的衣服，因为没有可盖的被子，身下只有一片席子铺在砖上。这时卖孩子的念头又来诱惑他，他心里暗暗地说："也许把她卖到一个富人家里会好些，如果她出落得好看使老爷欢心，她就会吃佳肴戴珍珠。"但他心里又反对自己的愿望，他想："可是，就算我把她卖了，也换不来金银珠宝。即使能得到够我们回家的钱，从哪里再弄钱买牛、买桌椅板凳和床呢？难道我卖孩子是为了离开这里到那地方挨饿？我们连种地的种子都没有呀。"

那人说"富的太富有富的办法"，可是他一点也不明白那人说的是什么意思。

十四

春天来到了"窝棚村"。现在，那些乞讨的人可以到外面的山上和坟地里挖新长出的蒲公英和荠菜之类的野菜，再不用像以前那样东拿一把西抢一把地弄菜吃了。每天，一群衣衫褴褛的女人和孩子从窝棚里出来，带着铁片、尖石头或旧刀子，拿着用竹枝或苇子编的篮子，到乡野和路边，去寻找不用乞求也不用花钱就能得到的食物。阿兰和两个男孩子，也每天都跟着这群人一起出去。

但男人必须打工，王龙还和以前一样继续拉车，虽然白天逐渐变长转暖，晴日使每个人都充满希望，突如其来的降雨则让大家不满。在冬天，他们默默地干活，赤脚穿着草鞋，强忍着脚下的冰雪。他们天黑回家，无声无息地吃完白天用劳累和乞讨换来的食物，男人、女人和孩子们挤在一起，沉重地倒头便睡，因为食物太贫乏，只有靠不说话和睡觉来减少消耗。王龙的窝棚里就是这样，他知道每一个窝棚里都一定如此。

但是，随着春天的到来，大家说话的声音也开始升高，别人也听得见了。晚上，他们聚在窝棚边一起聊天，王龙见到了住在附近但整个冬天都不认识的各种人。要是阿兰能告诉他她曾听见些什么就好了，例如，哪个人打老婆啦，哪个人生了麻风病，脸上的肉掉光了呀，谁是小偷帮里的头头啦，等等，但她总是默然不语，对这些多余的问题既不问也不答，因此王龙常常羞怯地站在人堆边上听别人说话。

这些衣衫褴褛的人大部分只谈白天干活和乞讨得到些什么东西，而王龙总觉得自己并非真正是他们当中的一员。他有地，他有地在等着他。其他人想的是明天他们怎样吃到一点鱼，或者怎样能闲逛一会儿，甚至怎样能小赌一番，比如赌一两枚铜钱。他们的日子全都很不愉快，十分贫乏，所以有时候总要玩玩，哪怕是颓丧失望。

然而王龙想着他的土地，尽管因为久久不能实现希望而心情很坏，但他始终千方百计考虑如何回去的问题。他不属于这种依附在一家富人墙边的低贱的人，也不属于富裕人家。他属于他的土地，只有当他觉得土地在他脚下，春天能扶着犁耕地，收获时能手持镰刀时，生活才能充实。所以他站在人群外面听人谈话，心里明白他有土地，有父亲传下来的好麦田，还有他自己从大户人家手上买的那块肥沃的稻田。

这些人总是谈钱，什么买一尺布付了多少钱啦，买一条手指头长的小鱼付了多少钱啦，或者一天能挣多少钱啦，而到最后，他们总是谈他们如果像墙里的主人那样有着万贯家财会做些什么。每天的谈话都这样结束："要是我有他家的金子，他每天腰里带的银钱，他的小老婆戴的珍珠，他的大老婆戴的宝石……"

他们谈论如果得到这些东西会做些什么,王龙听到的总是他们打算吃多少,睡多久,吃什么他们从未吃过的山珍海味,到哪个茶馆去赌博,买什么样漂亮的女人来满足他们的欲望;而最重要的是,他们怎样不再干活,像墙里的富人一样永远不用干活。

这时王龙突然大声说:"要是我得到那些金银珠宝,我要用来买地,买上好的土地,让土地产出更多的东西。"

"哈,真是个乡巴佬,一点不懂城里的生活,不知道有了钱能干些什么。他要继续像长工那样在牛屁股后头干活!"他们每个人都觉得自己比王龙更配得到那些财富,因为他们知道怎样更好地花钱。

但这种蔑视并没有改变王龙的想法。这只不过使他把声音放低,在心里自言自语道:"不管怎样,我要把这些金银珠宝变成土地。"

想到这点,他对自己的土地的渴念与日俱增。

王龙摆脱不了对土地的不断思念,这座城市中在他周围天天发生的事情让他像在梦中似的。他接受各种陌生的东西,不问事情为什么如此,只知道今天有这事。例如,有人到处发传单,有时还给他几张。

王龙这辈子从未学过纸上的字是什么意思,因此贴在城门上、墙上,甚至白给的,盖满黑字的纸对他毫无意义。这样的纸他分到过两次。

第一次是一个外国人给他的,这人和他那天偶然拉的那个人差不多,只不过是个男的,高个子,像是被狂风吹过的树一样,身子细细长长。这个人长着一双像冰一样的蓝眼睛,满脸胡子,他给王龙纸的时候,王龙见他手上长满了毛,而且皮肤是红色的。另外他还有一个大鼻子,像船伸出的船头一样从他的脸颊上凸出来。王龙虽然害怕从他的手上拿任何东西,但看到那人奇怪的眼睛和可怕的鼻子,他又不敢不拿。他抓住塞给他的那张纸,等那人过去以后他才有勇气去看。他看见纸上有一个人像,白白的皮肤,吊在一个木头十字架上。这人没穿衣服,只是腰间围盖着一片布,从整个画面上看他已经死了,因为他的头从肩上垂下来,两眼紧闭,嘴唇上长着胡子。王龙恐惧地看着这个人像,但逐渐产生了兴趣。这个人像下面还有些字,但他不懂是什么意思。

晚上他把画带回家去,拿给他父亲看。但他父亲也不识字,于是王龙和他父亲及两个男孩便讨论它可能是什么意思。两个男孩子又兴奋又害怕地大声喊道:"看,血正从他的身子往外流呢!"

接着老人说:"肯定是坏人才被这样吊着。"

但王龙对这幅画感到害怕,他仔细想着为什么一个外国人把这幅画给他,是不是这个外国人的某个兄弟这样被人杀了,而其他同胞要报仇?因此他避开遇见外国人的那条街。过了几天,这幅画被忘却以后,阿兰把它和其他捡来的纸片一起缝进了鞋底,使鞋底结实些。

第二次把纸给王龙的人却是这座城里的人。这次是个青年,他衣着整齐,一边大声演讲,一边向人群散发传单,这些人正围在街上看热闹。这张纸上也有一幅表现流血和死亡的图画,但这次死的不是白人,没有那么多汗毛,而是一个像王龙那样的人,一个普通的人,又黄又瘦,长着黑头发、黑眼睛,穿着破旧的蓝色衣服。在这个死者的边上,站着一个肥胖的大汉,手里拿着一把长刀,一次一次地砍杀死者。这是一幅凄惨的景象,王龙凝视着,很想弄明白下面的字是什么意思。他转向身边的一个人,问道:"你认识字吗?能不能告诉我这幅可怕的画是什么意思?"

那人说:"别说话,好好听那个年轻的先生讲。他会告诉我们的。"

于是王龙就听着,他听到以前他从来没有听到过的事情。

"这个死人指的是你们,"那个年轻的先生说,"砍杀你们的凶手是富人和资本家,你们是被他们杀死的,甚至在你们死了以后,他们还残害你们。你们之所以贫穷、受压迫,是因为富人夺去了一切。"

王龙完全知道他非常贫穷,但在此之前他怨恨的是老天爷不按季节下雨,或者虽然下了雨,却像去不掉的恶习一样下得没完没了。雨和阳光适量时,地里的种子就会发芽,庄稼就会结穗,他也就不觉得他穷了。因此他很有兴趣地继续往下听,想听听富人遇到老天爷不按季节下雨的情况怎么办。最后,当那个青年讲了又讲,但对王龙感兴趣的事只字不提时,王龙便鼓起勇气问道:"先生,压迫我们的富人有没有什么办法叫老天爷下雨,好让我们在田地上耕作?"

听到这话,那个青年蔑视地转向他答道:"唉,你多么愚昧呀!现在还留着长辫子!天不下雨,谁也不能叫天下雨。但这与我们有什么关系?如果富人把他们所有的东西给我们,下雨不下雨对任何人都没有关系,因为我们都有钱,都有吃的。"

听众中响起了大声的欢呼，王龙却不满意，转身走了。话虽那么说，可还得有土地呀。钱和食物用尽吃光就完了，但如果不是风调雨顺，还会再一次出现饥荒。然而，他还是很高兴地拿了青年给他的那些纸，他记着阿兰缝鞋底的纸一直不够，于是他回到家把纸给了阿兰，对她说："这给你缝鞋底。"然后他又照旧做工去了。

住在窝棚里的、晚上与王龙说话的人当中，许多人都热切地听了那个青年人的演讲。他们知道，墙那边就住着一个富人，在他们和他的财富之间，只隔着这一堵砖墙，这实在算不了什么，只要用他们天天用来挑东西的粗实扁担敲几下，这堵墙便可以推倒。

这样，春天里的不满如今又添了新的不满，就是那个青年和他的同行在窝棚居住者心里广泛散布的对不公正的财产占有的不满。他们天天想这些事，黄昏时谈论这些事，而且最重要的是他们日复一日的辛劳丝毫没有增加他们的收入，因此年轻壮汉们的心里出现了一股怒潮，像春天泛滥的河水，不可阻挡——这是一种要求充分实现强烈欲望的怒潮。

然而王龙不同，虽然他看见了这些，也听到了他们的议论，并且以一种奇怪不安的心情感觉到了他们的愤怒，但他希望得到的只是双脚重新踏上自己的土地。

在这座城市里，王龙经常遇到新鲜事。他看见过另外一件他不懂的新鲜事。一天，他拉着空车沿街找顾客时，看见一个站着的人被一小队士兵抓住，那个人挣扎时，士兵们在他面前挥起了军刀。就在王龙惊异地观望时，另一个人又被抓了起来，然后又有一个人被抓了。他觉得被抓的都是靠双手做工的普通人。他呆呆地注视着，又有一个人被抓，而这个人就住在离他最近的一间窝棚里。

接着，王龙在惊恐中突然发现，所有这些被抓的人和他一样，都不知道自己为什么这样被强行抓去，也不知道自己是不是还能回来。他赶紧把车塞进旁边一个胡同里放下，跑进一家水铺的门里，唯恐下一个就会抓他。他蹲在水铺大灶的后面，直到士兵们过去。然后，他问水铺的伙计这是怎么回事，那个整天受大铜锅里的热气熏蒸、满脸皱纹的老头无所谓地答道："肯定是什么地方又打仗了。谁知道这种仗打来打去是为的啥？我小的时候就是这样，我死了还会这样，这我知道。"

"可是，为什么他们抓我的邻居呢？他跟我一样什么都不知道，也从来没有听说过这次新的战争。"王龙惊愕地问。

老头盖好锅盖后回答说："这些士兵准是要到什么地方去打仗，他们需要人搬运他们的行李，所以就强迫像你这样的苦力去干。可是，你从什么地方来的？这在城市里算不上是新鲜事了。"

"接下来怎么样呢？"王龙迫不及待地催问，"给多少工钱？给什么报酬？"

那个老头太老了，对什么都不抱太大的希望，除了他的水锅，他对什么都不感兴趣，他随随便便地回说："谁都不给工钱，一天给两个干馒头，喝池塘里的水，运到目的地以后，要是你还能走路你就回家。"

"可是，那他家里人——"王龙吃惊地说。

"哼，你知道什么呀？你问那些干什么？"老头嘲笑地说，一边揭开木锅盖瞧瞧最近一个锅里的水是不是开了。一团热气将他围住，他那多皱纹的脸也隐没在水汽中了。然而，他是好人。他从蒸气中露出头来时，看见士兵们又来了，他们正在能干活的男人都已跑光了的大街上到处搜寻。王龙从他蹲着的地方看不见。

"低下头，"他对王龙说，"他们又来了。"

王龙低着头蹲在大灶后面，士兵们嗒嗒地踩着石子路往西走去。他们的皮靴声消失以后，王龙蹿出来，抓住他的人力车，空着车跑回窝棚。

这时阿兰刚刚从路边回来，准备煮她从外面挖来的野菜，王龙上气不接下气地告诉她正在发生的事情，告诉她他差一点没能逃掉。他在说这件事的时候，心里产生了一种新的恐惧。他害怕被拖到战场上去，那样不仅他的老父亲和家里的其他人都会留下来饿死，而且他自己也可能在战场上流血、被杀，绝不可能再看见他自己的土地。他看看阿兰，显得心力交瘁，最后他说："现在我真的想卖掉这个小丫头，回北方老家去。"

她听了这话后沉思了一会儿，然后才用她那毫无表情的方式说道："等几天吧。外面有些奇怪的议论呢。"

然而他白天不再出去了，他让大孩子把车还回租车的地方，到夜里就去商店仓库拉载货的大车。虽然只能挣到他以前挣的钱的一半，他也宁愿整夜去拉装满箱子的大车——每辆大车有十来个人拉着，拉车的人累得发出一阵阵哼哼声。那些箱子里装满绸缎、棉布或香烟，烟草的香味从木箱缝里溢出。有时也有大桶的油或大缸的酒。

他整夜拉着绳子，穿过黑暗的街道，光着上身，汗流浃背，赤裸的双脚在夜间泛潮的石路上一滑一滑地走着。在他们前面引路的是个小孩，举着火把，在火光的照耀下，他们的脸和身子像潮湿的石头一样发亮。王龙天亮前回家，又饿又累，昏昏睡去。不过白天士兵们搜街的时候，他可以安全地睡在窝棚角落里的一堆干草后面——那是阿兰捡来掩藏他的。

王龙不知道打什么仗，也不知道是谁打谁。但春天又过了些时候，城里到处出现了令人恐惧不安的景象。白天，马拉的大车载着富人和他们的财物，有绸缎衣服和被褥，有他们漂亮的女人和他们的珠宝，拉到河边用船运到其他地方，还有一些拉到火车南来北往的车站。王龙白天从不到街上去，但他的儿子回来后眼睛睁得又大又亮地大声告诉他："我们看见这样一个——这样一个人，又胖又怪，像庙里的菩萨，身上披着好多尺的黄绸子，大拇指上戴着一枚金戒指，上面镶的绿宝石像一块玻璃，他的皮肉亮得像是涂了油，会发光！"

大儿子还说："我们看到好多好多箱子，我问里面装的是什么时，一个人说，里面装的是金银财宝，但富人走时不能全带走，有一天这会成为我们的。爹，这话是什么意思？"大儿子好奇地睁大眼睛望着他父亲。

王龙只是简单地回答说："我怎么知道那个人说的话是什么意思？"

他的儿子不满足地大声说："啊，要是我们的，我想现在就去拿来。我想吃一块饼。我还从来没吃过芝麻饼呢。"

老人听到这话，从睡梦中抬起头看了看，他像低声哼哼一样自语道："收成好的时候，我们中秋节就吃这种饼；芝麻收下来卖之前，我们自己留下一些做这种饼。"

王龙想起了新年里阿兰曾经做过的那种饼，那是用好米面、猪油和糖做的。他垂涎欲滴，心里却因为对失去的东西的渴望而痛苦。

"只要我们能回到老家的土地上就好了。"他低声说。

突然，他觉得一天也不能再在这种窝囊的窝棚里待下去了。他在草堆后面连腿都伸不开，晚上更难以忍受要背着吃进肉里的绳子，在石子路上拉那沉重的大车，现在他已经熟悉街上的每一块石头，好像每块石头都是一个敌人，他也熟悉每一个沿着走就可以避开石头的车辙，这样他就可以少花一点力气。有时，在漆黑的夜晚，特别是在下雨天路比平日更湿的时候，他心里的全部愤恨都集中在脚下的石头上，仿佛是这些石头使劲抓住了那毫无人性的大车轮子。

"啊，多好的地呀！"他突然大声说，然后呜呜地哭了起来。孩子感到害怕。老人惊愕地看看儿子，脸上的皱纹扭来扭去，稀疏的胡子有些抖动，就像一个孩子看见母亲哭泣时的表情一样。

又是阿兰用她那平板的声音开了腔："过不了多久我们就会看到变化的，现在到处都有人在议论。"

王龙从他躺着的窝棚里不断听到走过的脚步声，那是士兵奔赴战场的脚步。有时他把窝棚掀开一点，从缝里往外观望，他看见穿着皮鞋、打着裹腿的脚不断行进，一个接一个，一对挨一对，一列跟一列，有成千上万的人。夜里，他拉车的时候，在前头火把的亮光下，偶尔在黑暗中看见他们的脸闪过。关于这些事，他什么都不敢问，只是埋头拉车，匆匆吃饭，整个白天睡在窝棚的草堆后面，那些日子谁也不跟谁讲话。城市里动荡不安，人们匆匆做完非做不可的事就赶快回家关上大门。

黄昏时候人们不再在窝棚附近闲谈。市场上的食品架子现在也空了。绸布店收起了他们鲜艳的广告旗子，把前门用厚实的木板从两头钉死。即使在中午从城里走过，也好像所有的人都在睡觉。

到处都在窃窃私语，说是敌人快要来了，于是那些有钱财的人都害怕起来。但王龙不害怕，那些住在窝棚里的人也没有一个害怕的。一方面他们不知道敌人是谁，另一方面他们也没有什么会失去的东西，因为就连他们的命也算不了什么。如果敌人要来就让他们来吧，反正情况再坏也不过像现在这样。不过他们每个人依旧按照自己的方式生活着，谁也不跟谁公开谈论什么。

接着，商店的经理告诉那些从河边来回拉大车的劳工不必再来，因为这些日子以来已没有人在柜台前买卖东西。这样，王龙就只好白天黑夜都待在窝棚里闲着。起初他很高兴，他的身子从未得到过足够的休息，所以一睡下去就像死人一样。但是，不工作也不能挣钱，过不了几天他那点剩余的铜钱就会用光，所以他又拼命琢磨他能够做些什么。这时，好像他们的厄运还没有受够，救贫的粥棚也关了门。那些曾经以这种施舍帮过穷人的人回到自己家里，闭门不出。没有吃的，没有工作，街上也没有一个可以乞讨的人走过。

王龙抱着他的小女儿一起在窝棚里坐着。他看看她，温柔地说道："小傻子，你愿意到一个大户人家家里去吗？到人家那里有吃有喝，你还能穿上整齐的衣裳。"

她一点也听不懂他说的是什么，微笑起来，举起小手好奇地去摸他那不安的眼睛。他再也忍受不住了，大声对阿兰喊道："告诉我，你在那个大户人家那儿挨过打吗？"

她平板而阴郁地对他答道："天天挨打。"

"只是用一条布腰带打，还是用竹棍或绳子打？"

她用同样平板的方式回答："用皮条打，那皮条原是一头骡子的缰绳，就挂在厨房的墙上。"

他深知她了解他在想些什么，但还是抱着最后的希望说："我们这个孩子是个漂亮姑娘。告诉我，漂亮的丫头也挨打吗？"

好像她觉得这样都无所谓似的，淡淡地答道："是的，或者挨打，或者被男人抱到床上，完全由着他的性子。不只是一个男人，而是那些想要她的任何一个男人，年轻的少爷们为丫鬟争吵，有时他们还会交换，他们说：'你今天晚上先上，等明儿就是我的。'等到他们全都对某个丫鬟厌倦之后，男仆们又会争抢着交换少爷们不要的这个丫鬟。要是一个丫鬟长得漂亮，她还没有成年就会遭受这种折磨。"

这时王龙叹了一口气，把女儿紧紧抱在怀里，一遍又一遍温柔地对她说着："唉，小傻子……唉，可怜的小傻子。"他的心里这时却在号哭，就像一个人掉进了汹涌的洪水中似的。然而，他又止不住想道："没有别的办法了，没有别的办法了……"

就在王龙坐在那里时，突然传来一阵天崩地裂般的巨响，大家想都没想便倒在地上，掩住了自己的脸，仿佛这种可怕的巨响会把他们抓起来撕碎似的。王龙用手捂住了小女孩的脸，不知道这种怕人的噪声会使孩子们多么惊恐。老人冲着王龙的耳朵叫道:"这种声音我活到现在还没有听见过。"两个男孩子也吓得号叫起来。

但是,像突然发生巨响一样,突然又是一片寂静。这时,阿兰抬起头来说:"我听说的事现在发生了,敌人已经攻破城门进来了。"还没有谁来得及答她的腔,城市上空就响起了喊声,这是鼎沸的人声,起初不太清楚,像是暴雨来临前的大风,随后汇成了低沉的吼声,越来越响,满街都响了起来。

王龙在窝棚的地上直直地坐着,心里充满了一种奇怪的恐惧,感到毛骨悚然。大家都直直地坐着,互相呆望,不知在等待着什么。他们听见的只是人群汇集的嘈杂声,每一个人都在呐喊。

接着他们听到隔墙不远的一扇大门咯吱一声打开的声响,然后那个叼着烟袋同王龙说过话的男人,突然把头伸进窝棚口来喊道:"你们还待在这里呀?时候到了——富人家的门向我们打开了!"于是阿兰像变戏法似的立刻不见了,她在那人说话时从他的胳膊底下溜了出去。

王龙慢慢地、茫茫然地站起来,把小女孩放下,走了出去。在那个富人家的大铁门面前,一群呼喊着的普通人拥向前去,像虎啸般怒吼。他听见这种声音在街上不断高涨,便知道所有富人家的门口都有这样吼叫的人群。他们饥寒交迫,这一会儿他们自由了,他们爱干什么就干什么。那个富人家的大门打开了,人们挤得风雨不透,整个人群像一个人似的往前移动。另外一些从后面赶来的人,把王龙挤进人群,不管他愿不愿意,便簇拥着他一起向前,他不知道自己想干什么,他对眼前的事情过于震惊。这样王龙也被挤进了大门,在拥挤的人流中,他的脚就像不着地似的;人们嘈杂的喊声像愤怒的兽群在四周不停地咆哮。

他被拥过一个又一个院子,一直被拥到最里面的内院,但这家的男人和女人他一个也没看见。这里仿佛是个长期废弃的宫殿,只有园内假山石之间的百合花还在开放,迎春花光秃秃的枝上开满金黄色的小花。屋里的桌上放着食物,厨房里的火也还燃着。这群人对这个富人家的房屋了解得非常清楚,他们挤过厨房和奴仆们居住的前院,一直拥进了老爷太太居住的内院,那里有他们雅致的床铺,漆成黑红描金的装绸缎的箱子,精心雕饰的桌椅,以及挂在墙上的轴画。这群人扑向这些财物,打开每一个箱柜,人们互相争夺里面的东西,结果衣服被褥和布帘碟碗从一只手里换到另一只手里,每只手抓住的东西都有另一只手也抓着,谁也不肯停下来看看他们拿到的到底是些什么东西。

只有王龙没有趁混乱拿东西。他一辈子都没拿过别人的东西,他不能做那种事。起初他站在人群中间被挤来挤去,后来他有些明白过来,使劲往人群外面挤,最后挤到了人群的边上。他站在那里,尽管也像池边的小漩涡那样受到潮流骚动的影响,但仍然能明白自己在什么地方。

他是在最后面的一间院子,这是那个富人家内眷居住的地方,有个后门已经打开——那种后门几百年来富人家都保留着,专供遇到这种情况时逃跑用的,因此称作"太平门"。毫无疑问,今天听到院子里的吼声,他们全都从这个门向外逃走了,到街上的隐蔽处去藏身,但是有一个人,不知是因为身体太胖还是因为喝醉了酒睡得太死,却没有能够逃走,结果在一间空荡荡的内室里突然被王龙撞见。人们曾从这个人待的内室里挤进挤出,但他躲在隐蔽的地方而未被发现,他以为眼下只有他一个人了,准备偷偷溜出去。王龙也一直躲着人群,最后只剩下他一个人,所以两人便碰在一起。

这是个高大肥胖的家伙,不算老也不算年轻,他一直赤身躺在床上,无疑身边还有过一个漂亮女人,因为他赤裸的肉体从搭在身上的紫缎睡袍下露了出来。他胖滚滚的肌肉发黄,在胸脯和肚子上叠成褶子。他一脸胖肉,两只眼睛显得又小又凸,像一对猪眼似的。他一见王龙便浑身战栗,像有人用刀子割他的肉似的大声哀叫,王龙手无寸铁,对这情景觉得奇怪,本来想笑,但这个胖家伙跪在地上,一边磕响头一边叫道:"饶我一命——饶我一命——千万别杀死我。我给你钱——很多的钱!——"

正是"钱"这个字使王龙恍然大悟。钱!是啊,他需要钱!而且他还清楚地觉得有一个声音正对他说:"钱——可以救孩子——还有土地!"

"那么,给我钱!"

于是那胖子跪直身子,一边嘟哝着哭泣,一边摸索衣服的口袋,他伸出发黄的双手,手里捧满了金子,王龙撩起自己外衣的前襟把金子兜了起来。接着他又用那种像是别人的声音似的的怪声喊道:"再拿些出来!"

那人又一次伸出了捧满金子的双手,低声说:"现在一点也没有了,除了我这条苦命,我什么东西都没有了。"他止不住哭泣,眼泪像油滴似的从他的胖脸上淌了下来。

看着他浑身战栗,哭哭啼啼,王龙突然恨起他来,他这辈子还没这样恨过谁,于是他带着满腔的愤恨喊道:"滚吧,滚开!不然我就像踩一条胖蛆虫一样把你踩死!"

虽然王龙心肠软得甚至连牛也不敢杀,现在却喊出了这样的话来。那人像狗一样从他身边跑过去,接着便不见了。

这时只剩下王龙和那些金子。他数都没数,把金子匆匆揣进怀里,走出太平门,穿过后面的小街,回到窝棚。他紧紧抱着那些还有别人身上余温的金子,一遍又一遍地对自己说:"我们要回到自己的土地上去——明天,我们就回自己的土地上去!"

十五

没过几天,王龙便觉得他好像从未离开过他的土地,而他的心也确实从未离开过。他用三块金子从南方买了些良种——颗粒饱满的小麦、稻米和玉米,还毫不在乎地花钱买了些他以前从未种过的种子,例如芹菜、准备在池塘里种的莲藕、和猪肉烧在一起可以上台面的大红萝卜,以及一些红色的香豆荚。

到家之前,他从一个正在耕田的农夫手里用五块金子买了头耕牛。他看见那人正在耕田,便停了下来,老人、孩子和他的女人尽管归心似箭,也都停了下来。他们望着那头耕牛。王龙先是觉得那头牛脖子粗壮,然后马上看出了它那拉牛轭的双肩坚韧有力,于是他叫道:"这头牛可不怎么样!你准备把它卖多少钱呢?你看,我没有牲口,走起来很困难,你出什么价,我买下来。"

农夫回答说:"我宁愿先卖老婆也不卖这头牛,它才三岁整,正是最好的时候。"他继续耕地,并没有为王龙而停下。

这时王龙仿佛觉得,在世界上所有的牛当中,他非要买这头不可。他对阿兰和他父亲说:"这头牛怎么样?"

老人看了看说:"看来这是头阉过的牛。"

接着阿兰说道:"这牛比他说的要大一岁。"

王龙没有回答,他的心思集中到了这头牛身上,他看上它耕地的耐力,看上了它那光滑的黄毛和黑亮的眼睛。用这头牛他可以耕地,可以碾米磨面。因此他走向那个农夫,说道:"我愿意给你再买一头牛的钱,多一点也行,因为这头牛我看中了。"

经过讨价还价终于说定了,农夫以比在当地买头牛的价位要高一半的价钱卖掉了它。但王龙看到这头牛时突然觉得金子算不了什么,他把金子递给农夫,看着农夫把牛从轭上卸下来,他握住穿着牛鼻子的缰绳把牛牵走。新得了一头牛,他心里很激动。

他们到家的时候,发现门板已经被拆走,房顶也不见了,屋里留下的锄、耙也都没了,唯一剩下的是几根光秃秃的桁条和土墙,土墙也因为冬雪春雨来得迟而遭到破坏。在一开始的惊愕过去之后,王龙觉得这一切都算不了什么。他到城里去买了一个硬木做的好犁、两把锄头和两把耙子,还买了一些盖屋顶用的席子——等新的收成下来再铺草。

晚上,王龙站在家门口观望他的田地,他自己的田地,经过冬天的冰冻,现在松散而生机勃勃地躺在那里,正好适合耕种。时值仲春,浅浅的池塘里青蛙懒洋洋地鸣叫着。房角的竹子在柔和的晚风中轻轻摇曳,在暮色中,他可以朦朦胧胧看到近处田边的簇簇树木。那是些桃树和柳树,桃树上粉红色的花蕾鲜艳欲放,柳树也已舒展开嫩绿的叶片。从静静地等待耕种的田地上升起了银白色的薄雾,宛如月光,在树木间缭绕不散。

在最初的好长一段时间里,王龙不想见任何人,只想一个人待在自己的土地上。他不去村里任何一家串门,当那些熬过冬天的饥荒而留下来的人碰到他时,他对谁都有气。

"你们谁拆走了我的门?谁拿走了我的锄头和耙子?谁把我的房顶当柴烧了?"他这样对他们吼叫。

他们摇摇头,充满了善意和真诚。这个说:"那是你叔叔干的。"那个又说:"不,在这种饥饿和战争的倒霉时候,到处都是土匪盗贼,怎么能说谁偷了什么东西呢?饿慌了,谁都成了小偷。"

这时,姓秦的邻居蹒跚着从家里走出来看王龙,他说:"整个冬天有一帮土匪住在你家里,他们把村里人和城里人都给抢了。听说你叔叔最清楚这帮人。不过在这种时候,谁知道呢?我可不敢说哪个人不好。"

姓秦的虽然还不满四十五岁,但头发已经稀稀拉拉,而且全都白了,他瘦得皮包骨头,整个人简直就像一个影子。王龙端详了他一会儿,然后带着同情的口气突然说道:"你比我们还不如。你都吃些什么呀?"

那人叹着气用很低的声音说:"我什么没吃过呢?我们吃过街上的垃圾,像狗一样。我们在城里讨过饭,还吃过死狗。有一次,我女人死以前,她做过一种肉汤——我不敢问那是什么肉,我只知道她没有胆子杀任何东西,要是我们吃到肉,那一定也是她找来的。后来她死了,她太弱了,不如我能熬。她死了以后,我把女儿给了一个当兵的,我不能看着她也饿死呀。"他哽咽得说不出话来,过了一会儿又接着说:"要是我有一点粮种,我会再种点东西,可是我连一粒种子都没有。"

"到这儿来!"王龙粗声粗气地叫道,然后抓住他的手把他拉进家里。他让那人撩起破旧的外衣,把他从南方带回来的种子往里面倒了一些。他给了他一点麦种、稻种和菜种,对他说:"明天我就来,用我的好牛给你耕地。"

姓秦的忍不住放声大哭起来,王龙也擦了擦自己的眼睛,仿佛生气似的喊道:"你以为我忘了吗?你给过我几把豆子。"姓秦的却说不出话来,他哭着走了,一路上还不停地哭着。

王龙发现他叔叔现在不住在村里,对他可是件喜事。谁也不知道他到什么地方去了,有人说他到某一座城市里去了,也有人说他和他的老婆孩子住在很远的地方。但他在村里的家中是一个人也没了。王龙听说那些女孩子被卖了非常气愤,那个长得最好看的大女儿第一个被卖,卖了个高价,最小的麻脸,也被卖给了一个去打仗路过的士兵,只卖了一把铜板。

王龙开始踏踏实实耕作,连回家吃饭睡觉的时间都算了进去。他宁愿把烙饼和大蒜带到田里,站在那里边吃边盘算:"这里我得种点黑眼豆,那里做稻秧的苗床。"如果白天活干得实在太累了,他就躺下来睡在垄沟里,他的肉贴着他自己的土地,他感到暖洋洋的。

阿兰在家里也不肯闲着。她用双手把席子牢牢地固定在屋顶的桁条上;从田里取来泥土,用水和成泥,修补房子的墙壁;她重新砌了一口锅灶,并且把雨水在地上冲出的凹处给填平。

有一天,她和王龙一起到城里去,买了一张桌子、六条凳子、一口大铁锅,为了享受,还买了一个刻着黑花的红泥壶和配套的六个茶碗。最后他们到香烛店买了一张财神爷的像，准备挂在堂屋，还买了一对锡制的烛台、一只锡香炉和两根敬神的红烛，红烛是用牛油做的，又粗又长，中间穿了一根细苇秆作为灯芯。

有了这些东西，王龙想到了土地庙里的两尊小菩萨，在回家的路上，他走过去看了看。他们看上去非常可怜，脸上的五官已经被雨水冲刷掉了，身体的泥胎裸露着，破烂的纸衣贴在上面。在这种可怕的年头，没有任何人会供奉他们，王龙冷峻而轻蔑地看看他们，然后像训斥孩子似的大声说："菩萨欺侮人，也有报应！"

王龙的家里又收拾得一干二净了，锡台上烛光闪闪，茶壶和碗放在桌上，床摆好了位置，上面铺了被褥，卧室里的洞已用新纸糊住，新的门板也安装到木门框上了。然而，王龙却对他的福气害怕起来。阿兰又怀了孩子；他的孩子们像褐色的木偶似的在门口玩耍；他的老父亲靠南墙坐着打盹，睡觉时微笑着；他田里的稻秧长得碧绿如玉，豆子也破土拱出了新芽。他剩下的金子，如果俭省一些，可以供他们吃到收获季节。王龙看着头顶上的蓝天和飘过的白云，觉得他耕种的土地就像自己的肉体。他期望风调雨顺，于是不甚情愿地低声说道："我得去小庙，给土地菩萨上香。他们毕竟是管土地的。"

十六

一天夜里,王龙和他妻子一起睡觉的时候,发现她胸前有一个拳头那么大的硬块。他说:"你身上的硬块是什么东西?"

他把手放在那东西上面,发现是一个布包,虽然里面很硬,但摸的时候却会移动。起初她使劲躲他,后来他抓住布包要摘下来时,她松手了,对他说:"这个——你一定要看,那就看吧。"她从脖子上把拴着的绳子拿下来解开,把那包东西递给了他。

那东西用一块布包着,王龙便把布撕开。突然,一堆珠宝落在了他的手里,他呆呆地望着,做梦都没有想到能有这么多珠宝聚集在一起——这些珠宝有像西瓜瓤那样的红色的,有麦黄色的,有的绿如春天的嫩叶,有的晶莹如清澈的泉水。王龙说不出这些珠宝的名字,因为他从未听说过,这辈子也没见过成堆的珠宝。但是他褐色的硬手里拿着这些珠宝,从它们在半黑的屋里闪耀着的光彩,他就知道他拿着的是财宝。他拿着它们一动不动,对它们的色彩和形状感到陶醉,一时说不出话来,他和他的女人一起望着他手上的东西。最后他屏住气低声说:"哪里来的……

哪里来的……"

她柔声细语地回答说:"从那个富人的家里。这一定是某个宠妾的珠宝。我看见墙上有一块砖松了,就装作无所谓的样子悄悄走过去,免得别人看见要分一份。我把砖拿开,抓起这些闪光的东西,塞进我袖子里。"

"你怎么知道的?"他又低声问,语气里充满了赞赏。她唇上带着眼里从不表示的微笑答道:"你以为我没有在富人家里住过?富人老是害怕。有一个荒年,我看见盗贼冲进老财主家的大门。姨太太、老太太自己四处奔跑,她们每个人都有财宝,这时候会把财宝藏到她们早就找好的秘密地方。所以我一看一块砖松动,就知道这里面有名堂。"

接着他们又陷入了沉默,静静地望着那些珠宝。过了好大一会儿,王龙吸了一口气,坚定地说:"我们不能这样保存这些珠宝。把珠宝卖掉变成保险的东西——买地,只有土地最保险。如果有人知道了这事,第二天我们可能会死的,强盗会抱走所有的珠宝。这些珠宝一定要马上换成土地,不然我今夜就睡不安稳。"

他边说边用那块布把珠宝包了起来,用绳子结结实实扎好,然后打开他的衣服塞进了怀里。这时他偶然瞥见了她的脸。她正盘腿坐在床上,那从无表情的沉重的脸上略微显出留恋的神色,她张着双唇,忍不住把脸凑过来。

"嗯,怎么啦?"他问道,对她的表情感到惊奇。

"你要把它们全卖掉?"她用沙哑的声音低声问。

"为什么不全卖掉?"他吃惊地答道,"为什么要在土坯子里藏着这样的珠宝呢?"

"我想给自己留两颗。"她说,语气中带着一种无望的悲伤,好像她什么都不指望了。王龙有些激动起来,就像他的孩子要他买玩具或买糖似的。

"啊!干什么!"他惊异地大声说。

"想留下两颗,"她谦卑地继续说,"只留两颗小的——两颗小的白珍珠也行……"

"珍珠!"他重复说,感到大惑不解。

"我留着——我不戴,"她说,"只是留着。"她垂下的眼睛盯着褥子上一块开线的地方微微转动,像一个几乎不期望回答的人那样,耐心地等待着。

王龙虽然不明白,但却开始琢磨起这个又笨又忠实的女人的心思:她干了一辈子活,从没有得到过什么报酬,她在富人家里见过别人戴珠宝,而她自己连摸都没摸过。

"有时候我可以把它们拿在手里。"她补充说,似乎她是自己在对自己说话。

王龙被某种他无法理解的东西感动了,于是他从怀里拿出布包,打开来默默地递给了她。她在光彩夺目的珠宝中间寻找,褐色的硬手小心地把珠宝拨来拨去,找着了两颗光滑的白色珍珠。她将这两颗拿出来,把其他的包上,交还给王龙。她拿着那两颗珍珠,从衣角上撕下一小块布来,把它们包好藏进怀里;她得到了很大安慰。

但王龙瞧着她感到惊异,他只是一知半解。那一天和后来几天,他常常停下来凝视着她,并且自言自语:"看来,我这女人仍然把那两颗珍珠藏在怀里。"但他从来没有见她拿出来看过,因而他们也根本没有再谈起那珍珠。

至于其他珠宝，王龙考虑再三，最后决定到那个大户人家家里去，看看有没有更多的土地可买。

他现在又到那个大户人家家里来了。这些日子那里已经没有看门人站在门口，搓着他黑痣上的长毛，蔑视那些不经过他就进不了黄家的人了。相反，大门紧闭。王龙用双拳砰砰地捶门，但没有一个人出来。街上走过的人抬起头看看，对他喊道："喂，你捶，不要停。要是老爷子醒着，他会出来的；还有一个丫头在家，趁她高兴她也会开门。"

不过，他终于听到了朝门口走来的缓慢的脚步声，慢腾腾的、懒散的脚步停停走走。接着他听到铁门慢慢拉开，大门吱吱嘎嘎地响了，一个沙哑的低声说道："谁呀？"

王龙虽然感到吃惊，但大声答道："是我，王龙。"

一个愤愤的声音说："混账，王龙是谁呀？"

听那骂人的口气，王龙知道这人就是老爷子，因为那口气像是骂惯了奴仆丫头的。因此王龙比刚才更谦卑地答道："老爷，我来是有点小事。我不想打扰老爷，可以跟为老爷做事的管家谈点小生意吗？"

但是，老爷没有把门再开得大些，而是隔着门缝噘着嘴答道："那个该死的狗东西好几个月前就滚蛋了。他不在这儿。"

听到这个回答之后，王龙不知如何是好。没有中间人，直接和老爷谈买地的事，是不可能的。然而那些珠宝挂在他的胸前热得像火，他想出手，更重要的是想买地。他现有的种子，还可以再种现在已经种了的这么多地，他想要买黄家的好地。

"我是来谈一点钱的事。"他说,显得犹豫不决。

老爷立刻把门关上了。

"这个家里没有钱了,"他用比刚才大得多的声音说,"那个做贼做强盗的管家——他奶奶娘的——把东西都拐走了。我什么债也还不了了。"

"不——不——"王龙急忙叫道,"我是来给钱的,不是来讨债的。"

说完这话,一个王龙还没有听到过的尖声尖气的声音喊了起来,接着一个女人的脸突然伸到了门外。

"啊,这可是我好久没有听到过的事了!"她酸溜溜地说。王龙看见一个漂亮、精明、红扑扑的脸正向外望着他。"进来吧!"她轻快地说,把门开得大些让他进去。当他吃惊地站在院子里的时候,她又在他背后把门闩上了。

老爷站在那里一边咳嗽一边看着,他穿着一件又脏又旧的灰绸大褂,下摆处拖着一条磨脏了的毛皮边。看得出,这是件上好的衣服,尽管沾上了污点,缎料还是又挺又滑,只是皱巴巴的,像一件睡衣。王龙看着老爷,既奇怪又有些害怕,因为他一辈子都有些怕这个大户人家。他听见人们多次谈起过的老爷,好像不可能就是这个老家伙。这个人还不如他的老父亲令人敬畏,实际上也确实如此,他父亲是个衣着干净、满面笑容的老人,而这位从前肥胖的老爷现在非常消瘦,皮肤上挂满褶皱,没有洗脸,也没刮胡子,发黄的手摸着松弛了的老嘴唇颤抖。

那女人穿得非常整洁。她的脸冷峻而精明,有一种像鹰似的美,高高的鼻梁,黑亮的眼睛,灰白的皮肤紧贴在骨头上,红红的脸颊和嘴唇显得有些冷酷。她乌黑的头发像镜子一样又光又亮,从她说话的口气,听得出她不是老爷家里的人,而是一个口齿伶俐的丫鬟。除了这个女人和老爷两人之外,院子里再没有别的人了,从前院子里总有男男女女和孩子们跑来跑去,做这做那,照看这个富有的人家。

"现在说钱的事吧。"女人机灵地说。但王龙有些犹豫,他不好当着老爷的面说。那女人很擅长察言观色,立刻看出了这点,她尖声尖气地对那老人说:"你先进去!"

老爷一句话没说,默默摇摇晃晃地走了,他边走边咳,拖着旧丝绒鞋向前走去。

王龙单独跟这女人在一起,不知道该说些什么或做些什么。到处冷冷清清,他感到惊讶。他向隔壁院子里看看,那里也没有一个人,他看到的是一堆堆的脏东西和垃圾,杂草、竹枝和干松树叶子散乱在地上,种植的花木都已死去了,整个院子好像很久都没人扫过。

"喂,木头脑袋!"那女人尖声尖气地说,王龙被她的说话声吓了一跳,他没有料到她的声音竟尖得如此刺耳,"你有什么事?要是你有钱,给我过过目。"

"不,"王龙小心地说,"我没有说我有钱。我说的是做生意。"

"做生意就是钱,"那女人接过话头说,"不是进钱就是出钱,但这个家现在是出不了钱的。"

"说的不错,但我不能跟一个女人谈生意。"王龙温和地反驳。他搞不清自己所处的形势,仍然向四周观望。

"为什么不能呢?"那女人生气地反问,然后她突然大声对他说,"傻瓜,难道你没听说这家没有人了?"

王龙无力地看着她,并不相信,于是那女人又对他喊道:"只有我和老爷了——再没有其他人!"

"到哪儿去了?"王龙问,他太惊奇了,竟不知该说什么好。

"嗯,老太太死了。"那女人回答道,"你在城里没听说土匪冲进家里,把丫鬟和财物统统抢了去的事?他们拴住老爷的拇指,把他吊起来狠打,把老太太堵住嘴绑在椅子上。全家人都跑了。但我没有跑。我藏在一个盛着半瓮水的瓮里,上面盖上木盖。我出来的时候,他们全都走了,老太太死在椅子上,不是被打死的,而是被吓死的。她抽鸦片抽得身子虚了,经不住那种惊吓。"

"那奴仆丫鬟们呢?"王龙喘着气说,"还有看门的呢?"

"哼,那些人,"她不屑一顾地说,"他们早就走了——长脚的全都走了,到了大冬天,既没有吃的也没有钱了。实际上,"她把声音放低,"土匪当中有许多都是这里的仆人。我亲眼看见了看门的那条狗——是他带的路,虽然他在老爷面前把脸转开了,可是我还是看见他黑痣上那三根长毛。还有其他一些人,如果不是熟悉这个家的人,怎么会知道珠宝藏在什么地方?又怎么会知道秘密收藏的珠宝没有被卖掉?我想这件事老管家也有份,他只觉得自己不好抛头露面,他毕竟是这家人的远房亲戚。"

那女人沉默下来,院子里一片寂静,像一切都死了一样寂静。接着那女人又说:"但这一切都不是突然的事情。从老爷还有他父亲那一辈开始,这个家一直在败落。这两个老爷都不管田

129

地，管家给多少钱算多少钱，而且花钱毫不在乎，像流水一样。到了这几代人手里，地也管不住了，开始一点一点卖出去。"

"少爷们到哪儿去了呢？"王龙问，他仍然四下观望，简直不能相信会有这样的事情。

"东的东，西的西，"那女人不在意地说，"好在两位小姐在出事前嫁出去了。大少爷听到他父母的事情后派人来接老爷子，可是我劝老头别去。我说：'谁留在这些院子里呢？总不该是我吧，我是个妇道人家。'"

她在说这些话时不好意思地噘着小嘴，垂下她那大胆的眼睛，停了一会儿后又说："再说，这些年来我一直老老实实待在老爷身边，没有别的地方可去。"

这时王龙仔细看了看她，很快地转过头去。他开始明白这是怎么回事了，一个女人依靠年迈将死的老人，为的是得到他最后剩下的东西。于是他轻蔑地对她说："既然你只是个丫鬟，我怎么能同你做生意呢？"

听到这话，她对他喊道："我让他做什么他就做什么。"

王龙对这个回答思考了一下。是呀，这家有的是土地。他不买，别人也会通过这个女人买的。

"剩下的地还有多少？"他不得已地问。她立刻明白他的目的。

"要是你来买地，"她很快地答道，"这里是有地可买的。城西有一百亩，城南有二百亩，他都准备要卖的。虽不是一整块地，但每块都很大。一起卖掉都可以。"

她一口气说完了这些话。王龙明白：她知道老爷剩下的所有的东西，甚至连最后一寸土地都知道。但他仍然不大相信，也不愿跟她做生意。

"没有儿子们的同意,老爷不可能把家里的地全都卖掉吧。"他表示了他的怀疑。

那女人马上把他的话接了过去。

"至于那个,儿子们早说了,能卖的时候就卖掉。哪个儿子都不愿意住在这里。这种饥荒年头,乡下到处都是土匪,他们都说:'我们不能住在这样的地方,咱们卖了地把钱分了。'"

"可是我把钱交到谁手里呢?"王龙问,心里仍然不信。

"交到老爷手里——还会有谁呢?"那女人不假思索地回答。但王龙知道老爷手里的东西会落到她的手里。

因此他不想再和这女人多谈,他转身走开,说道:"改日再说吧,改日再说吧……"一边说一边向大门走去。她跟在他后面,一直喊到街上:"明天这个时候——这个时候,或者今天下午——什么时候都行啊!"

他没有理她,笔直向大街走去,心里很是迷惑,觉得需要好好想想他刚才听到的事情。他走进一家小茶馆,要了一壶茶。在跑堂的把茶利落地端到他面前,不客气地抓住他付的铜钱扔着玩的时候,他已经陷入了沉思。他越想那户人家的衰落就越觉得可怕。从他祖父的一辈到他父亲又到自己这一辈,这家富户一向是城里有势力的名门望族,现在竟破败四散了。

"这是他们离开田地的结果。"他有些遗憾地想到。然后他想到自己两个儿子,他们正像春笋一样蹿着长。他下了决心,从这天起,不许他们再在阳光下玩耍,要让他们下地干活,从小就让他们打骨子里记住脚下的土地,记住手里的锄把。

然而，他身上带着的这些又热又重的珠宝一直使他担惊受怕。仿佛它们的光华会透过他这身破衣服闪出来，会有人喊："啊，这个穷人带着皇帝的珠宝！"

只有把它们变成土地他才能安心。因此，他看到店主有点空闲时便把他叫了过来，对他说："来，我请你喝杯茶，给我讲讲城里的新鲜事，我一整个冬天都在外边。"

店主一向愿意跟别人闲谈，特别是别人花钱让他喝自己店里的茶，于是他高兴地坐到王龙的桌子旁边。这人长着一张黄鼠狼似的小脸，左眼上有个萝卜花。他的衣服又硬又黑，胸前和裤子上沾满油渍，因为他除了卖茶之外还卖饭，而饭是由他自己做的。他常常喜欢说："俗话说，'好厨子穿不上干净服'。"他觉得自己不干净并不算什么。他坐下后，立刻和王龙谈了起来："嗯，除了许多人饿死——这已经不是什么新鲜事——最大的新鲜事要算黄家被抢的事了。"

这正是王龙希望听的事。店主继续兴致勃勃地给他讲这件事，绘声绘色地说留下的几个怎样哭喊，怎样被抢走，那些留下的姨太太怎样遭到强奸，被赶出去，有的被带走，结果现在那个家里根本没有人住了。"一个人都没了，"店主最后说，"只有老爷自己，他现在完全听一个叫杜鹃的丫头的摆布，这个丫头聪明能干，在老爷房里待了多年，其他人都待不久。"

"那么，这个女人管事吗？"王龙问，仔细地听着。

"这阵子她什么都能管，"那人答道，"就目前来说，不管什么东西，她能抓的就抓，能吞的就吞。当然，总有一天少爷们在别的地方办完事回来，到时候光凭她说自己忠心耿耿是骗不了他们的,那时她就得离开。但她现在已经安排了日后的生活,即使她活一百岁也没有问题。"

"他们家的地怎样了?"王龙终于问,急切得声音有些发抖。

"地?"店主有些不解地说。对这个茶馆的主人来说,土地是毫无意义的。

"他们家的地卖不卖?"王龙着急地问。

"噢,地呀!"那人心不在焉地回答。这时一个顾客进来,他站起身,边走边喊:"我听说他们家的田地要卖,只有那块六代相传的坟地不卖。"然后他招待那位客人去了。

听了刚才那番话,王龙也站起身,走了出去。他又来到那大户家的门前,那个女人出来开了门。他没有进门,站在那儿对她说:"先告诉我,老爷肯不肯在卖地契约上亲自盖章?"

"他肯的——肯定会的——包在我身上!"

然后王龙直板板地对她说:"你们卖地是要金子、银钱还是珠宝?"

她的眼睛亮了起来,说道:"我要珠宝!"

十七

王龙现在地多了，一个人一头牛耕种不过来，那么多收下的稻麦怎么贮备也成了问题，于是他在房子旁边盖了一间屋子，买了一头驴，并且对他姓秦的邻居说："把你那一小块地卖给我，别一个人孤零零的，到我家里来住，帮着我一起种地吧。"老秦乐意这样的安排。

那年雨下得及时。稻秧长得很好，收割完小麦之后，这两个人在水田里插种了稻秧，这是王龙种稻子最多的一年，这一年雨水多，以前的旱地也适宜种稻。到了收获的季节，光是他和老秦两人也忙不过来，要收割的稻子太多了。于是王龙又在村里雇了两个人来帮他收割。

他在从黄家买来的那块地里干活的时候，想起了那个衰败了的大户人家的懒少爷。因此，每天早晨他严厉地吩咐两个儿子与自己一起下田，让他们干些力所能及的活计，比如牵牛啦，牵驴啦，等等，即使他们干不成什么活，至少也让他们知道太阳晒在身上有多热，在田垄里走来走去有多累。

但他不让阿兰下地干活，因为他不再是穷人，他随时可以雇用帮手。再说他也看到这年地里的收成好得前所未有，只好再盖一间房子来收粮食，否则他家里连走路的地方都没了。另外，他买了三头猪和一群鸡，用收获时散落的粮食来喂养。

于是阿兰就在家里做活。她给每个人做了新衣新鞋，为每张床上做了絮着新棉花的花布被褥。全都做完之后，他们衣服多了，铺盖也多了。然后，她自己躺到床上，又要生孩子了，她这次仍然不要任何人待在身边。尽管她愿意雇谁就可以雇谁，可是她还是愿意自己一个人生。

这次她生的时间很长。晚上王龙回到家里，他看见父亲站在门口笑着说："这次是对双胞胎！"

王龙走进里屋，阿兰和两个新生儿躺在床上，一男一女，长得一模一样。他因为她生了双胞胎而狂笑起来，突然想起一件可以逗乐的事，他说："这就是为什么你要在怀里揣着两颗珍珠！"

他为自己说的这句话又笑了起来。阿兰看到他这样高兴，也慢慢露出了痛楚的微笑。

这时候王龙再没有什么犯愁的事了，唯一的一件心事是他的大女儿既不会讲话，也不会做她那年龄该做的事情，看到父亲瞧她时，她会像婴儿那样微笑。不知是她出生的那年太苦太饿还是别的原因，一个月一个月过去了，王龙期待着她学会说话，哪怕像小孩子那样叫他"大大"也好，但是他一直听不到，能看到的只是她甜甜的笑脸，他见她时总是喃喃地说："小傻子……我的可怜的小傻子……"

他在心里却对自己呼喊着："要是我当时把这孩子卖了，他们发现她这个样子,一定会把她弄死的!"

仿佛为了对孩子做些补救,他待她很好。有时候他把她带到田里,她默默地跟着他,当他说话和看向她的时候她便微笑。

王龙这辈子和他的父亲与祖父全都靠田地为生,在他们生活的这一带地方,每隔五年左右就有一次荒年,如果菩萨保佑,也有隔七八年甚至十年一次的时候。这是因为老天爷要么下雨太多,要么根本不下,或者因为下雨和远处山里冬雪融化,使北面的河水泛滥,冲垮几百年来由人工建造的防洪堤坝,淹没田地。

这里经常有人离开土地又回到土地,但王龙现在决定积累他的家产,他要把家产搞得厚厚的,再遇到荒年,他可以不离开土地,而靠好年成的收入一直生活到下一个丰年。他决心这么做,菩萨也帮他的忙。连续七年,每年的收获吃用过后都有丰余,他每年都雇人手帮他耕作,一直雇到了第六个。他还在老屋的后面新建了一处房子,院子正面是一间大屋,两边靠着大屋子的是小厢房。新建房子的房顶铺了瓦,但墙仍然是用田里的泥土打的土坯做的,只是他给墙抹了白灰,显得又白又净。他全家搬进新房,他雇来的人和他们的领工老秦则住在前面的旧房里。

到这个时候,王龙已经全面考验过老秦,发现他非常诚实可靠。因此他便让老秦管理他的雇工和土地,给他较多的工钱——管吃管住,每个月再给两块银圆。尽管王龙劝他多吃、吃好,他仍然不长肉,他总是那么又瘦又小,那么严肃认真。然而他很愿意干活,慢条斯理地从早干到晚,从不讲话,如果有什么事要说,他的声音也很低,但他最喜欢的还是什么事都没有,这样他就用不着说话了。他一小时又一小时地不停地锄地,早晨或晚上,他把水或人的粪尿挑到田里,倒进菜畦。

但王龙知道,如果雇工们谁每天在枣树底下睡的时间太长,谁吃家常豆腐吃得太多,谁在收获时让他的老婆孩子偷几把打下来的粮食,那么到年底王龙和雇工们聚餐时,老秦就会悄悄地对他说:"这几个人明年不要再雇了。"

这两人交换了几把豆子和粮种以后,似乎结成了兄弟,只是王龙虽然年轻但占了老大的位置,而老秦也从来没有忘记自己受雇于人的身份,住在属于别人的屋里。

第五年年终的时候,王龙自己便很少在田里干活,他的地增加了很多,他得把全部时间用来经销农产品和指挥雇工。他没有读过书,不识字,不知道写在白纸上的毛笔字是什么意思。另外,他觉得这也是件不光彩的事。每当在粮店里签写着多少小麦和稻米的字据的时候,他就必须谦恭地对城里那些高傲的生意人说:"先生,请给我念念好吗?我太笨了。"

他还觉得不光彩的是,他必须在字据上签字时,另一个人——甚至一个小伙计——会蔑视地抬起眉毛,用毛笔蘸着墨,匆匆写下王龙的名字。最叫他丢脸的是替他签名的人开他的玩笑:"是龙王的龙还是聋子的聋?还是别的什么字?"

王龙还得谦卑地答道:"你怎么写都行,我实在不知道怎么写自己的名字。"

这是秋后的一天,粮店几个小伙计中午闲着没事,正说着粮店里发生的这些事情,他们比王龙儿子大不了多少,却发出了一阵阵哄笑声。王龙听了以后非常气愤,在穿过自己的田地回家时,他自言自语道:"哼,城里那些家伙谁都没有一寸土地,可是每个人都能像鹅一样咯咯地笑我,就是因为我不识字。"这时他渐渐消了气,心里说:"我一不会读,二不会写,也确实丢人。我不能让大儿子再下田了,他应该进城里的学校去读书。以后我到粮市上去,他会替我念账写账,也不会有人再这样嘲笑我这个种田人了。"

他觉得这个想法不错,于是当天就把大儿子叫到跟前来——他现在已经十二岁了,挺直高大,像他的母亲,宽脸庞,大手大脚,但眼睛像他父亲的一样机灵——孩子站到他面前时,他说:"今天起不要再下田了,家里需要有一个识字的人能念字据,能替我签字,这样我在城里也就不会丢人了。"

孩子激动得满脸通红,眼睛也亮了起来。

"爹,"他说,"这两年来我一直想我可以上学,可是我不敢问您。"

这时,弟弟听到了这事,他走进来,一边哭一边抱怨。他常常这样,他刚会说话就是个爱说爱吵的孩子,而且动不动就哭,说他的那份比别人的少。现在他对着他父亲啜泣:"我也不在地里干活了。哥哥舒舒服服地坐着念书,我和他一样是你的儿子,却在地里和雇工一样干活,这不公平!"

王龙顶不住他的吵闹,而且如果平时他大声哭着要什么东西,王龙总会满足他,所以王龙赶紧说:"好,好,你们俩都去,万一老天要走了一个,还有一个有知识的帮我做生意。"

然后,他让孩子他娘到城里买布给每个孩子做件长衫,自己到文具店里买了纸、笔和两个砚台。他对文具之类的东西一点不懂,却不愿意说他不懂,还是对店家拿给他看的东西挑挑拣拣。

一切都准备妥当之后,他便把两个男孩子送进城门附近的一个私塾。私塾先生是个老头,以前多次参加科举考试但没有中榜。因此他在他家的堂屋里放了一些桌椅,过年过节收一小笔钱当作学费,便教起孩子们来了。他教孩子们读"四书五经",如果孩子们偷懒,或者背不出他们从早到晚所学的东西,他就用他那把折起来的大折扇敲打他们。

只有在春夏天热时学生们才能松弛一下,因为老先生吃过午饭要打盹睡觉,昏暗的小屋里会响起他熟睡的鼾声。每逢那时,孩子们交头接耳,嬉闹玩耍,画些恶作剧的图画互相传看,偷偷笑着看一只苍蝇在老先生张开的嘴巴周围嗡嗡飞舞,就苍蝇会不会飞进老头嘴里的事互相打赌。但老先生突然睁开眼睛时——他常常像没有睡着似的一下子把眼睁开——他们还懵懵懂懂的,没有察觉呢,这时候,他就拿起他的扇子敲敲这个的脑壳,打打那个的脑袋。听到他那大扇子的敲打声和孩子们的喊声,邻居们就会说:"这到底是个很好的老先生啊。"这正是王龙为什么选择这家私塾让儿子们去读书。

他第一天带儿子们去私塾时走在他们的前面,因为父亲和儿子并排走是不合适的。他用一块蓝手巾包了满满一手巾新鲜鸡蛋,到学校时,他把这些鸡蛋孝敬给那位年迈的先生。王龙看到老先生的大眼镜,他又长又肥的黑布大衫,以及他冬天也拿着的大扇子,感到有些敬畏,他在老先生面前鞠了一个躬,然后说:"先生,这是我两个不成器的孩子。他们脑袋笨,不打不开窍。所以,依我的意思,你要狠狠地鞭笞他们,叫他们读书。"两个男孩站在那里,望着凳子上坐着的其他孩子,那些孩子也目不转

139

睛地望着他们。

但留下两个孩子一个人回家的时候，王龙感到自豪并心花怒放，他觉得，在那间屋里的所有孩子中，没有一个比得上他的两个孩子那么高大强壮，也没有一个脸上有那种黑油油的光彩。他走过城门碰到同村的邻居，他这样回答了那人的问话："今天我是从我儿子的学堂回来。"使那人吃惊的是他回答时好像非常漫不经心。"现在我不需要他们在地里干活了，不如让他们去学一肚子学问。"

从那人身边走过后，他对自己说："要是大儿子学习拔尖，我一点也不会觉得奇怪！"

从那时起，两个男孩子也不再叫"大小子"和"二小子"了，而是由老先生给他们取了名字。这位老先生研究了他们父亲干的活，给孩子们取了这两个名字：大的叫农安，小的叫农文，每个名字中的第一个字的意思都是指财富从土地而来。

十八

这样，王龙积聚了他的家产。到了第七年，由于西北的雨雪过量，北边有条从那里发源的大河河水暴涨，冲破了堤岸，淹没了整个地区的田地。但王龙并不害怕。虽然他的地有五分之二变成了湖泊，水深得没过了人的肩头，但他并不觉得恐慌。

整个春末夏初，水不断高涨，终于泛滥成一片汪洋，水面激滟，倒映着云朵、山月以及树干，淹没了在水中的柳树和竹子。主人已经离去的土坯房子，慢慢地坍塌，陷进了水里和泥里。同样，所有不像王龙家那样建在小山上的房子，也都坍塌陷落了。小山像突出的岛屿。人们靠船和城里来往。有些人已经像以前那样饿死。

但王龙是不害怕的。粮市还欠他的钱，他的粮仓里装满了前两年的收成，他的房子高高地矗立在小山上，离水还很远，他没有任何要怕的事情。

但是由于大量土地不能耕种，他有生以来还没有像现在这样清闲过。他睡得不能再睡，他做完了该做的一切，吃饱了饭无所事事，反倒烦躁起来。此外，还有那些雇工，他雇用了他们一年，让他们吃了饭半闲着，一天天等洪水消退，而他自己去干活也太愚蠢。所以，他安排他们修补旧房子的屋顶，让他们在新屋顶漏雨的地方安上瓦，吩咐他们修理锄、耙和耕犁，安排他们饲养家畜，买来鸭子在水上放养，还让他们把麻编成绳子——所有这些活以前他自己种地时都得靠自己去做。这一切都做过之后，他自己什么活也没了，他不知道自己该做什么。

一个人不能整天坐着，看着一片湖水淹没他的土地，他也不能吃撑了他的肚子，睡过一觉以后也不能再睡了。他焦躁地在房子周围走来走去，整个家里一片寂静，对精力充沛的他来说，这简直是太静了。老人现在已经变得非常虚弱，眼睛已经半瞎，耳朵差不多全聋了，除了问问他暖不暖和、吃没吃饱、想不想喝茶之外，根本没有必要去和他说话。这使王龙觉得急躁，因为老人看不见儿子现在多富，总是嘟囔他碗里放了茶叶，说什么"一点水就够了，茶叶就是银钱啊"。不过，也用不着告诉老人什么，他听了立刻就忘。老人缩在自己的世界里，大部分时间都梦想着他又成了一个青年，精力旺盛，看不到现在他身边发生的事情。

老人和大女儿——她根本不会说话，而是一小时一小时地坐在她祖父身边，把一块布折了又折，然后对着那块布笑——这两个人对兴旺发达、精力充沛的王龙都无话可说。当王龙为老人倒上一碗茶，用手摸摸女儿的脸蛋时，回报他的是女儿甜甜的无意识的微笑，令人悲伤的是这种微笑很快就从她脸上消失，留下一双迟钝的、暗淡无光的眼睛，其他什么都没有留下。他常常在离开女儿后沉默一会儿，这是他女儿在他心上留下的悲伤的标志。

然后他会看看两个最小的孩子,他们现在已经能在门口高兴地跑来跑去了。

王龙不满足于和傻乎乎的孩子逗乐,他们嬉笑了一阵后会很快去玩自己的游戏,这样王龙又成了独自一人,心里又烦躁起来。要不他就是看看妻子阿兰,这是一个男人看一个和他一起亲密生活的女人,他们太亲密了,她的身体他知道得清清楚楚,甚至都看够了,她的事他无所不知,他不可能指望从她身上得到什么新鲜的东西。

但现在,王龙觉得他好像一生中第一次看阿兰似的,他看出她是一个任何男人都不会说漂亮的女人,她是个平庸的妇女,只知默默干活,从不考虑别人觉得她长相如何。他第一次发现她的头发是棕色的,蓬乱而没有油性;她的脸又大又平,皮肤也很粗糙;她的五官显得太大,没有一点美丽和光彩,眉毛又稀又少,嘴唇太厚,而手脚又大得没有样子。他以奇特的眼光这样看着她,对她喊道:"现在谁看见你都会说你是普通人的老婆,绝不会说你是个有耕地又雇得起长工的人的妻子!"

这是他第一次说到他觉得她长得如何,她用一种迟钝而痛苦的凝视回答他。她正坐在一条板凳上缝鞋底,她停下手里的针,吃惊地张着嘴,露出了她那发黑的牙齿。然后,仿佛她终于明白了他是以一个男人看一个女人的目光在看她时,她高颧骨的双颊变得通红,低声说:"自从我生了那对双胞胎,我的身体一直不太好。心里总像有团火。"

他看得出,她天真地认为他是在指责她七年多来未再怀孕。因此他用一种比他的本意更粗的语气答道:"我是说,你不能像其他女人那样买点头油擦擦,给自己做件新的黑布衣服?你穿的那双鞋也同地主妻子的身份不相配,你现在是地主的妻子呀。"

但她什么都没说,只是恭顺地看着他,她无意识地用一只脚遮住另一只,蜷起来藏到她坐着的板凳底下。这时,虽然他心里觉得不该指责这个多年来一直像狗一样忠心地跟着他的女人,虽然他想起了他穷的时候,一个人在田里干活,她刚生下孩子就从床上爬起来到田里帮他收割的这些事,但他仍然抑制不住胸中的愤懑,继续违抗着内心的意愿,无情地说道:"我一直苦干,现在已经富了,我希望老婆不要像个雇工那样。你那两只脚……"

他不说了。他觉得她浑身上下都不好看,但最不好看的还是她那双穿着松松宽宽的布鞋的大脚。他不高兴地冲那双脚看看,她又把脚往凳子下面缩进去一些,终于低声说道:"我娘没给我裹脚,因为我很小就被卖了。不过女儿的脚我会裹的——小女儿的脚我一定会裹的。"

他自己的心情非常不好,他对自己生她的气感到惭愧,而且他生气是因为她对他的不满只是感到害怕而毫不反抗。于是他穿上他的新大衫,烦躁地说:"算了,我到茶馆去,看看能不能听到点新鲜事。在家里只有傻子、老糊涂和两个孩子。"

他往城里走的时候,心情越来越坏了,因为他突然想起,要不是阿兰从那个富人家里拿了那些珠宝,要是他要这些珠宝时她没有给他,他所有的这些新地一辈子也甭想买到。他想起这些事时更恼火了,像故意与自己作对似的说:"哼,她并不知道她是在做些什么。她拿那些珠宝是为了好玩,就像一个小孩子拿一把红绿色的糖果一样;要不是我发现了,她会把那些珠宝永远藏在怀里的。"

这时他在想她是否仍然把那两颗珍珠藏在怀里。以前他觉得新奇的地方，有时他会渴望并在头脑里描绘的某种东西，现在想到时却感到轻蔑，因为喂过好几个孩子，她的乳房松弛了，像油瓶一样吊着，再没有一点魅力。把珍珠放在这样的乳房间是愚蠢的，是一种浪费。

不过，如果王龙仍然是个穷人，或者如果水没有淹没他的田地，那么所有这一切很可能都不算什么。但他有钱了。他家的墙里藏着银钱，新房子的砖地底下埋着一罐子银钱，他们的床垫子里缝着银钱，而且他的腰里也缠满了银钱，一点都不缺钱用。现在从他身上出钱不仅不像割肉出血，而且钱在他腰里摸着都烫手，他真急于这么花花那么用用；他开始对钱满不在乎了，而且开始想干些什么事来享受一下男子汉的生活。他觉得一切都不像以前那么好了。他以前常去的那家茶馆——那时他觉得自己是个普通的乡下人，进去时缩手缩脚——现在在他看来又脏又简陋。以前他坐在那里，谁也不认识他，连小伙计也对他傲慢无礼，可是现在他一进去，人们就会议论，他听见一个人对另一个人低声说："那就是从王家庄来的那个姓王的，他买了黄家的地，那年闹饥荒，也就是老爷子死的那个冬天。他现在有钱了。"

王龙听到这话后坐下来，表面上并不在意，心里却为自己的地位深感得意。不过今天他刚指责过妻子，因此这样受人尊敬也不能使他高兴起来。他郁闷地坐在那里喝茶，觉得他生活中没有一件事像他想象的那么好。他像突然想到什么似的自言自语道："为什么我要在这个茶馆里吃茶？店主是个小老头，眼睛长萝卜花，他挣的还不如给我种地的长工多，我有地，儿子又是学生。"

于是他迅速站起身，把钱扔到桌子上，在别人还没来得及跟他说话时就走了出去。他在城里的街上徘徊，不知道自己想做些什么。他路过一个说书摊，在挤满人的长凳子的一头坐了一会儿，听那个说书的人讲古代三国的故事——那时候的将军又勇敢又狡猾。然而他仍然感到烦躁，不像别人，他无法听得入迷，再说那人敲铜锣的声音也使他厌烦，于是他又站起来走了。

当时城里有一家新开的大茶馆，是从南方来的一个人开的，那人对经营茶馆业务非常内行。王龙曾经从那个地方走过，那时想到把钱花在赌博和婊子身上他总感到害怕。但是现在，为了摆脱因闲散而引起的烦躁，为了忘掉自己曾经对妻子不公平的做法，他朝着那个地方走去。他想看看或者听些什么新鲜事。于是他便跨进那个摆满桌子的又宽敞又明亮的屋子。那房子对街开着，他进去的时候壮着胆子，还竭力显得胆子很大，这是因为他心里胆怯，他想起了只是在过去几年内他才阔起来，以前不论什么时候，他也只能有一两块银圆的积余，再说自己还在南方城市里拉过人力车呢。

起初他在大茶馆里一句话不讲，他默默地泡了茶，一边喝着，一边惊异地观望四周。这间茶馆是一个大厅，屋顶漆成了金色，墙上挂着一些绘在白绢上的女人画像。王龙偷偷地看这些女人，觉得她们只有梦里才能见到，世上没有一个女人像她们一样漂亮。第一天，他看了这些女人，匆匆喝完茶便走了。

但洪水仍然未退，因此他便天天上这家茶馆喝茶。他一个人坐着喝，观赏着那些美女画像。每天他都多坐一会儿，因为家里地里都没有什么事可干。他本来可以一直这么坐下去,因为尽管他在十多处藏着银钱,但他仍然是乡下人的样子。在那家富丽的茶馆里,只有他穿布衣而不穿绸衣,而且还留着城里人都不留的辫子。一天晚上,他正坐着喝茶,从大厅后面的一张桌子向外观望的时候,有一个人从远处墙边的一条窄楼梯上走了下来。

当时除了高高矗立在西门外的五层"西塔"之外,这家茶馆是那座城里唯一一座二层楼建筑。但那座塔越往上越窄,而这座茶馆的二层和底层一样大小。晚上,女人的高唱声和轻笑声从上面的窗子里飘出,伴随着姑娘弹琵琶的美妙的乐声。尤其午夜以后,人们可以听到音乐飘溢到街上。但王龙坐着喝茶的地方,有许多人喝茶时说笑,还有掷骰子、打麻将的吵闹声,几乎淹没了其他一切声音。

因此,这天晚上王龙没有听见他身后有一个女人从狭窄的楼梯口噔噔走下来,所以有人拍他的肩膀时,他吓了一大跳,他万没料到在这里会有什么人认识他。他抬起头,正好看到一张瘦长而又漂亮的女人的脸,这是杜鹃,也就是他买地那天把珠宝放到她手上的那个女人,那时她紧紧抓住老爷发抖的手,帮老爷在地契上盖好印章。现在她呵呵地笑着,她的笑声仿佛是某种尖脆的耳语。

"噢,种地的王龙!"她说,不无恶意地把"种地的"三个字拉长,"没想到在这个地方碰到你!"

王龙觉得,无论如何,他一定要让这个女人明白他不再仅仅是乡下人了,于是他哈哈一笑,声音有些过大地说道:"难道我的钱和别人的钱不一样吗?我近来不缺钱用。我已经有好多家产了。"

听到这话杜鹃停了下来。她的眼睛像蛇眼一样又细又亮,她的声音像从瓶里往外倒油一样滑溜。

"这事谁没听说过?这里是富人享受、阔少爷寻欢作乐的地方,一个人有了钱,花在哪里能比花在这种地方更痛快呢?哪里的酒也比不上我们的,你尝过没有,王龙?"

"到现在我还只是喝茶,"王龙回答,他觉得有些不好意思,"我还没有喝过酒,也没掷过骰子。"

"只喝茶!"她听后惊叫道,尖声尖气地笑着,"我们有虎骨酒、五更酒、甜米酒,为什么你要喝茶呢?"这时王龙低下了头,她又温柔而狡猾地说:"我想你还没有见过别的东西,是不是,嗯?还没有见过纤纤嫩手和香喷喷的脸蛋,对吗?"

王龙把他的头垂得更低了,热血涌上了脸颊,他觉得仿佛附近所有的人都在嘲笑地望着他,听着那女人说话。但他鼓起勇气从眼睑下面瞥瞥四周时,竟发现没有一个人注意,掷骰子的声音仍然啪啪作响,于是他慌乱地说:"不,没有,还没有,光是喝茶。"

这时杜鹃又笑了,指着挂着的那些丝绢画说:"就在那儿,那是她们的画像。看中谁,随你挑,把钱给我,我就把她领到你面前。"

"那些啊!"王龙说,感到十分惊异,"我还以为她们是画出来的梦里的美女,是昆仑山上的仙女,就像说书人说的那样!"

"她们还真是梦里的美人,"杜鹃接着说,带着一种嘲笑而友好的幽默,"不过只要花一点银钱,她们这些梦里的人就会走出来。"然后她走上楼去,边走边对站在附近的伙计点头眨眼并指指王龙,像是对那人说:"这里有一个乡巴佬!"

于是王龙再坐下来看那些画时,便有了一种新的情趣。从这个狭窄的楼梯上去,在他上面的房间里,有些有血有肉的美女,男人们上去找她们——当然不是他,而是别的男人,但毕竟是男人!可是,如果他不是现在的他,不是一个善良的劳动者,不是一个有老婆孩子的人,那么让他像孩子那样遐想可以做某件事情,他会选哪幅画上的人呢?他仔细看每一张画中人的脸,好像张张都是真的。在这之前,她们看上去个个都美,但现在显然有些人比另外一些更漂亮,于是他在二十多个人当中选了三个漂亮的,然后又在这三个当中选了最好的一个。这是个纤巧苗条的姑娘,身子轻盈如一根竹子,尖尖的小脸透出妩媚,她手里擎着一枝含苞待放的荷花,那手就像新出的嫩芽一样细腻。

他凝视着她,一股热流像酒一样注入了他的血管。

"她像一朵蔷薇花。"他突然大声地说。他听到自己这样说了以后觉得又惊又羞,于是急忙站起身,放下钱走了出去。他来到夜幕降临后的黑暗之中,向家里走去。

在田地和洪水的上空悬挂着月亮,月光像雾织成的网,他觉得身上暗暗流着的血流得又快又热。

十九

在这个时候，如果洪水从王龙的田地里退去，让湿地在太阳底下蒸腾，经过几个炎炎的夏日，土地就需要耕、耙、播种，王龙也许永远不会再到那家大茶馆去了。或者，如果哪个孩子病了，或是老人突然不行了，王龙也许会忙于处理这些事情，忘记画上那女人秀气的瓜子脸和像竹子一样苗条的身材。

但是，除了傍晚微微的夏风吹起，水总是静静地停在那里一动不动。老人打盹睡觉，两个男孩子早晨步行上学，晚上才回来。王龙在家里感到不安，他东走走西走走，回避着阿兰悲伤地看他的眼睛，他猛的一下坐到椅子上，既不喝阿兰给他倒的茶，也不抽他自己点的烟，他又从椅子上站了起来。七月，一个漫长的白天结束时——那天似乎比任何一天都长——暮光逗留在湖面上，与湖上的微风窃窃私语，他站在家门口，突然一言不发地猛然转过身走进屋里，穿上阿兰给他做的那件只在节日穿的像绸子一样闪闪发亮的黑长衫，同谁也没有打招呼，沿着水边的小道，穿过田野，一直来到黑暗的城门。他穿过城门，走过几条街，径直来到那家新开的茶馆。

那里，每盏灯都亮着，这是从外省沿海城市里买来的洋油灯。男人们坐在灯光下喝茶闲谈，他们衣襟敞开，借晚上乘凉。处处都有扇子挥动，笑声像音乐似的飘到街上。所有这些王龙在种地时从未有过的赏心乐事，在这座茶馆里处处可见，人们聚在这里玩乐，从不去工作。

王龙在门口犹豫起来，在从开着的门里射出的亮光下站住。他本来可能站一会儿就走，虽然他身子里热血沸腾，但心中仍然担心害怕。然而这时从灯光边上的暗处，一个一直懒洋洋地靠在门口的女人走了过来，这人恰恰是杜鹃。她每看见一个男人的身影便会走过来，因为她的差事就是给这茶馆里的女人拉客。当她看清是王龙的时候，便耸耸肩说道："啊，原来是个庄稼汉！"

王龙受到她这种尖刻而轻蔑的语气的刺激，勃然大怒，陡然产生了本不会有的勇气，于是他说道："哼，难道我不能进这个茶馆？难道我和别的男人不一样？"

她耸耸肩，哈哈笑着说："你要是有他们那么多的银钱，你就可以和他们一样。"

这时他想向她表示他是有气派的，钱多得爱干什么就干什么，于是他把手伸进腰里，抓了满满的一把银钱出来，对她说："这些，够，还是不够？"

她吃惊地看着那满手的银钱，立刻说："来吧，你说你要哪个。"

王龙不知道自己说了些什么，只低声说道："可是，我还不知道我要什么。"但紧接着他的欲望就征服了他，他小声说："那个小的——那个尖下巴小脸蛋，脸又白又粉像朵蔷薇，手里拿着一枝荷花的。"

杜鹃随便地对他点点头打个手势，便从拥挤的茶桌间绕着走了进去，王龙隔开几步跟在她后面。起初他觉得每个人都在看着他，但当他鼓起勇气四下看看时，他发现没有什么人注意他，只有一两个人喊道："这么早就去找女人？"另外一个说："壮汉子，要早点上！"

这时他和杜鹃已经走上狭窄陡直的楼梯。王龙走得很费劲，这是他有生以来第一次爬房子里的楼梯。不过，当他们走到顶上时，那屋子就和地上的一样了，只是他经过一扇窗子往外观望时才觉得这地方很高。杜鹃领着他走进一个没有窗子的昏暗的走廊，然后边走边喊："今天晚上的头一个客人到！"

走廊上的门突然纷纷打开了，姑娘们的脑袋都在一片片灯光中伸了出来，仿佛阳光下一朵朵鲜花从花蕾中绽开，但杜鹃无情地喊道："去，不是你，也不是你——谁也没找你们！客人要苏州小粉脸——荷花！"

一阵说话声从走廊中传来，含糊不清，仿佛是在嘲笑他。有个像石榴一般红润的姑娘大声喊道："让荷花要去吧。这家伙身上一股泥土腥气，还有蒜味！"

这话王龙听见了，但他不屑于回答。虽然她的话像尖刀一样刺进他的心，不过他担心自己确实像她所说的那样，像个种田的。但想到腰里的银钱时，他又继续勇敢地走了过去。最后，杜鹃用手掌使劲在一扇关着的门上拍了拍，没有等有人开门便走进屋去。里面，在一张铺着红花被子的床上，坐着一位苗条的姑娘。

如果有人告诉他世上有这样的纤纤细手,他是不会相信的——手这么小,骨头这么细,十指尖尖,长长的指甲还染成荷花那样的粉红。如果以前有人告诉他会有这样的小脚——穿着不过男人中指那么长的粉红缎鞋,在床边孩子气地悠荡——他也是不相信的。

他不自然地坐到床上,坐在她身边,呆呆地看着她。他发现她和画上画的一模一样,如果看了她的画后碰到她,他一定会认出她来。但最像画上的地方还是她那双手,手指弯弯,纤巧细腻,白得像奶水一样。她的双手交叉着放在穿着粉红绸裤的膝上,他做梦都不敢想这样的手可以让他去摸。

他像看画时那样看着她,他看见那像竹子一样苗条的身材,穿着紧身短袄;他看见涂了粉的秀气的瓜子脸托在高高的领上;他看见一双圆圆的杏眼,他现在恍然明白说书人说古代美人的杏眼是什么意思。对他来说,她仿佛不是个有血有肉的真人,而是画中的美人。

接着,她举起弯弯的小手搭在了他的肩上,沿着他的胳膊慢慢往下滑动。虽然他从未感受过那么轻柔、那么温和的抚摸,虽然如果他没有看见,他不会知道她的手在滑动,但他看见了她的小手顺着他的胳膊慢慢往下移。那小手像带着一团火似的,燃烧着他袖子里的胳膊,烧进了他胳膊上的肌肉。他望着她的小手,直到它摸到袖口,熟练地犹豫一下,抓住了他那裸露的手腕,然后伸进他松开了的又黑又硬的手心。这时他开始颤抖,不知道怎么应付才好。

153

他听到了笑声，笑声又轻又快，仿佛风吹动着宝塔上的银铃。一个像笑声一样的小声音说道："哎，你多么傻呀，你这条大汉！难道我们就整夜坐着，让你看我吗？"

听到这话，王龙用双手把她的手抓住，但非常小心，因为那手像一片非常脆弱的干树叶，又烫又干。他像不知道自己要说什么，探询地对她说："我不懂——你教我！"

于是她教起他来。

现在王龙经受着任何人都不曾有过的巨大不安。他经受过在烈日下干活的痛苦，经受过从荒漠刮来的凛冽的寒风的吹打，经受过颗粒无收时的饥饿，也经受过在南方城市街头毫无希望地卖苦力的绝望。但是，在任何一种情况下，他从来没有经受过在这个纤弱的姑娘的手下所经受的这种不安。

他天天去茶馆，天天晚上他都等着她接待，天天夜里他都去找她。每天夜里他都进去，而且每天夜里他仍然是个什么都不知道的乡下人——在门口颤抖，不自然地坐在她身边，等着她发出笑声这个信号，然后全身发热，欲火难熬，顺从地一点点解开她的衣服，直待关键时刻，她像一朵绽开的鲜花等着他采摘，愿意让他把她整个吞没。

然而，即使她满足了他的欲望，他也从未能完全将她占有，而正是这点使他感到狂热而饥渴。阿兰来到他家时，他旺盛的性欲被她激起，他像一个动物寻求配偶那样充满欲望，他得到她后便感到了满足，然后把她忘了，心满意足地去干他的农活。现在他对这个姑娘的爱里没有一点这样的满足，而且她对他也没有一点兴奋的劲头。夜里她不再要他时，她会用突然变得有力的小手抓住他的双肩使劲把他推到门外；他的钱塞进了她的怀里，而他却像来时一样饥渴着离开。这仿佛是一个渴得要死的人去喝苦咸的海水似的，虽然喝的也是水，但这水会使血发干，让人越喝越渴，以致最后发狂，死亡。他进去找她，一次又一次满足欲望，而最后离开时仍然得不到满足。

整个炎热的夏天，王龙都恋着这个姑娘。他对她一无所知，既不知她来自哪里，也不知她究竟是什么人。他们在一起时，他说不了二十句话，也几乎听不到她那流水似的轻快的话语和穿插其中的孩子般的笑声。他只是望着她的脸、她的手、她的体态以及她那大大的含情脉脉的媚眼，耐心地等着她。和她在一起，他觉得永远没有满足的时候。他天亮时走回家去，头昏眼花而仍不满足。

日子一天天过去，他不愿再睡在床上，借口屋里太热，便在竹丛下面铺了一张席子，不定时地睡在那里。他睁着眼躺着，望着竹叶尖尖的影子，心里充满一种他说不清的又甜又酸的痛苦。

不论他的妻子还是他的孩子，如果有谁对他说话，或是老秦过来对他说："水很快就要退了，我们该准备什么种子？"他就会喊道："为什么来麻烦我？"

在那段时间里，他的心就像要炸开似的。他从这个姑娘身上得不到满足。

就这样，随着日子一天天过去，他的生活只是熬过白天等着夜晚，他不愿意看到阿兰严肃的面孔，也不愿意看孩子们的面孔——他一接近他们，正在玩耍的孩子就突然正经起来。他甚至不愿看到老父亲，父亲会看着他的脸问他："你有什么毛病，脾气变得这么坏，皮肤黄得像土一样？"

等到白天转入了夜晚，荷花姑娘就同王龙在一起干他们那件事，虽然他每天都花一段时间梳理他的辫子，但她还是笑他，她说："南方的男人都不留这些猴尾巴了！"于是他便去把辫子剪了，而在这之前，不论嘲笑还是蔑视，谁都不能说动他把辫子剪掉。

阿兰看见他剪了辫子时，惊恐地叫了起来："你不要自己的命啦！"

但他对她喊道："难道我永远做个老顽固？城里所有的年轻人都剪成了短发。"

然而他心里对自己所做的事还是有些害怕，但是即使荷花姑娘想要他的命他也会给的，她有种种他心里所渴望的女人身上的美。

以前他很少洗他那健壮的褐色的身体，他认为平时干活出的汗水已经洗够了；现在他开始注意他的身子，像看别人的身子一样端详，而且天天都洗。他的妻子不安地说："你老这么洗要死的！"

他从商店里买了外地产的香皂，洗澡时擦在皮肤上。他无论如何再也不吃大蒜，尽管那是他以前最喜欢吃的东西；他唯恐会在她面前发出臭味。

家里人谁也不知道是怎么一回事。

他还买了新的衣料。一直是阿兰做他的衣服，把他的长衫裁得又肥又长，缝得细密结实，但现在他看不上她的针脚了。他把衣料拿给城里的裁缝，按照城里人的式样裁剪。他做了件浅灰色的绸子长衫，裁剪得非常合身，不肥不瘦，他还做了件黑缎子马甲，用来穿在长衫外面。他甚至买了有生以来第一双不是由女人做的鞋，鞋是用丝绒面料做的，就同黄家老太爷穿的那种鞋一样。

他不好意思在阿兰和孩子们面前突然穿起这些衣服。他把它们叠起来，用牛皮纸包好，留在茶馆里他认识的一个账房先生那里，他给了账房先生一点钱，在上楼之前偷偷到内室换上。他还买了一枚镀金的银戒指戴在手上。等他头上剃过的地方长出头发时，他抹上外国头油，使头发变得又滑又光。那一小瓶头油是他花了整整一块银圆买的。

阿兰吃惊地看着他，不知所有这些改变究竟是因为什么，只是有一天，他们吃午饭时，阿兰端详了他好大一会儿之后，沉重地说道："你身上有种东西使我想起黄家大院里的少爷。"

王龙哈哈大笑，然后说："我们有了钱，有了积蓄，难道老打扮得像个乡巴佬？"

但他的心里感到很愉快。那天，他对她相当客气，他多日以来都不曾对她那么好过。

现在，大量的银钱从他手里像水一样流了出去。他不仅要花宿夜钱，而且还要满足她的各种欲望。她像是达不到欲望心便会碎了似的，常常叹息低语："唉，我呀——唉，我呀！"

他终于学会了跟她说话，当他小声说"怎么啦，我的小心肝"时，她就会答道："我今天没有兴致，对面屋里的黑玉，有个情人给了她一个金发夹，我只有这么个银的，还是旧东西，一天到晚就戴这个东西。"

这时,为了他的情人,他只能一边把她黑亮光滑的鬓发捋到一边,看着她有着又长又圆的耳垂的小耳朵取乐,一边对她耳语说:"那我也给我的宝贝买一个金的发夹。"

这些表示爱的词,她好像教孩子说话一样教他。她教他对她说这些话,而他说出来有些言不由衷,甚至结结巴巴。他摆脱不了生活的痕迹——毕竟他一生都同种植、收割、太阳和雨水打交道。

银钱就这样从墙里和袋子里被拿了出去。阿兰以前也许会很随便地对他说:"你为什么从墙里拿钱?"现在却什么话都不说,只是非常悲伤地望着他。她知道他在过某种撇开她,甚至撇开田地的生活,但究竟是什么样的生活她不清楚。自从那天他看清她的头发、模样一点也不好看,并且看出她的脚太大以后,她就一直怕他,什么都不敢问他,因为他现在随时都会对她大发脾气。

一天,王龙穿过田间往家走,走到她身边时,她正在池塘里洗他的衣服。他默默地在那里站了一会儿,然后,大概因为他觉得惭愧而心里又不肯承认,就突然粗声粗气地对她说:"你那两颗珍珠在什么地方?"

她正在池塘边一块平滑的石头上捣衣服,这时抬起头来,望着他怯生生地答道:"珍珠?我留着呢。"

他避开她的目光,望着她那湿漉漉的双手说:"白留着珍珠,一点用都没有。"

这时她慢慢地说道:"我想,有一天也许能把它们做成耳环。"她害怕他嘲笑,紧接着又说:"小女儿出嫁时我可以给她戴上。"

　　他硬起心肠，大声对她说道："戴什么珍珠耳环，皮肤黑得像泥土一样！珍珠是给好看的女人戴的！"他沉默了一下，然后又突然喊道："把珍珠给我——我有用处！"

　　于是她慢慢地把多皱的湿手伸进怀里，从里面掏出了那个小包，她把小包递给他，看着他打开。他把两颗珍珠放在手心上，它们在阳光的映照下发出五彩斑斓的光，他笑了。

　　阿兰又回过身来捣他的衣服。大颗的泪珠从她的眼里沉重地慢慢滴下，但她没有把眼泪擦掉，只是用棒槌更使劲地捣着摊在石头上的衣服。

二十

要不是王龙的叔叔突然回来，这种情况也许会继续下去，直到王龙把银钱全部用光。叔叔没有说明他到什么地方去了，也没有说明他一直在干什么。他站在门口，好像是从天上掉下来的，他敞着怀，那破旧的衣服和往常一样邋邋遢遢地披在身上，他的脸也依然如旧，由于风吹日晒添了许多皱纹，也变得更加干硬。王龙一家正围着桌子吃早饭，他咧开嘴朝他们笑着。王龙坐在那里，目瞪口呆，他已经忘记世上还有一个他的叔叔。现在他叔叔像一个幽灵，又回来见他。那位老人——王龙的父亲，先是眨着眼睛看，然后又瞪大了眼，但还是没有认出来。后来，王龙的叔叔喊了出来："喂，大哥，侄子，侄孙，还有侄媳妇！"

王龙站起身，心里又惊又怕，但表面上很客气："噢，叔叔，吃过早饭没有？"

"没有，"他叔叔平静地回答，"我跟你们一起吃吧。"

他坐下来，拉过碗筷，随随便便地吃了起来。餐桌上有米饭、咸鱼干、咸萝卜和干蚕豆。他狼吞虎咽，像是很饿。大家都悄然无声，他稀里哗啦地喝下了三碗大米稀粥，鱼骨头和干蚕豆在他两排牙齿中间咯咯作响。他吃完之后，好像天生就有那种权利似的直率地说："现在我要睡觉，我已经三天没合眼了。"

王龙茫然失措，不知如何是好，只得把他领到他父亲的床上。他叔叔掀开被子，摸了摸柔软的被罩和干净崭新的棉褥套。他看了看木床架、精致的八仙桌，还有王龙为他父亲的卧室添置的大木椅，说道："啊，我听说你有钱了，可是我不知道你这么富有。"他一头倒在床上，用被子盖住自己的肩膀，尽管已经是夏天了，一切都暖洋洋的。他爱用什么就用什么，仿佛这一切都是他自己的。他没有再说话，一会儿便睡了过去。

王龙惊惶地回到堂屋。他心里很清楚，叔叔再也赶不走了。他叔叔知道，王龙能够养活他。王龙十分胆怯地想到了这一切，也想到了他的婶母。他看得出，他们会拥到他家里来，谁也阻止不了他们。

他害怕什么就来什么。中午过后，他叔叔终于在床上伸起懒腰来，连打了三声哈欠，把衣服披到身上。他走出了房间，对王龙说："现在我要去把老婆孩子接来。我们一共三口，在你这样一个大户家里，不缺我们吃的那点东西，也不缺我们穿的那点蹩脚衣服。"

王龙愁眉苦脸，连声称是，但一点法子也没有。因为在他有足够的东西养活别人而且还很富裕的时候，把亲叔叔一家从家里赶走，是会被人耻笑的。王龙知道，要是他把他们赶走，村子里的人会耻笑他，他发了财，现在村子里的人都很尊敬他，因此他什么也不敢说。他叫雇工统统搬到那座老房子里，腾出了大门口的那些房间。就在当天晚上，他叔叔带着老婆孩子搬了进来。王龙为此很恼火，而更为恼火的是他必须将怒气埋藏在心底，对他叔叔一家笑脸相迎。当看见他婶母那又胖又光滑的面孔时，他觉得火气好像立刻就要迸发出来；而当见到他叔叔的儿子那不知羞耻、无礼的面孔时，他恨不得给他几记耳光。连续三天，他因为生气而没有进城去。

后来，当他们对发生的一切习惯了的时候，阿兰对他说："别生气了。忍着点吧！"王龙看到，他叔叔和他的老婆孩子因为在他家吃住而变得非常客气，于是他的思想比以前更加强烈地转向了荷花姑娘。他对自己说："一个人的家里满是野狗的时候，他总得到外面去找个清静。"

于是，往日所有的热情和痛苦在他心中燃烧起来。他对自己的情欲依然不感到满足。

阿兰因为朴实没有看出的事情，老人因为年迈也没有看出，老秦因为朋友关系更没看出，但王龙的婶母立刻就看了出来，她大声说着，笑得眼里都闪着泪花："现在王龙正盼着去采野花哩！"阿兰不明白她说的是什么，谦恭地望着她。她呵呵笑了起来，又一次说道："你一定要把甜瓜掰开见瓜子，是不是？那么，照实说吧，你男人迷上另一个女人了。"

这话是王龙听他婶母在院子里他窗户外面说的。那时正是早晨，王龙在房事之后躺在床上疲倦地打着盹。他很快醒了过来，继续听着，他对这女人眼睛之尖感到惊奇。她浑厚的嗓音继续嗡嗡作响，就像喉咙里流着油："我见的男人多了。一个男人，忽然之间把头发梳得光光的，又买新衣服又买新鞋，他就是在外面另有了女人，这还用说。"

阿兰断断续续地插着话,他听不清她讲了些什么,只听见婶母继续说道:"可怜的傻瓜,你不要以为男人只要一个女人就够了。女人再辛劳,为给他干活而损耗了自己,那么他就不会满足于她了。他的心思很快就会跑到别的地方去。可怜的傻瓜,像牛一样为他干活,但一向不中他的意。如果他有钱,另外买了一个女人,把她带到家里,你也犯不着生气,男人都这样。我家里这个老浑蛋也会这么干,只不过这个穷光蛋手里没有钱,连他自己都喂不饱。"

她还说了很多,但王龙在床上只听到这些,他的心停在她说过的那些话上。现在,他突然想出一个办法,来满足他对荷花姑娘的如饥如渴的欲望。他要买下她来,把她带回家中,让她专门伺候他一个人,别的男人谁都不许碰她,这样,他才能有心思吃喝,并感到满足。于是他立刻从床上爬了起来,走出门去。他跟他婶母偷偷打了个手势,她便跟着他走出了大门,来到没有人能听见他们讲话的枣树底下。他对她说:"你在院子里讲的话我都听到了,你说得对,除了那个女人,我再要一个。既然我有地能养活大家,为什么不可以呢?"

她急促地滔滔不绝地回答道:"真的,有什么不可以呢?发了财的男人都这样。只有穷光蛋才喝独杯酒呢。"她这样说着,心里明白他接下去还会说什么。果然不出所料,他继续说:"但是,谁来替我牵线搭桥呢?男人总不能自己到一个女人那里去说,'到我家去吧'!"

听到这话,她立即答道:"把这事交给我吧!只要告诉我是哪个女人,我就会把事情安排妥当。"

王龙在任何人面前都没有大声提到过她的名字,于是他不情愿地、胆怯地答道:"那个女人叫荷花。"

在他看来,人人都一定知道或听说过荷花姑娘,但他忘记了,他也是在夏天整整过了两个月后才认识她的。他有点沉不住气了,他婶母继续问道:"她的家在什么地方?"

"什么地方?"他刻薄地答道,"除了城里大街上的那家茶馆,还会在什么地方呢?"

"就是那家叫'花房'的茶馆吗?"

"还能是别的吗?"他反问道。

她把手放在噘起的嘴唇上,略微思索了一会儿,终于说道:"那里我什么人都不认识,我会想办法。谁管着这些姑娘?"

他告诉她,那女人叫杜鹃,在黄家当过丫头,她呵呵大笑起来,说道:"啊,是她?老爷死在她床上以后,她就干这个!是的,她会干这种事的。"

接着,她大笑起来:"哈!哈!哈!"然后又轻松地说道,"那个女人!这事真的很简单。一切都很简单。是她呀!那个人从一开始就什么事都干得出来,你往她手里塞够银子,她连山也会造出来的。"

听到这话,王龙突然感到嘴里发干冒火,他说话的声音也变得悄声悄气:"银子!银子就银子!银子和金子!我的土地值得上的钱都可以!"

出于一种奇怪的、反常的爱的狂热,在事情安排妥当之前,王龙不再上那家茶馆去了。他对自己说:"她要是不到我家来,不归我个人所有,杀了我的头我也不再去亲近她。"

但是，当他一想到"她要是不到我家来"这句话时，他的心脏害怕得都停止了跳动。他不断地往他婶母那里跑，对她说："钱多钱少你不用问！"又说："你告诉过杜鹃了吗？我有的是金子银子。"他还说："告诉她，荷花姑娘到我家里什么活都不用干，只要她愿意，她可以天天穿绫罗绸缎，吃山珍海味。"后来，那个胖女人不耐烦起来，眼睛滴溜溜转动着，朝他喊道："够啦！够啦！我不是傻瓜，也不是头一次替一男一女牵线。别管我，我会去干的。我这话说过好多遍了。"

他无事可做，要么咬咬手指，要么突然环视一下自己的房子，想象荷花突然见到这房子的情景该是什么个样子。他催促着阿兰干这干那，让她扫地，洗刷，搬动桌椅。这可怜的女人越来越惊慌失措，现在她已经清楚她将会有何种遭遇，尽管王龙什么也没有告诉她。

现在，王龙已经讨厌和阿兰睡在一起了。他想，家里要安置两个女人，必须再有几间房，再建一个庭院，要有一间他可以和那个女人作乐的房间，这间房间要和其他房间分开。因此，就在他等着婶母为他办事时，他把雇工叫来，吩咐他们在正房堂屋后面，再造一个院子。新院子是一个有三间房的庭院，当中是一间大的，两间小的各占一面。雇工们瞪大了眼瞧着他，谁都不敢答话，王龙什么也不会跟他们讲。他亲自督工，因此他不必告诉老秦自己干了些什么。雇工们从地里挖出土来，造成墙，然后再夯实。接着，王龙派人进城，买盖房顶用的瓦。

房间建成，把平整过的土地压实作为地坪后，他派人将砖买来，再用水泥把砖密密地排列起来。为荷花姑娘盖的这三间房间便有了漂亮的砖地。王龙买来红布挂在门上做门帘,还买来一张新方桌和两把雕花椅子,椅子摆在桌子的两边。桌子后面则挂起了两幅山水画。他还买了一个带盖的圆形红漆糖盒,里面盛满了芝麻做成的点心和软糖,他把这个小盒放在桌子上。后来,他又买来一张宽大的雕花木床,对这间小屋子来说,这张床已经够大了。他又买来带花的帐子,准备挂在床的四周。在购置这一切的时候,他不好意思叫阿兰帮忙。晚上他婶母进来才替他将帐子挂好,做了些男人们做起来笨手笨脚的事情。

一切准备妥当,便无事可做了。一个月过去了,事情还未办成。因此,王龙在为荷花所建的那个新院子里独自逛来逛去。他想到,在庭院中应该挖一个小水池。他叫来一个雇工,挖了一个三尺见方的水池,周围用砖砌好。王龙到城里买了五条漂亮的小金鱼放到里面。这时,他想不出还有别的事可做,只好继续焦躁不安地等待着。

在这段时间里,王龙跟谁也没有说过一句话。儿子们鼻子脏了,他便骂几句,要不就对着阿兰吼叫,说她有三天多不梳头了。闹到后来,阿兰在一天早上突然哭了起来,大声抽泣着,王龙还是第一次见她哭成这个样子。即便他们挨饿,或任何其他时候她都没有这样哭过。王龙厉声地说道:"怎么回事,女人家?难道我不能说一声,让你梳理一下你那马尾一样的头发吗?有什么好哭的?"

但她没有回答,只是呜咽着再三重复:"我给你生了儿子——我给你生了儿子——"

他不再作声,显得有点坐立不安,一个人喃喃自语。在她面前他感到惭愧,因而他走开了,留下她一人。是的,在法律面前，他没有什么可以抱怨阿兰的，她为他生了三个不错的儿子，个个都活着。除了他的情欲之外，他找不出任何借口。

一天一天就这样过去了。终于有一天，他婶母走来对他说："事情办妥啦。茶馆老板娘要一百块银圆。那姑娘愿意来，但要一对玉耳坠、一枚玉戒指、一枚金戒指、两身缎子衣服、两身绸子衣服和十二双鞋，床上还要两条丝绸被子。"

这一席话，王龙只听见"事情办妥啦"这一句，他大声叫起来："就这么办——就这么办——"他跑到里间，拿出银子，把银子倒在他婶母手里，但这都是悄悄进行的，他不愿意有人看见他把多年的积蓄就此花掉。他对婶母说："你自己也拿十块银圆吧！"

她假装不要，挺了挺肥胖的身子，头摇得像拨浪鼓似的，轻声地叫起来："不要，我不要。我们是一家人。你是我的孩子，我就是你娘。我是为了你才这样做的，绝不是为了银子。"但王龙看见她一边拒绝一边将手伸了过来。他将那些银圆倒在她手里。他觉得，这些银圆花得是值得的。

他买了猪肉、牛肉、鳜鱼、笋和栗子。他从南方买来了干燕窝做汤，还买了干鱼翅。凡是他知道的精品，他都准备得十分齐全。然后，就是等待了，如果他心里那种火烧火燎、躁动不安的情绪也可以称作等待的话。

夏末，八月一个烈日曝晒的大热天，她到他家来了。王龙远远就看见她来了。她坐在一顶竹轿子里。他望着轿子在田边的小道上左右晃荡，轿子后面闪动着杜鹃的身影。这时，他忽然有些害怕起来，自言自语道："我在往家里接什么样的人啊！"

167

他几乎不知道自己在干些什么,急急忙忙走进他和老婆这些年来睡觉的那间房间,关上屋门,神情慌乱地在黑暗里等候着。后来,他听见他的婶母大声喊他出来,人已经到门口了。

他局促不安,好像从来没有见过这个姑娘。他慢慢地走了出去,低着头,他的眼睛瞅这儿瞅那儿,就是不敢往前看。

杜鹃高兴地对他喊道:"喂,当时真没想到我们会干这样的事!"

接着,她走近轿夫已经放在地上的轿子,掀起轿帘,将舌头弄得啧啧作响地说:"出来吧,我的荷花姑娘,这就是你的家,这是你的老爷!"

王龙感到一阵痛苦,看见轿夫正龇着牙笑,他心里暗想:"这些是城里大街上的二流子,无赖。"他很生气,感到脸发烫发红,根本不愿大声讲话。

随后轿帘被打开了,他不自觉地向轿子里看了一眼。在轿里暗处坐着的正是涂脂抹粉、娇艳如花的荷花姑娘。他高兴得忘掉一切,甚至连对咧着嘴笑的城里人的气愤也丢到了脑后。他想到的只是自己买来的女人,她将永远留在他的家里。他站在那里,身子僵直,甚至有些发抖。他瞧着荷花姑娘站了起来,那么文雅恬静,就像微风轻轻抚摸着的鲜花。正在他目不转睛地呆看时,荷花姑娘扶着杜鹃的手下了轿,她低着头,目光下垂,身子倚着杜鹃,用那双小脚摇摇摆摆地走着。她经过王龙身边时,没有同他说话,却用极小的声音对杜鹃说:"我的新房在哪里?"

这时,王龙的婶母来了,她走到荷花的另一边,和杜鹃一边一个,把姑娘领进王龙专为她建造的那个庭院的新房里。王龙家里没有一个人见到她穿过庭院。那天,王龙已经将雇工们和老秦打发到远处的田野里干活了；阿兰带了两个小孩也不知去了什么地方，两个大男孩去了学堂；老人倚着墙睡了，什么也没有听见和看见。至于可怜的傻姑娘，出出进进的人，她一个也没看见，除了父母，她谁都不认识。荷花进屋之后，杜鹃将门帘拉上。

过了一会儿，王龙的婶母走了出来，大笑着，有一点不怀好意。她拍打着双手，似乎要掸掉手上的脏东西。

"她浑身香水味和胭脂味！"她仍然大笑着，说，"闻上去就像下流女人。"后来，她的话就更加难听了，"侄子，她可不像看上去的那么年轻。我敢说，到了她这种年纪，别的男人恐怕看不上她，要不然，什么耳朵上的玉坠、手指上的金戒指，甚至是绸缎衣服，她也不会中意，不会嫁给庄稼人，再有钱也不会嫁。"看到王龙脸上因为听了这些过于露骨的话而显出生气的神情，她赶紧补了一句："但是人长得漂亮，我从来没见过比她更漂亮的姑娘。你和黄家粗笨的女仆过了半辈子。现在的滋味比吃宴席上的八宝饭还要香甜啰。"

王龙一声不吭，只是在屋里走来走去。他偷听着，他不能一直就这样不过去。最后，他大着胆子掀开红色的门帘，走到他为荷花建造的庭院里，然后进了那间黑洞洞的房间。她就在那里，他守着她，一直守到夜里。

在这段时间里，阿兰没有进过家门。她一大早从墙上取了锄头，带着孩子，用白菜叶包了点干粮走了，一直还未回来。但是，在夜幕降临时，她进了家门。她闭着嘴，浑身是尘土，神情倦怠。孩子跟在她的后面，也一声不吭。她见了谁都没说话，笔直走进厨房，像往常那样将饭做好，摆放在桌子上。她叫来老人,将筷子放到老人手里。她侍候那个可怜的傻姑娘吃了饭后,才和孩子们吃了一点东西。接着,他们都去睡了,王龙则坐在桌旁胡思乱想。阿兰在睡前洗了洗身子,走进那间她已习惯了的房间,一个人躺倒在床上。

这以后,王龙日日夜夜陪着娇妾又吃又喝,他天天到那间房子里去。荷花姑娘懒洋洋地躺在床上,他坐在她身边,观察着她的一举一动。荷花从未经历过早秋的大热天,正躺在那儿,由杜鹃用温开水给她擦洗苗条的身子,在皮肤上抹油,在头发上涂香水和油脂。荷花姑娘曾任性地说,一定要杜鹃留下来伺候她。王龙出了很高的价钱,杜鹃才乐意留下来,而不再去茶馆伺候那一帮人。她和她的女主人荷花姑娘单独住在王龙建造的那个新庭院里。

荷花整天躺在那间凉爽的黑洞洞的房子里,嚼着甜食和水果,身上穿着一套绿色纺绸衣裳,上身是一件小巧的紧身齐腰小褂,下身是一条肥大的裤子。王龙一进门见她这身打扮,就和她寻欢作乐。

日落时,她娇嗔嗔地把他撵走。接着,杜鹃又给她洗澡、涂香水,替她换上新衣服。她贴身穿一件柔软的白绸子内衣,外加一件桃色的丝绸外套,那是王龙为她买的,她的脚上是一双小小的绣花鞋。然后,荷花姑娘便走到院子里,看着水池里的五条小金鱼。王龙站在那里,瞪大眼睛瞧着他所创造的奇迹。她迈开一双小脚,摇摇摆摆地走着路。在王龙看来,她那尖尖的小脚,她那蜷缩着的、连生活也无法自理的双手,是世界上再美不过的东西了。

他吃着,喝着,独自享受着他的爱妾,感到满足了。

二十一

　　不要以为这个荷花姑娘和她的仆人杜鹃来王龙家不会引起什么麻烦。一个屋里有两个女人是不会太平的。但王龙没有想到这点。他在阿兰愁眉不展的面容和杜鹃尖酸刻薄的言语上看出了问题之后，也毫不在意。只要他的欲火正旺，他就什么都不在乎。

　　白天变成了黑夜，黎明又接着黑夜来到，无论是旭日东升还是月挂中天，荷花姑娘总在王龙的身边，只要愿意，他随时都可以抱紧她。当他情欲的饥渴有所缓解时，他觉察到了从前没有觉察到的事情。

　　第一件事是，他看到阿兰和杜鹃之间很快就发生了争吵。这完全出乎他的意料。他想到阿兰也许会憎恨荷花姑娘，这种事他听说过许多次，当做丈夫的将另一个女的领回家来的时候，有的女人会把绳子悬在房梁上上吊自杀，有的女人会把男人臭骂一顿，想法子让男人过不安宁。使他高兴的是，阿兰总是寡言少语，至少她想不出什么言辞骂他。但他万万没有想到，阿兰对荷花姑娘保持缄默，却在杜鹃身上出气。

王龙心里只有荷花姑娘。有一天,荷花向王龙恳求道:"让杜鹃姑娘来伺候我吧!你看,我在这个世上孤孤单单,父母去世的时候,我还不会说话,等我长得漂亮起来,叔叔就把我卖了,我没有亲人。"

荷花说这话时,漂亮的眼角闪耀着点点泪光。她这样仰脸看他,并向他提出要求的时候,王龙是不会拒绝的。再说这姑娘确实没人伺候,她在家里会显得孤单,这些都是实情。阿兰显然不会照顾他的第二个老婆,也不会同荷花讲话,甚至会根本无视她的存在。家里只有他的婶母,但婶母这里瞧瞧,那里看看,让她去接近荷花,和荷花一起议论王龙,这让王龙感到讨厌。这样看来,杜鹃是很合适,他想不出别的女人。

然而,可以看得出,阿兰一见到杜鹃便恨得要命,这是王龙从未见过的,他不知道阿兰竟有这么大的火气。杜鹃很愿意和阿兰做朋友,因为她挣的是王龙的钱,虽然她还没有忘记,在黄家的时候,她是老爷屋里的人,而阿兰是一个厨子,一个再平常不过的丫头。第一次看见阿兰时,她亲亲热热地对阿兰叫道:"喂,老朋友。我们俩又在一家里了。你现在是大太太,是主人——变化多大啊!"

但是阿兰只是回眼看了看她,她终于明白了她是谁,并知道她来这里干什么了,她没有理她。她把正端着的水瓮放下,走进了堂屋。王龙作乐之后正在那里坐着。她直率地对他说:"这个丫头片子到我们家来干什么?"

王龙朝四下里看了看。他本来想说,而且俨然会以一家之主的口吻说:"怎么?这是我的家,我说让谁来,谁就来,你问什么?"但是他说不出口,在阿兰面前,他心里总感到羞愧。他的羞愧又使他恼怒,他想想这件事,觉得自己并没有必要感到羞愧,他不比任何一个有钱的男人做得过分。

他还是没有讲话,只是四下里看看,装作烟斗在长袍里放错了地方,在腰兜里摸来摸去。但是,阿兰那双大脚坚定地站在那里,她在等着他回答。因为他一声不吭,她又一次直率地用同样的话发问:"这个丫头片子到我们家来干什么?"

这时,王龙看到不回答不行,便无力地说:"那跟你有什么关系?"

阿兰说:"我年轻时在黄家的那段时间,一直受她的气。她一天总要往厨房里跑二十来次,不是大声嚷着说'快给老爷备茶''快给老爷备饭',就是说'这个太热了''那个太凉了',或'这个做得不好吃',说我太难看,手脚太慢,太这个,太那个……"

王龙仍然没有回答,他不知道该说什么好。

阿兰等待着。见他不说话,她的热泪便涌上了眼窝。她尽量不让眼泪流下来。最后,她撩起她的蓝布衫的衣角,擦了擦她的眼睛,说:"在我自己家里,这事我受不了。我又没个娘家能回去。"

王龙仍然沉默不语。他装上烟斗点着,还是一言不发。她悲哀地望着他,两只眼睛呆呆的,就像一头不会讲话的牲口。然后,她走开了,慢慢挪动着身子摸索到门口,因为泪水已经遮住了她的眼睛。

王龙看着她离去。他很高兴只留下他独自一人。但是他感到羞愧，而对他的羞愧，他又感到生气。他像跟别人吵架似的，不耐烦地大声对自己说："哼！别的男人就这么做的。我对她够好的了。有些男人还比不上我呢。"最后他说，这些肯定是要阿兰忍着的。

可是阿兰并没有就此了结。她默默地按自己的主意去做。早晨，她把水烧开，端茶给老人，如果王龙不在里院，她也把茶水端给王龙。但当杜鹃来给她的女主人端水时，锅里已经没水了。不管杜鹃怎么大声质问，阿兰一句话不答。杜鹃毫无办法，要是女主人要水，她必须亲自去烧。但是，早上煮粥的时候，没有锅可以用来烧水。阿兰继续不快不慢地做饭，不理杜鹃的高声喊叫："难道要让娇弱的二奶奶躺在床上渴着，一大早喝不上一口水？"

阿兰不回答，只是往灶口里塞进一些柴草，像以前一样小心地把柴草摊均——以前，一片树叶也是宝贵的，可以引火做饭。于是杜鹃去找王龙告状。王龙非常生气，生怕他的好事可能被这种事情毁掉。他跑去训斥阿兰，大声喝道："早晨你不能往锅里多添一瓢水吗？"

但她脸上带着一种前所未有的盛怒答道："在这个家里，我总不至于是丫头的丫头。"

这句话使他怒不可遏，他抓住她的肩膀，狠狠地推了一下："别越来越傻！水不是给丫头的，是给二太太的。"

她忍受着他的推揉，看着他，简短地说道："你把我两颗珍珠给了她！"

他的手垂了下去，无言可答，怒火也消了。他羞惭地走开，对杜鹃说:"我们另外起一口灶,再搭一间厨房。大太太做不出精致的东西来,那一位像花一样的身体又需要好东西,你自己也喜欢吃。你可以做你们喜欢吃的东西。"

他吩咐雇工建了一间小房,里面安了一个土灶,又买了一口好锅。杜鹃很得意,因为王龙说过"你可以做你们喜欢吃的东西"。

王龙对自己说,他的麻烦总算过去了,女人们太平无事,他又能享受他的爱了。在他看来,荷花姑娘是永远不会使人发腻的,他永远不会讨厌她向他噘嘴时,那杏眼上面像水仙花瓣似的眼睑低低垂下的神情,更不会讨厌她瞧着他时眼睛里漾着笑意的姿态。

但是,新厨房又带来新的烦恼,因为杜鹃天天进城,买些从南方城市运来的昂贵食品。有些食品他连听也没有听说过:荔枝、蜜枣,用米粉、核桃和红糖制成的什锦糕点,带角的海鱼以及其他东西。买这些东西用的钱比他预料的要多。不过他也清楚,钱实际上并没有杜鹃说的那么多。但是,他害怕自己说出"你们在啃我的肉啊!"这句话,害怕那样一来杜鹃就会生他的气,荷花姑娘也会不高兴。他毫无办法,只好颇不情愿地掏腰包。日复一日,这成了他的一块心病。他找不到一个人可以叹叹苦经,因此这心病像根肉中刺一样越扎越深。这样,他在荷花身上燃烧的欲火,也稍稍冷却了些。

接着这件事来的另一个烦恼是他那位贪嘴好食的婶母。她经常在吃饭时到里院去,毫不客气。荷花从他家里偏偏选这个女人做朋友,王龙觉得心里不快。这三个女人在里院里吃得很开心,

175

她们无休止地闲聊，一会儿窃窃私语，一会儿哈哈大笑。荷花喜欢他婶母身上的某种东西，这三个人凑在一起便感到痛快。这是王龙所不喜欢的。

王龙毫无办法，他只能柔声劝说荷花："荷花，我的一朵花，不要把你的香气糟蹋在那么一个又老又胖的'母夜叉'身上。我的心需要你那甜蜜的香气。她是个骗人精，靠不住，我不喜欢她从早到晚贴近你。"

荷花感到纳闷，她噘着嘴，把头偏向一边，生气地答道："我身旁只有你一个人，没有任何朋友。我已经在热闹的地方待惯了，在你家里，除了恨我的大太太和你那一群像瘟疫一样的孩子，我一个亲人也没有。"

她对他施展了自己特殊的本领——那天晚上，她不肯让他进自己的房门。她抱怨说："你并不爱我。要是爱我的话，你会希望我活得痛快。"

王龙只得谦恭，他局促不安，低声下气地表示歉意说："我全依你吧。"

后来，她高抬贵手，原谅了他，他也害怕再惹她生气。打那以后，王龙来见荷花，如果她正跟他的婶母聊天喝茶，或是吃点心，她就让他在那里等着，不理他，于是他只好走开。只要那个女人坐在那里，她就不愿意王龙来，王龙对此十分恼火。他那爱的欲火已经有些冷却，尽管他自己还没有意识到。

更使王龙生气的是，他婶母来这里吃的那些好东西都是他为荷花买的。婶母越长越胖，比过去更加富态。但他什么话都不能说，他婶母很精明，对他彬彬有礼，用好听的话恭维他，只要他一进门,她就会站起来。

他对荷花的爱不再像以前那样倾心和完美:以前他是一心一意爱她的。这种爱因为生一些小气而受到了伤害,这些小气又因为憋在心里而变得更加厉害。而且现在,他已经不能再随便去找阿兰说话,他们的生活实际上已分开了。

像同一条根上四处蔓延的荆棘,王龙的麻烦越来越多。人们通常会认为,像他父亲这种年纪的人在任何时候都是昏昏欲睡的。可是有一天,他在阳光下面打盹时突然醒来,他拄着王龙在他七十大寿时为他买的龙头拐杖,蹒跚着来到了堂屋门口。这里有一条帘子悬挂着,将堂屋和里院隔开,而里院是荷花散步的地方。老人过去一直没有注意到这个门,后院建成之后,他似乎不知道家里是否又添了人口。王龙从来没有告诉他"我又娶了一个老婆",老人耳朵太聋,如果告诉他新鲜事,而他又毫无心理准备的话,他是听不懂的。

但是这一天不知什么原因,他看见了这里。他走过去,把门帘掀开。正巧,这是王龙和荷花傍晚在院子里散步的时候,他们站在水池旁边看鱼,王龙却看着荷花。老人看见儿子身边站着一位身材苗条、涂了胭脂的姑娘,他用又尖又哑的声音喊道:"家里来了妓女啦!"他不住声地喊着。王龙害怕荷花姑娘生气——如果有人惹她生气,她会拍着双手高声尖叫——便走到老人跟前,将他领到外面的院子里,劝他说:"父亲,安静一些。那不是妓女,是二太太。"

但是老人并不就此罢休。没人知道他是否听见王龙的话,他只是一个劲地喊:"家里来了妓女啦!"看到王龙朝他走来,他突然说:"我只有一个老婆,我父亲也只有一个老婆,我们是种田的。"过了一会儿,他又喊了起来:"我看她就是妓女!"

就这样,老人从老年人那种沉沉昏睡中醒来了,他对荷花姑娘有一种幼稚的憎恨,他会走到她院子门口,对空中突然喊起来:"妓女!"

或者,他将通向后院的门帘拉向一边,狠狠地朝砖地上吐唾沫。他还会捡起小石子,甩起软弱无力的胳膊,将石子扔进小水池里,将鱼吓跑。他用像孩子的恶作剧一般的方式来表达他的不满。

在王龙家里,这也是一件麻烦事。一方面,他羞于指责自己的父亲;另一方面,他又担心荷花生气,他发现她动不动就爱耍小脾气。这种希望父亲不要惹荷花生气的焦虑心情对他是一种思想压力,也使他的情欲更加成为一种负担。

一天,他听见后院里传来尖锐的喊声,便赶忙跑进去,他听出那是荷花的声音。他发现年纪小的那对孪生姐弟拽着他的傻女儿走进了后院。现在,除大女儿之外,四个小孩都对住在后院的这个女人有一种强烈的好奇心。两个大一点的男孩既懂事又腼腆,清楚地知道她为什么住在那里,知道她和父亲的关系是什么。但除了他俩之间偷偷谈论过这件事外,他们一直没对外人讲过。而那两个年纪小的孩子却总爱来这里偷看,发出一声声尖叫,闻闻荷花姑娘抹的香水,或者用手指拈一拈杜鹃从荷花屋里端出来的剩菜。

荷花已多次对王龙抱怨说,她讨厌他的那些孩子,她希望能有办法把他们都锁起来,不再使她心烦。但王龙不愿那么干,他开玩笑地说："哦，他们像他们的父亲，都喜欢看漂亮的脸蛋。"

他除了阻止他们进后院外，别无其他办法。他能看见的时候，他们是不来的，等到他看不见的时候，他们就偷偷地进进出出。但是，他的傻女儿什么也不知道，只是倚着前院的后墙坐在太阳地里，笑着，搓着布条。

这天，两个大儿子去了学堂，两个小孩子突然想到，他们的傻姐姐应该见一见后院的女人。他俩拉着她的手，把她挽进后院，走到荷花跟前。荷花从来没见过她，便坐在那里瞧她。傻大姐看见荷花身上鲜艳的绸缎衣服和闪着光亮的耳环，某种奇怪的兴奋触动了她。她伸出手来抓住那鲜艳的衣服，大声笑了起来。那纯粹是毫无意义的傻笑，荷花姑娘害怕起来，发出了尖叫声。于是王龙跑了进来。她气得发抖，一双小脚蹦来蹦去，同时用手指着正在哈哈大笑的傻大姐，大声喊了起来："如果她再靠近我，我就不在这个家里住了。从来没有人告诉我，家里还有这么一个令人讨厌的白痴。要是早知道，说什么我也不会来的——你这群肮脏的孩子！"她把靠她最近的小男孩推开，那男孩目瞪口呆，紧紧攥住那个同胞女孩的手。

这下可惹怒了王龙，他疼爱自己的孩子。他粗暴地说："听着，我不愿意别人骂我的孩子，任何人都不准骂，连我的傻孩子也不准骂。你也不准，你又没有为男人生过孩子。"他把孩子召集到一起，对他们说："出去吧！孩子们，再也别来后院，这女人不喜欢你们。她不喜欢你们，也就是不喜欢你们的父亲。"然后，他又对他的大女儿十分温柔地说："你啊，我可怜的孩子，回到你晒太阳的那个地方去吧！"她笑了，他挽着她的手把她领走。

最使他感到气愤的是，荷花竟敢咒骂他的孩子，而且喊她"白痴"。他心里为这个女儿感到一阵阵隐痛。有两天的时间，他不愿意去亲近荷花，却跟孩子们一起玩。他还进了一次城，为他可怜的傻女儿买来糖果。他用又甜又黏的东西给傻女儿带来欢乐，也减轻自己的痛苦。

王龙又去见荷花的时候，双方都没有提他两天没来的事。但是，荷花挖空心思想让他高兴。他进屋的时候，他的婶母正在那里喝茶，荷花仿佛表示歉意似的说："我的老爷来了，我得听他的吩咐，这才让我高兴呢。"她站在那里，直到那个女人走开。

然后她走到王龙面前，把他的手拿起来放到她的脸上，挑逗他。而他呢，尽管还爱她，但不像从前那样欣喜若狂了，他永远不会像从前那样如痴如醉地爱她了。

夏季结束的那天来到了，早晨的天空像水洗过一样，又蓝，又爽朗，宛如无边的海水。一阵清新的秋风从田野吹过，王龙好像从睡梦中清醒过来。他走到家门口，眺望自己的土地。他看到水已经退去，在干燥凉爽的风里，他的土地在烈日的照射下闪耀着光芒。

这时，一个声音在他的心里呼唤着——一个比爱情更深沉的声音，在他心中为他的土地发出了呼唤。他觉得这声音比他生活中的一切其他声音都响亮。他脱下长衫，脱去丝绒鞋和白色的长筒袜，将裤管挽到膝盖，热切而有力地走了出去，他大声喊道："锄头在哪里？犁呢？麦种在哪里？喂，老秦，我的朋友，来呀，把人都叫来。我要到地里去。"

二十二

当初王龙从南方的城市一回来，便去掉了一块心病，对曾经在那里经历过的那一番苦痛，他心中也深感安慰。而现在，他看到田野里黑油油的沃土，爱情上的失意也消解了。他感觉到了脚上那湿润的泥土，嗅到了小麦垄沟里散发出的泥土的芳香。他指挥雇工们犁完这里又犁那里，劳作了整整一天。他先是赶着牛，在牛背上甩响皮鞭，他看到铁犁钻进泥土里，泥土便翻滚起浪花，然后他把老秦叫来，将绳索交给他，他自己却拿了一把锄，把土块砸成细末。那细末柔软得像绵糖，但由于土层湿润，仍然是黑油油的。他这样干活，纯粹是为了乐趣，不是他非做不可。他累了的时候，就躺到土地上睡一觉。土壤的养分渗透到他的肌肤里，他的创伤得到愈合。

夜幕降临，太阳像一团火球似的燃烧着落下山的时候，天上连一丝云彩也没有。王龙跨进家门，感到筋骨像散了一般，浑身酸痛，但他心里乐滋滋的。他拽开通向后院的门帘，荷花穿着丝绸旗袍正在那里散步。她看见他身上沾满了泥土，顿时叫了起来。他走近她时,她吓得直往后退缩。

他哈哈大笑,把她那细嫩的小手抓到自己沾满泥土的手里,大声笑着说:"你瞧瞧,你的老爷只不过是农民了,你是农民的老婆。"

她大声抗议道:"我不是农民的老婆,你是什么,随你去。"

他又大笑起来,但很快离开了她。

他带着满身的泥土吃了晚饭,甚至上床睡觉时也不大情愿洗洗身子。而当他洗身子的时候,他又大笑起来,他现在已不是为哪个女人在洗澡了。他笑着,因为他自由了。

王龙觉得他离开家似乎很久了,一下子有那么一大摊子事情需要他来做。土地呼唤着人去开犁、播种,因此他天天在田地上劳作。一夏天的纵欲使他的皮肤变得苍白,如今太阳又把它涂成了深褐色。因为贪恋情欲,好吃懒做,他手上的老茧都已剥落。现在,锄把和犁把在他手上造成的印记又开始坚硬起来。

在中午或傍晚回家的时候,他吃着阿兰为他做的饭,觉得又香又甜,那是米饭、白菜、豆腐,还有馒头夹大蒜。他走近荷花时,她用手捏住鼻子,冲着臭气叫喊起来。他大笑着,一点也不在乎。他朝她呼出粗气,而她非忍受不可,因为他要吃他所喜欢吃的东西。他既然又精神焕发,摆脱了因纵欲而造成的疲乏,便可以再去找她了,在她那里快乐一番,再转身去干其他事情。

现在,这两个女人在这个家庭里各有各的位置:荷花是他的玩具和快乐,满足了他对漂亮、性欲的要求;阿兰则干活,她是他孩子的母亲,她养着家,伺候他、公公和孩子。当村子里的男人们带着嫉妒的心情提起后院的那个女人时,王龙便感到骄傲。

人们谈她就像是在谈论一件珍奇的宝物或者一件毫无用途的贵重的玩物,用途只是作为不再为吃穿发愁,只要愿意便可以花钱享受的那些男人的象征和标志。

村子里,最能炫耀王龙财大气粗的人,要算他的叔叔了。在那些日子里,他叔叔像一条摇尾乞怜的狗,总想赢得主人的好感。他说:"是我家的侄子,养了一个供他寻乐的女人,像我们这种普通人连见都没见过。"又说:"我侄子到他二太太那里,太太穿着丝绸旗袍,像大户人家的闺秀。我没见过,是我老婆说的。"他还说:"我侄子,就是我大哥的儿子,要建立一个大家庭,他的儿子就是有钱人的儿子了,再也不必干活了。"

于是,村上的人对王龙越来越尊敬,他们跟他讲起话来,不再像跟普通人讲话那样,而像是跟大户的人讲话似的。他们向他借钱要付利息,遇上闺女出嫁、儿子娶媳妇,也要来听取他的意见。如果两人为地界发生纠纷,便请王龙来调解,不论他如何裁决,他们都没有话说。

过去,王龙为了女人忙碌;现在,他对女人已经餍足,又开始为许多其他的事情操心奔波。雨下得正是时候,地里的小麦长得很好。转眼冬天又来了,王龙将粮食挑到集市上去卖,他总是将粮食囤积起来,到价格高的时候才出售。这次去市场,他带上了他的大儿子。

当一个人看见自己的儿子能够高声朗读字据上的一行行黑字,拿起毛笔蘸上墨汁就能在纸上写字给别人看时,会产生一种自豪感。王龙现在就有这种感觉。他骄傲地站在那里,看着眼前发生的一切。当过去嘲笑过他的那个伙计发出惊讶的叫喊时,他也忍着没有笑出声来。

"这小伙子的字写得多漂亮啊！聪明的小伙子！"

王龙不愿意显出自己有这样的儿子就觉得很了不起的样子。他的儿子念到一半突然尖声叫起来："这个字应该是水字旁，却写成了木字旁。"王龙的心得意得快要跳出来了。他不得不转向一边，咳嗽着，朝地上吐了一口痰，才算控制住了自己。那群人对他儿子的聪明啧啧赞叹，他也只是大声说道："那改过来！我们不能在写错了字的字据上签字。"

他得意扬扬地站在那里，看着他的儿子拿起笔，把错字改正过来。

完了以后，他儿子在卖粮的字据和钱的收据上分别替王龙签了名。父子俩便起程回家。王龙在暗地里思量，儿子已经长大成人，又是他的大儿子，他一定要把儿子的事办好，他得亲自过问儿子的婚事，替儿子找个媳妇。儿子再也不能像他那样到大户人家家里去捡人家不要的残渣剩饭，因为他的爹已经拥有自己的土地，是个有钱人了。

王龙开始为儿子物色媳妇。这可不是件轻而易举的事，因为那种普普通通的女子他是不要的。一天晚上，他和老秦两人在堂屋里合计来春播种什么、手头有什么种子时，扯到了这件事。他这样做，并不是希望有人帮他什么忙，他明白老秦是一个头脑简单的人。但是他知道，老秦就像狗对主人一样对他十分忠诚，和这样的人话话家常，他心里觉得舒坦。

王龙坐在桌前讲话的时候，老秦谦卑地站着。王龙让他坐，他也不肯，他认为王龙已经富有了，他们不能平起平坐。王龙坐着谈他的儿子和想给儿子物色媳妇的事,老秦聚精会神地听着。王龙把话讲完,老秦叹了口气,犹豫不决地小声说:"如果我那可怜的姑娘在这里的话,你们可以娶她,我一个钱都不要,这也算是我的福分。可是我不知道她现在在哪里。也许她已经死了,我不知道。"

王龙对他表示感谢,但没有把心里的话说出来。他儿子要找的姑娘,地位自然应当比老秦这种人的女儿高得多。老秦虽然是个大好人,但毕竟是在别人的土地上干活的普通农民。

王龙心里有了主意之后,就在茶馆里注意打听,留意人们谈到的姑娘或城里那些有女儿要出嫁的有钱人。即使对婶母,王龙也是守口如瓶,不想把真实想法告诉她。在他想从茶馆里搞到那个女人的时候,他的婶母帮了大忙。她适合干那种事情。但是在儿子的事情上,他就不想求婶母那样的人了,他觉得她不可能相到适合他儿子的姑娘。

冬天,雪花纷飞,寒气逼人,转眼春节又到了。人们吃着,喝着,许多人都来给王龙拜年,不但有从乡下来的,还有从城里来的。他们恭喜他发财,说:"恭喜你,你福气真好。家里有儿子,有女人,有钱,有地。"

王龙穿一身丝绸的长袍马褂,他的儿子们穿着同样的长袍分坐在他的两边。桌子上摆满了点心、瓜子和核桃仁。家里的门上到处贴满了恭贺新禧、大富大贵的红纸帖。他知道他福气不错。

转眼到了春天,柳树绽出了嫩嫩的绿色,桃树上挂满了粉红色的花朵,可是王龙还没有为儿子找到媳妇。

春天里,天长日暖,处处是李树和樱桃树上的花香。柳树长出了绿叶,叶片一天天舒展开来。树木一片葱绿,土壤湿漉漉的,蒸腾着氤氲的水汽,孕育着另一场丰收。王龙的大儿子突然间长大了,不再是一个孩子了,他开始变得喜怒无常,爱耍脾气,吃饭时挑精拣肥,对书本也丧失了兴趣。王龙感到害怕,但不知怎么办才好,于是便去为儿子求医治病。

没有什么灵丹妙药可以治这个小伙子的病。王龙跟他讲话时,如果不是哄着他,说:"肉和饭都不错,吃吧。"这小伙子就会变得执拗,闷闷不乐;如果王龙生起气来,他就号啕大哭,跑出房间。

王龙吓坏了,但束手无策,他跟在他儿子后边,尽可能温和地说:"我是你爹,有什么心事就说吧!"可是年轻人只是一个劲地抽泣,拼命地摇头。

此外,他还讨厌学堂里那位老先生。早晨,他不愿离开被窝去上学。每逢这时,王龙就骂他,甚至打他,他才愁眉不展地起床上学。有时,他会一整天在城里的大街上逛来逛去,王龙只有到晚上才知道,因为小儿子会愤愤地说:"大哥今天没有上学去。"

王龙便生起气来,冲着他的大儿子叫着:"难道银子白花了吗?"

一气之下,王龙拿起一根竹条,扑到儿子身上,劈头盖脸地抽打起来。孩子的母亲阿兰听到声响,便从厨房里冲出来,站到儿子和丈夫之间。尽管王龙转来转去想抽打孩子,竹条还是雨点般地落到了阿兰的身上。奇怪的是,偶然被训斥的时候,他会放声大哭,但在棍棒下,他却经得住抽打,不吭一声,脸色苍白,活像一座雕出来的人像。王龙日日夜夜苦思冥想，却想不出一个所以然来。

一天晚上，吃过夜宵之后，他又思量起那桩事来，因为这天大儿子没上学，又遭到他的一顿痛打。他正在那里想的时候，阿兰进来了，站在王龙的面前。看得出她有话要讲，于是王龙说："说吧，孩子他妈，有什么话就说吧！"

她说："像你这样打孩子，一点用处也没有。在那些大户人家的院子里，我看过小少爷们也有这样的事情。他们整天闷闷不乐。一旦有这种事发生，大老爷便替他们找几个丫鬟——如果他们自己找不到的话。这样，病很快就好了。"

"事情不一定是这样，"王龙不以为然地说，"我年轻的时候可不是这样的，我不哭哭啼啼，不发脾气，身边也没有丫头。"

阿兰等他说完，又慢慢地说："这是年轻少爷的事，别人我也确实没有见过。你过去是在地里干活的。但他现在像一位少爷，在家里游手好闲。"

王龙沉思了一会儿，恍然大悟，他觉得她的话有道理。是的，自己年轻时没有工夫闷闷不乐。他一早就必须起床，出去放牛，带上犁和锄头下田。收割时，他干得腰酸背痛。如果他哭，没有人会听到。他不能像他儿子那样逃学，如果这样做了，回来就别想有饭吃，他只好干活。这一切，他都记得清清楚楚。他对自己说："我儿子不是这样。他比我娇贵，他父亲有钱，我父亲没钱。他不必做事，我必须下田。再说，总不能让像我儿子这样的读书人去扶犁呀。"

他又暗暗地得意起来，因为他有这样的儿子。他对阿兰说：

"好吧,如果他像小少爷,那就是另外一回事了。可是我不能为他买丫头,我得给他订婚,得让他早一点结婚。应该这么办。"

然后,他站起身来,走进了后院。

二十三

现在，荷花看到王龙在她面前心不在焉，老想别的事情，不再欣赏她的美貌，便抱怨起来：“不到一年，你就不把我放在心上了，早知道这样，还不如不离开茶馆哩！"

她说话时把脑袋扭过去，用眼角瞥了王龙一眼，他笑了起来，抓住她的手，捂到自己脸上，闻闻她手的香味。他回答说：“嗯，一个人不能总想着他已经缝在衣服上的宝石，但是，万一丢了这宝石，他就经受不住了。这些天我一直在想大儿子的事，我看他血气方刚，该娶亲了。可是我不知道该怎么找个合适的，我不愿让他娶这村子里农民的女儿，再说，村里人都姓王，娶亲不合适，可是，城里我没有一个可以直接对他说'这是我儿子，那是你女儿'的熟人，我也讨厌找媒婆，万一她和人搞鬼名堂，把那人的残疾或傻瓜女儿说过来就不好办了。"

王龙的大儿子长得高大英俊，荷花对他也很有些偏爱。王龙说的这番话自然引起了她的注意。她若有所思地答道："在那个茶馆里，有一个男的经常来看我，他常提到他女儿，说他女儿长得像我，年轻漂亮，但还是个孩子。他说：'我喜欢你，但心里非常不安，似乎你就是我的女儿。你太像她了，我心里难过，像不合法似的。'虽然他更喜欢我，但正因为这一点，他找的是另一个名叫榴花的穿一身红的大姑娘。"

"他是个什么样的人？"王龙问。

"他是个好人，肯花钱，说到做到。我们都说他好，他不小气。如果哪个姑娘碰巧疲倦了，他不像有的人那样大喊大叫，说是上当受骗了。他很有派头，像是书香门第出身的人，他会客客气气地说：'喏，这是银子。休息一下吧，我的孩子，等爱情之花再度开放。'"荷花陷入了沉思，直到王龙急促的说话声将她打断。他不喜欢她回忆过去的生活。

"他有这么多钱，那么，他是做什么买卖的？"

她回答道："我不知道，我想，他是做粮食生意的。问问杜鹃，她对有钱的男人一清二楚。"

接着，她拍了拍手，杜鹃便从厨房跑了进来，她的两颊和鼻子让火烤得红通通的。荷花问她："有个长得又高大又好看的男人，过去常来找我，后来又因为觉得我长得像他的小女儿而感到不自在，所以常去找榴花，他是谁来着？"

杜鹃立即叫了出来："啊，那是刘先生，粮店老板。他是个好人！每次他看见我都往我手里塞银钱。"

"他的粮行在什么地方？"王龙问道，但显得有点懒洋洋。这是女人家说的话，女人的话往往是靠不住的。

"在石桥街。"杜鹃说。

她话没说完，王龙就高兴地拍了一下手，说："对，那就是我卖粮食的地方。这真是良缘！这门亲事肯定好。"他第一次来了这么大的劲头，因为他觉得，他儿子和一个买他粮食的人的女儿结亲非常合适。

每当有事要办时，杜鹃就像耗子闻油一样闻到了其中的钱味。她在围裙上擦了擦手，很快地说道："我愿意为老爷去办这事。"

王龙有些怀疑，他看着杜鹃那张诡诈的脸。荷花却高兴地说："对啦，让杜鹃去问问那个姓刘的人。他和她很熟。这事可以办的，杜鹃精明能干。等事情办妥了，她应该得到那份媒人钱。"

"交给我去办吧！"杜鹃诚心诚意地说。她想着手上那些白花花的银钱，笑了起来。她解下腰上的围裙，迫不及待地说："我这就去，肉再煮一会儿就好了，菜也已经洗好了。"

但王龙还没有充分考虑好这件事，他也不想这么快就定下来。他大声说："不，还没有定下来。这件事我得考虑几天，等我想好了再告诉你们。"

两个女人都有些心急——杜鹃是想要银钱，荷花则觉得这是件新鲜事，她需要有新鲜事来高兴高兴。但王龙走了出去，说道："不，他是我儿子，我要等等。"

他本来需要一段较长的时间来反复思量。可是，一天早上，他的大儿子进家来时，一张脸又红又烫，满口酒气，脚也走不稳。王龙听到有人在院子里跌倒了便跑出去看，只见这个小伙子正在呕吐，他还喝不惯比家里自己酿造的白米酒更烈的酒。他像一条狗一样躺在那儿，吐了一地。

王龙吓坏了，他把阿兰叫出来，两人一起把大儿子搀起来，给他洗了洗,把他扶到阿兰的床上。她还没有整理完,他就像死人一样睡了过去,无论他父亲问他什么,他都回答不了了。

后来,王龙走进两个儿子睡觉的房间,小儿子正打着哈欠,伸着懒腰,用一块方布将书包好准备上学。王龙问他:"昨天晚上你哥哥没有和你在一张床上睡吗?"

小儿子不情愿地回答说:"没有。"

他的眼神里呈现出某种恐惧。王龙看出了这一点,朝着他大声吼叫起来:"他到哪里去了?"孩子不愿回答,他便一边抓住他的脖子使劲地摇动,一边喊道:"照实讲来,你这小杂种!"

听到这话,孩子害怕了。他先是抽泣,接着大声哭起来,一边哭一边说:"哥哥不许我告诉你。他说如果我讲了,他就掐死我,用烧热的针刺我。如果我不讲,他就给我钱。"

听到这话,王龙像发了疯一般吼叫起来:"快说,该死的东西。"

这孩子看了看四周,心想,如果他不讲,父亲会把他掐死的。他绝望地说:"他已经三个晚上没回家了。他去干什么,我不知道,只知道他是和你叔叔的儿子,就是我们的堂叔一起出去的。"

王龙的手松开那孩子的脖子,把他推到一边,然后大踏步来到了他叔叔的房间。他找到了叔叔的儿子。那孩子喝酒之后脸色也又红又烫,像他自己的儿子一样,只不过脚步稳一点。这个小伙子年龄稍大,已习惯了成人的生活方式。王龙喊道:"你把我儿子领到哪里去了?"

他朝着王龙冷笑着说:"啊,我堂兄的儿子用不着别人领路,他自己能去。"

王龙把他说的话又重复了一遍,心想,他会把叔叔的儿子宰了的。他用可怕的声音吼道:"我儿子晚上到什么地方去了?"

这个年轻人被他的吼声吓坏了,他眼睛向下,绷着脸,不情愿地答道:"他在妓女家里,就是现在住在黄家大院的旧房子里的那个妓女。"

听到这话,王龙发出了一声痛苦的呻吟。许多男人都非常熟悉这个妓女,除了那些穷光蛋和普普通通的男性,没有人会去找她。她已失去了青春,钱少她也愿意。他连饭都没吃一口便出了大门。穿过田野时,他第一次没有去注意他的地里长着什么庄稼,也不看庄稼的长势如何,这全是因为他儿子带给他的这些麻烦。他走路时,眼睛里啥也没看到,他穿过城门,来到了过去一直属于大户人家的庭院。

现在,那两扇沉重的大门敞开着,再没有人将这带铁轴的大门关上过。现在谁都可以出出进进。他走进大门,院子里和房子里都住满了普普通通的人家,他们租了这里的房子,一家人住一间。这地方很脏,古老的松树被砍伐殆尽,留下来的也已渐渐枯死,院里的水池中也堆满了垃圾。

但是,这一切都没引起他的注意。他站在第一个院子里,喊道:"那个姓杨的婊子住什么地方?"

有个女人坐在三条腿的圆凳上缝着鞋底。她抬起头,朝院子里一个开着的边门点了点头,又继续缝她的鞋底,似乎她已经被男人们问过多次这样的问题了。

王龙走上前去,敲了敲门,一个焦躁的声音答道:"走开!

晚上的生意做完啦，我累了一宿，要睡觉了。"

他再一次敲门，那个声音喊道："是谁啊！"

他不愿意回答，仍继续敲门。终于，他听到了窸窸窣窣的响声。一个女人开了门。她一点也不年轻，满面倦容，嘴唇又厚又有点下翻，前额上留着粗劣的脂粉，嘴上和腮上的口红也没有洗掉。她看着他，不客气地说："天黑之前，我不接客了。如果你想来，晚上就早点来！但现在我要睡觉了。"

王龙粗暴地打断了她的话。他见她就恶心，一想到他儿子来过这里，简直忍受不了。他说："我不是为我而来的。我不需要你这样的女人。我是为了儿子的事来的。"

他突然感到喉咙被哽咽声堵塞了，他心疼儿子。那女人问道："喂，你儿子怎么了？"

王龙声音有点发抖地答道："昨天晚上他来过这里。"

"昨天晚上好多人的儿子都来过这里，"那女人回答道，"我不知道哪一个是你儿子。"

接着，王龙恳求似的对她说："想想看，记得不记得有一个纤细苗条的青年人，身材高，但还不到成年。我没想到他竟敢来玩女人。"

她似乎想了起来，回答说："有这么两个青年人。其中一个临走时鼻子都翘上了天，眼神里流露出傲慢，歪戴着帽子。另一个，像你说的，大高个子，很想装出一副大人的样子。"

王龙说："对，对，就是他。他就是我的孩子！"

"你儿子怎么啦？"那女人说。

王龙急切地答道："你听着，他再来的话你就赶他走。你就说你只要大人——无论说什么都行——你每次把他打发走,我就给你两倍的银钱!"

那女人笑了起来,一副毫不在乎的样子。突然,她用一种幽默的口气说:"谁能说半个'不'字呢,不用费力气就能挣钱。一点没错,我喜欢大人,小孩子不过瘾。"她说着,对王龙点点头,眼里暗送着秋波。她脸上皮肤粗糙,王龙感到恶心。他赶紧说:"那就这样!"

他快快转身朝家里走去,边走边一个劲地吐唾沫,把见着那个女人所产生的恶心感吐掉。

就在那一天,他对杜鹃说:"就照你说的办吧。去找找那个粮商,把这事安排安排。如果那姑娘合适,亲事又能办成,嫁妆好些即可,不必太多。"

他吩咐完了杜鹃,便回到了屋里。他坐在熟睡着的儿子身边沉思起来。他看到,他的儿子躺在那里,显得多么年轻和漂亮!他看见儿子睡梦中那张安详的脸,充满青春的光泽。一想到那个满面倦容的搽了粉的女人,想到她的厚嘴唇,他恶心、气愤,难以平静。他坐在那里,一个人自言自语。

他正坐着的时候,阿兰进来了,她站在旁边,看着孩子。她看见孩子的皮肤上冒着汗珠,连忙弄来掺了醋的温水,轻轻地将汗珠洗去,就像当年在那个大户人家家里,她替那些喝醉了酒的少爷所做的那样。王龙望着那张娇嫩、孩子气的脸,看到擦洗都没能把他从酒后的昏睡中弄醒,便站了起来,气呼呼地走进叔叔的房间。他忘记了他是他父亲的弟弟,只记得他是那个游手好闲、厚颜无耻、把他的儿子带坏了的孩子的父亲。他走进来大声喊道:"我家藏着一窝忘恩负义的毒蛇,我让毒蛇咬了!"

他叔叔正坐在桌子前吃早饭,不到中午他是不起床的,因为他发现家里没有他必须做的事情。他听了这句话抬起头来,懒洋洋地问:"怎么回事?"

王龙把事情告诉他。他叔叔只是笑笑说:"你能不让一个孩子长大成人吗?你能不让一条公狗接近迷了路的母狗?"

王龙听到这笑声,记起了这些日子里他为他叔叔所受的罪:叔叔如何强迫他卖地;他们一家三口如何在这里住了下来,吃喝玩乐,游手好闲;他婶母如何吃掉杜鹃为荷花买的贵重食品;他叔叔的儿子如何带坏了他的儿子。他咬牙切齿地说:"现在,滚开吧,你和你全家都滚,从现在起不准吃我一口饭。我宁可将房子烧掉也不给你们住,你们这些游手好闲、忘恩负义的东西。"

他的叔叔坐在那里纹丝不动,继续吃他的饭。王龙站在那里,浑身的血液都翻滚起来。见他叔叔没把他放在眼里,他举起胳膊走上前去。这时,他叔叔回过头来,说道:"赶我走?你敢!"

就在王龙怒气冲冲、结结巴巴地说着的时候,他叔叔解开上衣,让他看了看上衣衬里的东西。

王龙直僵僵地站住了。他看见一撮用红色的毛做成的假胡子和一块红布条。王龙睁大眼睛看着这些东西,火气顿时消失得一干二净。他颤抖着,浑身一点力气也没有了。

红胡子和红布条是土匪的标记,这些土匪在西北地区生活和抢劫。他们烧了许多房子,抢走了许多女人,把一些无辜的农民用绳子捆绑在他们自己家里的门槛上,第二天被人发现时,他们中活着的会疯了一般地又喊又叫,死了的则遍体鳞伤,活像被烧烤过的肉。王龙看着看着,眼睛都快要瞪出来了。他转过身去,一句话也没说就溜掉了。走时,他听见他叔叔重新伏在桌上吃饭,发出哧哧的笑声。

王龙从来没有想到,自己竟会陷入这样尴尬的困境。他叔叔还像从前一样进进出出,在一小撮稀稀疏疏的山羊胡子下面,他那张嘴总是龇着牙笑,衣服也像往常一样,邋邋遢遢地披在身上。王龙一看见他,身上便冒冷汗。除了客气话,他什么都不敢说了,他害怕他叔叔会给他点颜色看看。的确,在这几年生活富足的日子里,特别是在年成不好,甚至颗粒无收、许多农民一家老小都挨饿的时候,土匪从来没有到过他的家里,也没有抢过他的庄稼。但他常常提心吊胆,夜里都将大门上锁。在夏天以前,王龙还没有那段风流情事的时候,他穿得破破烂烂,以免让人看出他家中有钱。他在村民口中听到土匪抢劫的故事,夜里便时睡时醒,注意听听外面的动静。

由于土匪从未抢过他的家,后来他胆子渐渐大了起来,有点满不在乎了。他相信老天爷在保佑着他,他命里注定好福气。他什么都不在乎,甚至不给菩萨烧香了,即使不烧香,菩萨对他还不是照样关照。他只想着他的风流事,想着他的土地。现在,他突然明白他为什么一直太太平平了,只要他养着他叔叔一家三口,他还会继续太平下去的。他一想到这些,浑身就冒冷汗,但他不敢跟任何人讲他叔叔的怀里藏了些什么。

对他叔叔,他再也不提让他走的事,对婶母他也是光拣好听的话说:"在后院,你爱吃什么就吃什么。这一点银钱,拿去花吧!"

虽然他十分讨厌他叔叔的儿子,但他仍然说:"这点银子你拿去,年轻人应该玩玩。"

但是,对亲生儿子,王龙看得很紧,不允许他在天黑之后离开家门。他儿子的脾气越来越坏,老是摔这摔那的,有时为了出气,还打小孩子的耳光。就这样,一大堆麻烦事困扰着王龙。

最初,王龙一想到那些麻烦事便无心干活。他思前想后,心神不定。他想:"我可以将叔叔赶走,然后搬到城里去住。为了防备土匪,城墙的大门每天晚上都是上锁的。"可是,他又想到自己每天还得下田干活,说不定正当他在田里干活、毫无防备的时候,大祸便临到他的头上。还有,一个人又怎么能够把自己锁在家里,关在城里呢?要是脱离土地,他就活不成了。再说,荒年一定还会有,即使住在城里也免不了遭土匪的抢劫。那个大户人家破落时,不就遭抢了吗?

他也许可以进城,找到那儿的法院,同法官说:"我叔叔是个'红胡子'。"

如果他去告发,谁会相信他呢?谁会相信一个告发他父亲的弟弟的人呢?而更大的可能性是,他叔叔不会受到责罚,他自己倒因不孝而受到鞭笞,而且,要是土匪听说此事,为了报复,他们会把他杀掉的。

似乎这些困扰还不够似的。杜鹃从粮商那里回来说,虽说婚约办得很顺利,但刘先生不愿意现在就办婚事,只同意先交换一下婚帖,因为那姑娘年龄尚小,才十四岁,刘先生希望等三年。

王龙想到儿子还得浪荡三年就十分沮丧,他现在十天就有两天要逃学。一天晚上,王龙正吃着饭,突然对阿兰高声说道:"喂!咱们得尽快给另外几个孩子订婚,越快越好。只要他们愿意,就把他们的婚事办了。再这么来三次,我可受不了啦。"

他几乎一整夜没合眼。第二天早晨,他脱下长袍,踢掉鞋子,扛起锄头就下田了。经过前院的时候,他看见他的傻女儿坐在那里痴笑,她在往自己的手指上缠布条,吸吮着。他自言自语地说:"唉,我那个可怜的傻姑娘比其他所有的孩子都强。"

他天天到地里去干活,许多天没有间断。

大地再次使他的精神振作起来,在阳光的照耀下,他感到心旷神怡。夏天,和煦的风吹拂着他,温柔极了。这时,好像为了驱散他的烦恼,南边天上出现了一块小小的云朵。它挂在天边,又小,又柔和,就像一团雾,不过不像被风吹动的云彩那样移动,它先是静静地停在那里,后来却似扇面一般在空中扩散。

村里的人们注视着,议论着,恐惧万分。他们害怕蝗虫已经从南边飞来,要毁掉他们在田里种植的所有的东西。王龙也站在那里注视着。终于,风把某个东西吹到了他们脚下。一个人急忙弯身将它捡起。那是一只死蝗虫——死的,比起后面将成批飞来的活的蝗虫来说不算什么。

这下,王龙忘记了一切让他烦恼的东西,女人、儿子、叔叔,他都忘了,他跑到惊恐的村民之中,向他们喊道:"为了保全我们的土地,我们一定要跟从天空中飞来的敌人干一仗!"

然而有些人摇了摇头,他们从一开始就感到绝望。他们说:"不行。干什么都没用。老天爷注定要我们今年挨饿。明知最终还是得挨饿,何必拼命去跟它斗呢?"

女人们哭着进城买了香,到小庙的土地公公面前烧香祈求,有人去城里的大庙给天神烧香。这样,地神天神便都求过了。

然而,蝗虫还是在空中蔓延,一直扩展到这片土地的上空。

这时,王龙把自己的雇工叫来。老秦默默地站在他身边做好准备,另外还有一些其他的青年农民。这些人在一些田里点起火来,他们把许多长得差不多快能收割的小麦烧掉,还挖了宽宽的壕沟,把井水汲出来放进沟里。他们忙得顾不了睡觉。阿兰和其他女人给男人们把饭送来,男人们就站在田里吃饭,像野兽一样狼吞虎咽地把饭吞下去,他们就这样白天黑夜不停地干着。

天空昏暗起来,空中到处都是蝗虫翅膀互相摩擦而产生的低沉的嗡嗡声。蝗虫整队飞过田野,落在一畦畦的田地里,它们飞过一块田地,落在下一块上,前一块土地便完好无损,而后一块地上的农作物却被吃个精光,变得就像冬天的荒野一样。于是有人叹气说:"这真是天意啊!"但王龙非常生气,他对蝗虫一边打,一边用脚踩。他的雇工也用树枝挥打。蝗虫掉进了燃着的火堆,漂浮在人们挖成的壕里的水面上。成千上万只蝗虫死了,但对那些依然活着的蝗虫来说,这数目算不了什么。

不过,王龙的拼力奋斗有点效果:他最好的那块地保住了。当黑压压一片的蝗虫过去,他可以休息的时候,他的地里仍然还有能够收割的麦子。他的稻秧的苗床也保住了。他感到满意。后来,很多人都把蝗虫烧了吃,但王龙不吃,对他来说,蝗虫是坏东西,它们糟蹋了他的土地。但是当阿兰把蝗虫放到油里炸时,他什么话也没说。那些雇工把蝗虫嚼得嘎嘣嘎嘣响,孩子们也把它们撕开来尝尝味道，只是蝗虫的大眼睛使他们有点害怕。王龙却一点也不肯尝。

然而，蝗虫帮了他一个忙：在这七天时间里，除了自己的田地，他什么都不想了。他的担心和忧虑渐渐都消失了，他平静地对自己说："唉，每个人有每个人的难处，我必须尽力忍受遇到的麻烦。我叔叔比我年纪大，他总要死的。对儿子来说，三年的时间也一定会过去的。我总不见得去寻死吧。"

他把小麦割了。天下起雨来，他在水淹过的田里插上了稻秧。转眼又到了夏天。

二十四

王龙觉得家里总算平静下来了。不料,一天中午他刚从地里回来,大儿子走到他眼前,对他说:"爹,如果我要成为一个有学问的人,城里的那个老头已经不够教我了。"

王龙从灶间的锅里舀了一盆开水,正把一条毛巾浸湿捂在脸上。他说:"那么,该怎么办呢?"

儿子犹豫了一下,继续说道:"如果要求得学问,我情愿到南方城市去,进大学校,在那里,我可以学到一切该学的东西。"

王龙用毛巾擦着眼睛和耳朵,满脸都是热气。他在田里干活累得腰酸背痛,便没好气地答道:"你胡说些什么?我跟你说,你不能去。我不能让人家取笑我。我说,你不能去,在这个地方你学得已经不算少了。"

他又把毛巾放到水里浸了浸,然后拧干。

但是青年站在那里,心怀怨恨,望着他父亲咕咕哝哝地说了些话。王龙听不见他说些什么,不由得气上心头,向儿子吼道:"你把要说的话说出来。"

青年听到父亲的吼声也火了起来,他大声说:"好吧!我说!我要到南方去!我不愿意待在这个无聊的家里,像小孩子一样给看着!我也不愿意待在这个跟村庄差不多的小镇里!我要到外边去长长见识,见见世面!"

王龙看了一眼他的儿子,又看看自己。儿子站在那里,穿一件银灰色的亚麻布长衫,在大热天,穿这种长衫又薄又凉爽。儿子的嘴唇上已经露出一层初生的胡子,皮肤光滑而好看,他那双垂在长袖子下面的手柔软、细嫩,像一双女人的手。王龙又看看自己:又粗又壮,浑身沾满了泥土。他只穿了一条蓝布裤子,上身没穿衣服。人们一定会说,他像是儿子的仆人,而不像是他的父亲。这种想法使他对年轻儿子高大英俊的外貌生出一种轻蔑感,于是他大声喊道:"哼,听着!你下田去,往你身上抹一些泥巴,不然人家还以为你是女人。为了你自己吃的米饭,干点活吧!"

王龙忘了他曾对儿子写的字感到十分得意,也忘了他曾为儿子读书聪明而感到骄傲,眼前,儿子这副漂亮有礼的样子让他看不顺眼。他走出房间时用光脚板猛跺着地,还狠狠地朝地上吐了一口唾沫。年轻的儿子站在那里,恨恨地望着他,王龙根本连头也不回,懒得去看他在做些什么。

那天晚上,王龙走进后院坐在荷花身边。荷花躺在床上的席子上,由杜鹃给她打扇。荷花像说一些无关紧要的事情那样懒洋洋地问:"你的大儿子心里烦,想离家出走,是吗?"

王龙记起了对儿子的一肚子气,没好气地说:"怎么啦,与你有什么关系?等他到了年龄,我是不会把他留在家里的。"

荷花急急忙忙地回答:"不,不,是杜鹃说的。"杜鹃急忙接上去说:"这事谁都看得出来!他年轻,讨人喜爱,他已经不是孩子,不能再游手好闲了。"

话题就这样被转移了,王龙想起这事来就对大儿子有气,于是说:"不,不许他走。我不能白白花钱。"他再也不愿谈起那件事。荷花见他一副气冲冲的样子,便把杜鹃打发走,让王龙独自在那里生闷气。

此后好多天,谁也没有再说什么,那孩子突然又显出心满意足的样子,不过,他再也不愿上学了。王龙也同意了。他快十八岁了,像他母亲那样长得又高又大。他父亲回家时,他就在自己的屋里读书。王龙很满意,他心里想:"这是年轻人一时的胡思乱想。他不知道他自己究竟要的是什么。只消三年的时间——也许多花一点钱还用不了三年,也许两年,也许一年。过几天,等收割完毕,种好冬小麦,把豆田整好,我就办这件事。"

后来,王龙把儿子的事丢在了脑后,因为除了被蝗虫毁掉的那些庄稼之外,地里的收获还相当不错。眼下,他捞回了他花在荷花身上的那么多的钱。这些钱对他来说又是很珍贵的了。他常常暗暗惊奇,自己在一个女人身上竟花了那么多银钱。

现在,她还时常能挑逗起他的兴趣,虽然这种兴趣没有最初那么强烈了。他已明白,婶母说过的话是对的,荷花的身材小巧玲珑,但年纪大了,也永远不会为他生孩子。尽管如此,能够占有她,他还是很得意。至于能不能生孩子,他倒不在乎,他有儿有女,养着她能让自己快活,他也就心满意足了。

荷花步入中年,却比以前更加惹人喜爱。如果说过去的她有什么美中不足的地方，那就是她像鸟一般瘦弱，颧骨太突出，太阳穴凹陷。而现在，有杜鹃给她做好饭好菜，她又只需应付一个男人，生活悠闲，身体渐渐丰满起来，脸形也变得饱满了，额角两边显得又光又滑。她有一双大眼睛，一张小嘴，比从前更像一只胖胖的猫。她又吃又睡，身体的脂肪越积越多。她再也不像荷花的花蕊，甚至也不像一朵盛开的荷花。她虽然年纪不小，但看上去并不老，可以说，她现在是既不算年轻，也不算老。

王龙的生活平静下来，儿子也不再吵闹，照理说他可以满意了。然而，在一天深夜，当他正一个人坐着，数着手指计算他可以卖多少小麦和稻米的时候，阿兰轻轻地来到了屋里。随着岁月的流逝，她日渐消瘦，颧骨突出，两眼深陷。如果有谁问她觉得怎样，她只是说："我肚子里有火。"

三年以来，她的肚子大得像怀了孕似的，然而她并没有生育。尽管如此，她依然天一亮就起床，照常干活。王龙看她时，就像看一张桌子或一把椅子，或者像看院子里的一棵树那样，对她毫不注意，甚至还不如对一头垂下头的牛或不进食的猪那么关心。她只是一个人干活，从来不多说一句话，遇见王龙的婶母便躲着走，也从来没有跟杜鹃说过一句话。她一次也没有进过后院。荷花偶尔离开后院在另一个地方散散步，阿兰便躲进自己的房间坐着，等有人说"她已经走啦"才出来。她默默无语，然而她做饭、洗衣，忙个不停。即使在冬天，她也在池塘边洗衣服，那时水已上冻，得先破冰才行。但王龙从来没有说过："喂，为什么不花钱雇一个仆人或买一个丫鬟？"

他也从未想到有这个必要，尽管他雇人替他在田里干活，帮他喂牛、喂驴和养猪,在夏天河水上涨的时候,替他喂养河里的鹅和鸭子。

今天晚上,当他守着烛台上燃着的红蜡烛,孤零零一个人坐着的时候,她站到了他面前。她四下看了看,终于说:"我有点事要说。"

他吃惊地看着她,说:"噢,那就说吧!"

他见她双颊深陷,又一次觉得她身上没有一点漂亮的地方。他已经有好几年对她没有欲望了。

她用粗哑的嗓子低声说:"大儿子往后院里走得太勤了。你不在的时候他就去。"

王龙一下子还没有明白过来她说的是什么。他张着嘴侧过身来说:"什么,老婆子?"

她默默地指了指大儿子的屋子,然后噘起又厚又干的嘴唇朝后院的房子努了努嘴。但是王龙粗鲁地瞪着她,一点也不相信。

"你在做梦吧!"他终于说。

听到这话她摇了摇头。虽然后面的话对她来说难以启齿,但她还是补充说:"唉,我的老爷,你趁别人不注意的时候回来看看吧。"

她沉默了一会儿,又说:"最好把他送走,送到南方也行。"她走到桌子前,拿起他喝的那碗茶,感受了一下水温,便把凉茶泼在砖地上,又从热茶壶里倒了一碗新的。像来时一样,她不声不响地走了出去,留下他一个人呆坐在那里。

啊!这个女人,她吃醋了,他心里想。他的孩子天天安心在自己屋里读书,他不会为这种事操心。他站起来,哈哈一笑,不再想这件事，还觉得女人的小心眼好笑。

但是那天晚上他走到后院，躺到荷花的身边，在床上翻身的时候，荷花又抱怨又发脾气，最后把他推开。她说："天这么热，你浑身发臭。你先洗个澡再跟我睡。"

然后她坐了起来，心烦地捋了捋盖在脸上的头发。他想把她搂到怀里，她耸了耸肩膀，他说好话也没有用。他一动不动地躺在床上，他记得，好多个夜晚了，她都是这么勉勉强强的。他一直认为，这是她一时的脾气，还有夏末令人烦闷的炎热让她情绪不好。但是现在他的耳中响起了阿兰那些刺耳的话，他气呼呼地站起来，说："好吧，你一个人睡吧！要是我在乎，就割了我的脖子！"

他冲出房间，大踏步来到他自己房子里的堂屋。他把两把椅子并在一起便躺了上去，但他无法入睡，于是他又站起来，走出大门，来到房子墙边的竹林里。在那儿，凉爽的晚风吹拂着他发烫的肌肤，这风中已蕴含着即将来到的秋天的凉意。

这时，他想起来了，荷花早就知道他儿子有离家出走的意思。她是怎么知道的？他又想起儿子最近不说要出去的事了，而且还显得心满意足。凭什么心满意足了呢？王龙心里狠狠地说："我一定要亲自弄个明白！"

他看着黎明在笼罩着他那块土地的薄雾中降临了。

天亮时分，太阳金色的光轮照耀着田野的边缘。他走回家，吃完饭又回到田里，监督他的雇工。在收获和播种的季节，这已成了他的习惯。他在田里走来走去，最后，他用能让家里人人都听到的声音对雇工大声喊道："我到城墙附近的那块地里去，回来要晚些。"然后,他便朝城里的方向走去。

他走了一段路,来到那座小庙前。他在路边一个长满杂草的土堆上坐了下来。那是一座早已被人们忘却的坟。他拔起一棵小草,用手指捻来捻去,陷入了沉思。他的面前就是那两座小小的神像。他漫不经心地注意到,这两尊菩萨正注视着他。过去,他对神灵是何等惧怕,现在,他却一点也不在意。他有钱了,不需要菩萨了。他几乎没怎么瞧他们,只是翻来覆去地想:"我是否要回去呢?"

他突然想起昨天晚上荷花猛地把他推开的情景。他很生气,为了她,他付出了多少代价。他心想:"我知道,在那个茶馆里,她是待不了多久的。可是在我家里,她不愁吃不愁穿。"

他气冲冲地站了起来,顺着另一条路回了家。他悄悄地走进家门,站在通往后院的那道门的帘子旁边。他听见一个男人低低的声音,正是他儿子的声音!

王龙气坏了,他一辈子都没有生过这么大的气。尽管他现在百事如意,人人都叫他大富翁,但他早已不再有乡下人的羞怯感,变得会突然发脾气了,即使在城里,他现在也是有脸面的人。但是这次的脾气是一个男人对另一个偷走他心爱的女人的男人而发的。王龙一想起这个男人就是他的亲生儿子,就恶心得直想吐。

他咬着牙走了出去,从竹林里挑了一根又细又弯的竹子。他剥去竹子上的枝杈,留下了竹条上端的小枝,再扯掉竹叶,于是,一根虽细但像绳索般坚韧的竹鞭做成了。他轻手轻脚地走回屋里,突然把帘子掀开,他儿子正站在院子当中,看着坐在池边小凳上的荷花。荷花穿着一件桃红色的丝绸旗袍，这件衣服他从未见她在早晨穿过。

两个人正在说话。女人开心地笑着，用眼睛向青年递送着秋波。她的头扭向一边，两人都没有发现王龙。他站着，瞪大了眼睛看着他们，脸色气得苍白，嘴唇翕动着，牙齿咯咯作响，手里紧紧地攥着那根竹鞭。他俩仍然没听见他的声音。要不是杜鹃出来看到王龙，尖叫起来，他们是不会发现他的。

王龙蹿过去，扑向他的儿子，抽打着他。虽然儿子长得高大，但王龙正当壮年，又常在田里干活，因此比儿子更有力量。他一直把儿子打得流出血来。荷花一边喊一边拉他的胳膊，被他一下摔开，她叫着再拉的时候，他连她也打了起来，直打得她逃走。儿子被打趴在地上，双手捂住被打破了的脸颊。

他停下手，呼呼地喘着粗气，浑身大汗淋漓。他觉得自己现在很虚弱，像得了一场病似的。他扔掉竹鞭，气喘吁吁地对儿子说："回你自己的屋里去，看我怎么打发你，你要敢出来，我就打死你！"

儿子一声不响地爬起来走了。

王龙坐在刚才荷花坐过的板凳上，双手捧着脑袋，闭着眼睛，喘着粗气。没有人走近他。他独自一人坐着，直到他平静下来，怒火消去。

他吃力地站起来，走进房里。荷花躺在床上，正呜呜咽咽地哭。他走到床前，把她的身子翻过来。她躺着，用眼看着他，哭着。她脸上有一道肿得发紫的伤痕。他十分伤心地对她说："你一定要做婊子，同我的亲生儿子胡来吗？"

听到他的话，她的哭声更大了。她表示抗议说："不，我没有跟他胡来。这孩子感到孤独才进来的。你可以去问杜鹃，他没有靠近过我的床边，仅仅就是你在院子里看到的那样！"

她惊恐而又惹人爱怜地看着他。她抓住他的手，放到她脸上的那条伤痕上，泣不成声地说："你瞧瞧，你对你的荷花多狠？——你是我唯一的男人。如果你是为你的儿子，那只是你儿子的事，跟我有什么相干！"

她抬头望着他，漂亮的眼睛里含着晶莹的泪花。他很难受，这个女人比他希冀的还要漂亮，他在不情愿爱她时却偏偏还爱着她。他突然意识到，如果他知道了她和自己儿子之间有什么往来，他是受不了的。他希望从来没有知道过这事。如果他不知道的话，他会更好受些。他痛苦地叹息着，从房里走了出来。走过他儿子的屋子时，他没有进去，只是在外面喊道："把你的东西收拾到箱子里，明天就到南方去，你愿意去就去吧，我不叫你回来不许回来。"

他继续往前走。阿兰坐在那儿，正缝补他的衣服。他经过的时候，她一句话也没有说。即使她听见鞭打声和叫声，她也不会有什么反应。然后，他走了出去，来到田里，太阳正高高地悬在天空，他觉得很累，像干了整整一天活似的。

二十五

大儿子走了以后,王龙觉得家里去掉了一个不稳定的因子,这让他松了一口气。他想,老大走了是一件好事,现在他要注意其他几个孩子,看看他们怎么样。因为,除了一肚子的烦恼和不管发生什么事都必须按季节耕种、收割的土地外,其他事情他一点也不知道。大儿子走了,其他孩子他得管一管。他决定尽快让二儿子离开学校,去学做生意,不能让他像他哥哥那样,等着年轻男子成熟后的野性把他变成家里的逆种。

二儿子一点不像大儿子,他们俩甚至不像是一个家里的两兄弟。大儿子像他母亲,长得高,骨架子大,红通通的脸像北方人。二儿子长得矮小,瘦弱,脸色发黄。他身上的某种东西使王龙想起自己的父亲。他父亲有着一双机智、锐利、富有幽默感的眼睛,但一旦碰到情况,这双眼睛也会放出凶光。王龙说:"这孩子会成为一个出色的商人。我要把他从学堂里叫回来,看看他可不可以学做粮食生意。要是有一个儿子待在我卖粮食的地方,那事情就方便多了。他可以看着秤,挪挪秤砣,给我点好处。"

有一天他对杜鹃说:"你去告诉我未来亲家,我有事要跟他说。不管怎么样,我们要一起喝杯酒,因为我们要结亲了。"

杜鹃去了。她回来后说:"他很愿意和你见见面,他来见你也行。"

但是,王龙不希望城里的商人来他家里。他害怕自己得准备这准备那。于是他便洗了洗身子,穿上丝绸长衫,穿过田野往城里走去。他按照杜鹃说的,先走到大桥街,在一家标着刘氏字样的大门前停了下来。倒不是王龙本人认字,他只是猜想桥右边的第二个大门是刘家。他问了一个过路人,确认门上那个标记就是"刘"字。王龙的面前是两扇全木制的庄严的大门,他用手掌拍了拍门。

门立刻开了,一个女仆出来,她一边问他的姓名,一边用围裙擦她那双湿漉漉的手。他报上自己的名字,她瞪大了眼睛看着他,然后把他领到有人居住的院子里,带他走进其中一间屋里,请他坐下。她又瞄了他一眼,知道他就是这家小姐未来的公公。然后,她便出去叫她的老爷。

王龙仔细地环顾了一下四周,起身摸了摸门口窗帘的布料和八仙桌的木料,他很高兴这户人家生活优裕,但又不是豪富之家。他不想要一个来自富家的儿媳妇,免得她桀骜不驯,只想吃好的穿好的,让儿子疏远自己。王龙又坐下来,等待着。

外边传来一阵沉重的脚步声,接着一个身材高大的男人走了进来。王龙站起身,两人躬身施礼,彼此又偷偷地看了看对方,双方都很满意,很尊重对方的身份——都是实实在在生活富足的男人。他们坐下来饮着女仆为他们斟的热酒,慢慢地攀谈起来——谈收成,谈粮食的价格,还谈到要是今年收成好的话,稻米的价格将会是多少。最后王龙说:"我来是同你商量一件事,如果不合你心意,咱们可以谈别的。你的粮行如果需要一个帮手的话,我二儿子可以来,这孩子蛮聪明的,如果你不需要,那我们就谈别的事。"

这时粮商很高兴地说道:"我要一个精明的年轻人,只要他会写会算就行。"

王龙得意地答道:"我儿子都会写会算。字写错了,无论哪个儿子都能认出来,不管这个字的偏旁是水字还是木字。"

"那好极了,"刘先生说,"他愿意什么时候来就什么时候来。在他学会做生意之前,给他的工钱只是包吃饭。一年后,如果他干得好,每月底给他发一块银圆。三年后,也就是每月三块银圆。这时他学徒期也满了,如果他干这行能力很强,就可以得到提拔。除了工钱,他还可以从买主或卖主那里赚佣金,只要他能弄到手,我是不管的。因为我们两家结了亲,他来我就不要什么作保的钱了。"

王龙高兴极了,他站起身,笑着说:"现在我们是朋友啦,你有没有儿子和我的二女儿相配?"

听了这话,商人立刻笑了,笑得很富态,因为他吃得好,长得很胖,他说:"我有个二小子十岁了,还没有定亲。姑娘多大了?"

王龙也笑了起来,答道:"她再过一个生日就十岁了,长得像朵鲜花。"

于是两人哈哈大笑。然后商人说:"是不是该用两条红绳子把我们拴起来？"

这时王龙不再说什么了，这不是一件能让他们两人当面深入谈下去的事情。不过，在他鞠完躬高高兴兴地离开之后，他心想，这事有可能办成。他到家时，望了一眼他的二女儿。她长得很漂亮，他老婆又给她缠了脚，她现在走起路来都是迈着优雅的碎步。

王龙仔细看她的时候，却发现她脸上有泪痕。她脸色苍白，就她的年龄来说显得过于严肃。他抓住她的小手把她拉过来，说："嗯，你怎么哭了？"

她低下头，玩着外衣上的一个扣子，羞怯地低声说："娘给我裹脚，一天比一天裹得紧，我夜里都睡不着觉。"

"我没听见你哭过呀。"他迷惑不解地说。

"是的，娘说我不能大声哭，说你心肠软，容不得别人难过，要是你听到了，你会不忍心，让娘随我去。那样我的丈夫就不会喜欢我了，就像你不喜欢娘那样。"

她说这些话简直像一个孩子在背故事，王龙听了，心口上像被划了一刀。阿兰已经告诉这孩子他不喜欢阿兰，而她是这孩子的母亲。他急忙说："好啦，今天我给你物色到一个漂亮的丈夫。看看杜鹃能不能去办。"

这时，女孩子微笑着低下头，突然间像个少女而不像孩子了。当天晚上，王龙到后院吩咐杜鹃说："你去看看这件事能不能办成。"

那天夜里，他在荷花身边睡得很不踏实。他醒过来，想起了他这辈子的生活，想起了阿兰怎样成为他所认识的第一个女人，她怎样成为他忠实的仆人。他想起了女孩子说的话,并感到悲伤,尽管阿兰愚笨,却看透了他的心。

此后不久,他把二儿子送到城里,签好了二女儿的婚约,谈妥了二女儿成亲时要用的衣服和首饰等嫁妆。等一切安排妥当,他心里想:"好啦,孩子们的事都安排好了。只有可怜的小傻子什么事也干不了,只能坐在太阳底下耍弄着布条傻笑。至于最小的儿子,我得把他留在家里干活。他不能再去上学了,有两个孩子读书已经够了。"

他感到骄傲:他有三个儿子,一个读书,一个经商,一个务农。他不用再为孩子们的事操心了。但是不知怎的,他心里不由得想起了给他生育儿女的阿兰。

自从他娶了阿兰,王龙这些年来头一回开始想起她来了。即使在阿兰刚被娶回家的那些日子里,他也没有把她放在心上。在他看来,他已经娶了她,他忙,没有空暇时间去想她的事情。现在呢?孩子们的事都安排妥当,冬天也要来了,地里的活已经照料好了,他和荷花的关系也正常起来了。自从上次把她打了之后,她对他百依百顺。现在他愿意想什么就想什么,这时,他想到了阿兰。

他望着她,并非因为她是一个女人,也并非因为她现在难看、憔悴,皮肤又干又黄,而是出于一种奇特的内疚感。他看见她越来越消瘦,皮肤变得蜡黄。她的皮肤本来就黑,因为在田里干活,又被太阳晒成了古铜色。现在,大概除了收获的季节之外,她已经有两三年不下田了。他不愿意她再下田,唯恐人家说"你发财了,老婆还下地干活?"。

然而，他没有想一想，为什么她终于愿意留在家里，为什么她手脚越来越慢。现在他回想着她的情况，想起了每当她从床上爬起来或弯腰往灶里添柴的时候，他常常会听到她呻吟，只有在他问"哎，怎么回事？"时，她才突然停止。现在，望着她和她身上出现的奇怪的浮肿，他心里充满了内疚，但是他并不知道这是因为什么。他在心里为自己辩解道："不像爱小老婆那样爱她，这不是我的过错。男人都是不爱大老婆的。"他还如此安慰自己："我也没有打过她，她要银钱时，我就给她。"

然而，他忘不了孩子那天说的话，那些话刺痛了他，尽管他不知道原因何在。他在心里思量的时候，总觉得他对阿兰来说是个很好的丈夫，比大部分人的丈夫都好。

由于无法摆脱他的这种负疚感，因此每当阿兰给他端饭或在屋子四周走动的时候，他总是望着她。一天，他们吃完饭，她正弯腰扫地时，他看见她的脸因为某种身体上的疼痛而变得煞白。她张着嘴，吃力地喘着粗气。她把手按在肚子上，依然弯着腰，似乎还想扫似的。他厉声问："怎么回事？"

但她把脸转开，恭顺地答道："身上的老毛病。"

他两眼盯着她，对小女儿说："你拿扫帚扫扫地，你娘病了。"接着又用多年来从未有过的和善态度对阿兰说："进屋里到床上去躺躺吧。我叫孩子给你拿点开水，别起来了。"

她没有说话，慢慢地照他说的做了。她走进自己的屋里，他听见她脚步沉重地在屋里移动着，终于躺了下来，开始微弱地呻吟。他坐着听，听到后来他再也无法忍受，于是他站起来，到城里去打听哪里有医生。

他二儿子现在学生意的那家粮行里的一个伙计给他介绍了一个医生。他去时，医生正在闲坐着喝茶。这个老头垂着长长的花白胡子，一副像猫头鹰眼睛那么大的金丝边眼镜架在鼻子上。他身上穿了一件脏兮兮的灰布长衫，长袖遮没了他的双手。王龙将妻子的症状告诉他时，他的嘴噘了起来。他打开身边桌子的抽屉，拿出一个黑布包说："我现在就去。"

他们来到阿兰床边的时候，她已经迷迷糊糊地睡着了。她的上唇和前额沁出了像露水一样的汗珠。老医生看到这情况摇了摇头。他伸出一只像猴爪似的又干又黄的手，按着她的手腕诊脉。他按了好大会儿后，又严肃地摇了摇头，说："她脾脏肿大，肝脏也有病。子宫里有一个人头那么大的硬块，肠胃功能紊乱，心脏跳得很慢，肚子里面肯定有虫子。"

听到这话，王龙自己的心也差点停止跳动。他精神紧张，焦急地喊道："给她开帖药吃吃行吧？"

他说话的时候，阿兰睁开眼睛看看他俩，完全不知这是怎么回事，她痛得昏昏沉沉。老医生说："这是个难症。如果你不要求包医包好，我只收十块银圆。我给你开一剂药，这药里有草药、虎心和狗牙，给她煎了喝下去。你要是要我完全包她好，那就要五百块银圆。"

阿兰一听到"五百块银圆"，立刻从昏睡中醒来。她虚弱地说："不，我的命不值得那么多钱，那能买好大一块地啊！"

王龙听了她的话，那份负疚感再次涌上心头，他激动地说："我不会让家里死人，我能付得起！"

老医生听到王龙说"我能付得起"时，眼里射出了贪婪的光。

然而他知道，如果他说话不算数，这个女人最后死了的话，他是要吃官司的。于是他有些后悔地说："不，看了她眼白的颜色之后，我发现自己错了。要保证完全治好她，得五千块银圆。"

王龙默默地看了看医生，他明白了。除非把地卖掉，否则他根本不可能有这么多银钱。但他知道，即使他把地卖掉也无济于事，医生的话等于说"这女人要死了"。

他付了医生十块银圆。医生走了以后，王龙便走进昏暗的厨房。阿兰大半辈子都是在这里度过的。现在她不在这儿，没有一个人会看到他。他把脸转向熏得乌黑的墙壁，呜呜地哭了起来。

二十六

阿兰的生命没有这么快结束。她还没有过完她的中年,生命不会如此轻易地从她身上消失,她奄奄一息,在床上躺了好几个月。整个漫长的冬天她都这样躺着,王龙和孩子们第一次感觉到她在这个家庭里是多么重要,以前她让人人过得舒舒服服,但当时他们对此毫无感觉。

现在,好像谁都不知道怎样能把柴草点燃,怎样能让它们在灶里燃烧;谁都不知道怎样在锅里翻鱼能不把鱼弄碎,不知道鱼怎么一面烧煳了,另一面却纹丝未烧;谁都不知道炒什么菜该用什么油。残渣剩饭撒在了方桌底下没有人打扫,王龙实在忍受不了那臭味时,才从院子里唤来一条狗把渣滓舔光,或是把小女儿叫来,让她把那些脏东西铲走倒掉。

最小的儿子跟他年迈的祖父一起,尽量做他母亲干的那些活,但老人已像孩子一样,帮不了多少忙了。王龙无法使老人理解,阿兰为什么不再给他泡茶端水,伺候他的起居。老人喊阿兰,阿兰居然不来,他便发起脾气来,像任性的孩子那样将茶碗摔到地上。后来，王龙把他扶到阿兰的房间里，他看见阿兰躺在床上，他用那双昏暗半闭的眼睛看着阿兰，呜呜地抽泣起来，他模模糊糊地感到，家里出事了。

只有可怜的小傻子无忧无虑，只知道傻笑，一边笑一边玩她的布头。然而总得有人想着她，晚上把她带进屋里睡觉，喂她吃饭，白天让她坐在太阳底下，下雨时把她带进来，总得有人记住这些事。但是，连王龙本人也会忘记。有一次，他们把她留在外边整整一夜，第二天清早，这个可怜的女孩子浑身哆嗦，拼命哭泣。王龙非常生气，他责骂他的儿子和女儿，骂他们忘了这个可怜的傻子、他们的姐姐。不过他也知道，他们还只是试着做母亲那些工作，不可能把事情做得很好。从那以后，他便从早到晚亲自照顾这个可怜的傻子。遇到雨天、下雪天或刮大风的日子，他便把她领进屋里，让她坐在灶前，在温暖的炉灰旁边取暖。

整个冬天的几个月里，阿兰奄奄一息地躺着，王龙也不再关心田里的事情。他将冬天的农事和雇工的管理都托付给老秦，老秦忠心耿耿地干着。一早一晚，老秦来到阿兰住的房间的门口，每天两次用哮喘似的声音问候阿兰。到后来，王龙不耐烦了，因为每天早晚，他只是说"今天她喝了点鸡汤"，或者"她只喝了点稀饭"。

他吩咐老秦不必再探问，只要把农活管好就行了。

整个冬天，王龙常常坐在阿兰的床边。要是阿兰冷了，他就点起一盆炭火，放在她的床边，让她取暖，而每次阿兰都有气无力地说："这太浪费了。"

终于有一天,她又说这话的时候,王龙感到无法忍受,他脱口而出:"不要这么说了!只要能把你的病治好,地全卖掉我也情愿。"

她听了这话微微笑了,痛苦地小声说:"不……我不让……不让你卖地。不论怎样——我活不长了——就要死的。但是那地……我死后……还会在的。"

他不愿意谈到她的死,她说到死的时候,他便站起身来走出房间。

然而,他知道她一定会死的,也明白他应该做些什么。有一天,他到城里的一家棺材店,将放在那里待售的棺材逐个看了一遍,挑了一口用又重又硬的木头做的好棺材。这时,陪他挑棺材的老板精明地说:"如果买两口,钱给你便宜三分之一。为什么不为自己买一口,早备寿材呢?"

"不,我的儿子会替我操办的。"王龙回答说。然后他想到了他父亲。他还没有给老人准备棺材。他心动了。他说:"不过,还有我的父亲!他说不定哪一天就会死的,他的腿脚不灵了,耳朵聋,眼也半瞎了。我就买两口吧。"

那人答应在两口棺材上再上一层黑漆,然后送到王龙家里。王龙把这事告诉了阿兰。她非常高兴,他已经给她买了棺材,为她的死做好了准备。

每天他都在她身边坐好长时间。他们说话不多,她太虚弱了。再说,他们之间本来就很少说话。他默默地、一动不动地坐在那里,她常常忘了自己在什么地方,有时竟咕咕哝哝说些她童年的事。王龙第一次明白她心里想的是什么。虽然只有这么几句简短的话:"我把肉送到门口——我很清楚,我长得难看,不能在大老爷面前露脸。"她还说:"不要打我——我再也不吃盘子里的东西了……"她说了一遍又一遍:"爹啊——娘啊——爹啊——娘啊。"还说:"我知道我丑,不会有人喜欢我……"

她说这些话,王龙觉得受不了。他拿起她的手抚慰着她,她的手又大又硬,僵硬得好像她已经死了。他感到惊奇不解,最令他伤心的是他自己,因为她说的全是真话。他握住她的手,真心希望她能感到他的温情,他感到惭愧,因为他自己都感觉不到,感觉不到像荷花那样噘噘嘴就能使他的心融化的那种温情。当他握着这只僵硬的、毫无血色的手时,他心里一点也不喜欢,对阿兰的同情也随着对这只手的反感减弱了。

但也正因为这样,他对阿兰更好了。他给她买精致的食品,买来白鱼和嫩菜心做成很鲜美的汤。他现在已不能从荷花身上得到乐趣了,因为当他接近荷花,想摆脱因目睹阿兰长期痛苦挣扎而产生的绝望心情时,他还是忘不了阿兰。即使他把荷花搂在怀里,很快又会把她松开,因为他又想起了阿兰。

有时候阿兰清醒过来,也明白她自己的情况。有一次,她竟然要把杜鹃找来,王龙大为惊讶。

他把杜鹃叫来后,阿兰颤巍巍地用胳膊支撑起她的身子,十分清楚地说:"哼,你可在大老爷的家里待过,数你长得漂亮。可是我已经嫁人了,给他生了儿子——而你依然还是个丫头。"

杜鹃非常生气,想要回嘴顶撞,却被王龙制止。他把杜鹃带出屋子,对她说:"她现在说胡话了。"

他返回屋里时,阿兰仍然把头支在她的胳膊上,她对他说:"我死了以后,不论杜鹃还是二太太,都不许到我屋里来,也不许动我的东西。要不然,我变成鬼也不让她们安生。"说到这儿,她的头跌落到枕头上,又一次陷入间歇性的昏睡之中。

但是新年前的一天,就像蜡烛在行将熄灭以前会突然亮一下似的,阿兰竟然一下子好了起来。她的神志变得十分清醒,在床上坐起来,自己梳发髻,嚷着要喝茶,王龙进来的时候,她说:"很快就要过年了,糕饼和肉还没有准备好。我想起了一件事。我不要那个丫头进我的厨房。我看还是把给大儿子定了亲的那个姑娘接过来吧,我还没有见过她呢。如果她来了,我会告诉她该做些什么的。"

王龙对她能有气力说话感到高兴,尽管他对今年过节的事一点也没放在心上。他吩咐杜鹃去求求粮商刘先生,现在的情况太令人伤心了。刘先生听说阿兰可能不会活过这个冬天的时候,也愿意把事办了。毕竟姑娘已经十六岁——比有些已经出嫁的姑娘还要大些呢。

因为阿兰,家里没有大摆宴席。姑娘是乘着花轿悄悄地来的。她母亲和一个老妈子陪着她。把女儿交给阿兰之后,她母亲就回去了,只是留下老妈子来伺候姑娘。

现在,孩子们腾出了原来的住房,给了刚过门的儿媳妇。一切都安排得妥实稳当。王龙没有和这姑娘说话,因为这不合适。但姑娘向他鞠躬行礼时,他庄重地点了点头。他非常满意,因为她知道她该做的事情,而且在家里走动时十分安静,总是低垂着眼睛。除此之外,她还是一个讨人喜欢的姑娘,面容姣好但又不是太漂亮，人也不娇气。她事事小心谨慎，举止得体。她到阿兰屋里去照顾她，这使王龙在痛苦中得到了一点安慰，现在阿兰的床边有一个女人了。阿兰自己也非常满意。

　　阿兰高兴了三天。在这段时间里，她又想到了另外一件事情。当王龙清晨进来问她夜里感觉如何时，她对他说："我死以前，还有件事要做。"

　　听到这话，他生气地说："你不能老说死，我不高兴！"

　　她慢慢地笑了起来。在笑容还没有从她眼睛里消失时，她回答道："我肯定要死了，自己感觉得出来。可是我要等大儿子回来和这个姑娘成了亲才死。她是我的儿媳妇，把我照顾得很周到，端热水的脸盆端得那么稳，当我浑身疼得冒汗时，她知道什么时候替我洗脸。我要儿子回来。我肯定要死了。我要让他和这个姑娘成亲，这样我就知道你会有孙子，老人也会有重孙子，这样我死了也安心。"

　　她从来没有一次说过这么多的话，即使在没病的时候，她也不说这么多话，而且她说得非常有力，好几个月来她从未如此有力地说过什么。王龙对她声音里的力量感到高兴。她在期望这一切时显得那么精神焕发。虽然给大儿子办婚事需要很多时间，但他不想使阿兰失望，他亲切地对她说："好，我们就这么办。我今天就派人去南方，把他带回家里来成亲。但你一定得答应我，要养好身体，这家里没有你简直像个狗窝。"

　　他这样说使她十分高兴。她确实感到高兴，尽管她再没有说话，只是躺下去闭上眼睛，微微地笑了笑。

　　于是王龙找了个人，对他说："跟少爷讲，他母亲病重了。"

若是看不到他回来成亲,她就永远不能得到安息。如果他心里还有我,有他母亲,有这个家,他一定要立刻回来。三天以后,我就要备宴请客,给他成婚了。"

王龙说到办到。他叮嘱杜鹃准备上好的宴席,并请城里茶馆的厨师来帮她的忙。他把银钱放到她手里,说:"要办得和大户人家在这种时候办的一样。多花些银钱也行。"

然后他便到村子里去请客人,男的,女的,凡是他认识的都请,又到城里请了他在茶馆和粮市上认识的人。然后,他对他的叔叔说道:"我儿子办喜事,你爱请谁就请谁吧!你的朋友,你儿子的朋友,都请来。"

他说这话,因为他一直记住他叔叔是什么人。王龙对他叔叔毕恭毕敬,把他当贵客看待。从知道他叔叔身份的那一刻起,他便一直如此。

结婚前一天的晚上,他的儿子回到了家里,大步跨进了房间。这个年轻人在家时惹的麻烦,王龙早已忘得一干二净。他已经两年多没见儿子了。现在见他,他已经不再是一个孩子,而是一个又高又结实的大男人了,身材魁伟,红脸膛,一头短发闪着油光。他穿的是南方铺子里常能见到的那种深红色的绸子长衫,长衫外罩着一件黑色的丝绒马褂。王龙看着他的儿子,得意扬扬。眼下,除了这个英俊的儿子,他把什么都忘了。他把儿子带到了阿兰的床边。

年轻人坐到他母亲的床边,看到她的样子,眼里噙满了热泪,但他尽量说些高兴的话,比如,"你看上去比他们所说的要好得多,你还能活好多年"。但阿兰简单地说:"我要看你成了亲才死。"

那个要成亲的姑娘当然不能现在同新郎见面,荷花便把她带到后院,为她做结婚的准备。荷花、杜鹃和王龙的婶母做这种事再合适不过了。于是,这三个女人便带着这个姑娘,在姑娘成亲的那天早上,替她把身子洗干净,用一块新的白布裹了脚,外面又穿了一双崭新的袜子。荷花先往姑娘身上擦了些她自己的香气扑鼻的杏仁油,然后,她们给她穿上她从家里带来的嫁衣,紧贴着她那温馨的少女皮肤的白色的绣花绸衣,外面是一件精致的羊皮袄,最外一层才是大红的绸缎嫁衣。她们在她的前额上搽了石灰粉,用一根打结的绒线巧妙地替她把眉毛上方的刘海拔去,她们把她的前额打扮得又高又宽又亮,又给她搽了香粉和胭脂,用眉笔在她的眉毛上画了两道细眉。她们给她戴上一顶凤冠和有珠串的面纱,穿上绣花鞋。她们还在她的指尖上涂了颜色,在她的手心里搽了香水。就这样,她们给她做好了结婚仪式的一切准备。姑娘默默地听任她们摆弄,显得有点不愿意,也有点害羞,对要结亲的姑娘来说,她这样的表现算是得体。

这时,王龙、王龙的叔叔和父亲和客人们都在堂屋里等着。新娘由她带来的老妈子和王龙的婶母扶着进来。她进门时低着头,显得非常谦恭和端庄,走路的样子像是很不情愿出嫁,非得有人挽住才行。这说明她极稳重,王龙感到很高兴。他心想,她确实是一个非常合乎体统的姑娘。

然后是王龙的大儿子进来。他还是像先前一样,穿着红袍黑马褂。他头发又滑又亮,脸也刚刚修过。他身后是他的两个兄弟。王龙看到他那些排列成行的儿子,心里得意得要命,这些儿子将会为他传宗接代。老人一直不知道发生了什么,只模糊地听到一声声对他的呼叫,这时也突然明白了过来。他呵呵地笑出声来,用他那低弱的老嗓子一遍又一遍说道:"成亲了!成亲就有孩子,就有孙子啊!"

他笑得开心极了,以至所有的客人看到他那高兴样也都笑了起来。王龙心想,要是阿兰能从床上起来该多好,那样这天可就真成了大喜的日子。

在整个这段时间里,王龙都悄悄而又敏锐地在注意儿子有没有看那个姑娘。他发现儿子确实在用眼角偷偷瞟着她,他看起来也很满意,于是王龙自豪地对自己说:"哈,我替他挑了个他喜欢的人。"

然后新郎和新娘双双向老人和王龙行礼,接着他们又去阿兰躺着的房间。阿兰费了很大的劲穿上了她那件好看的黑上衣,他们进来时,她坐了起来。她的脸上显出两圈红晕,王龙错以为那是健康的征兆,大声说道:"她的病就要好了!"

两个年轻人走上前去给阿兰行礼时,阿兰用手拍了拍床沿,说:"坐在这儿,在这儿喝合欢酒,吃合欢饭。我一定看着你们把这些事办了。我一断气抬走之后,这就做你们的新床。"

在这种时候她说了这种话,因此谁也没有接她的话茬,两个新人默默地并肩坐了下来。王龙的婶母走了进来,她身体臃肿,但在这种场合则表现得非常庄重。她手里端着两杯热酒。两位新人分别喝了一些,然后将两个杯子里的酒掺和起来再喝,这象征两个人的结合。接着他们吃饭,又把饭掺和起来吃,这说明他们的生活合二为一了。这样,他们就算成了亲。然后,他们向阿兰和王龙行礼，接着走出去一起向客人们行礼。

接下来宴席开始。屋里、院里摆满了桌子，到处充溢着酒菜的香味和人们的笑声。远远近近的来客很多，许多人王龙以前从来没有见过。因为他是个有钱人，遐迩闻名，遇上这种事，他家里的酒菜是无论如何不应错过的。为了准备宴席，杜鹃从城里请来了厨师。许多精细的佳肴在农民家的厨房里是做不出来的，所以厨师来的时候，带了几大篮现成的菜，只需热一下就行。他们穿着油腻的围裙大显神通，跑进跑出，忙忙碌碌。人人大吃大喝，开怀痛饮，高兴极了。

阿兰要求打开所有的门，拉开门帘，好让她听到人们的喧闹和笑声，闻到饭菜的香味。王龙不时进来看看她，她则一遍又一遍地对王龙说："人人都有酒吗？八宝饭热吗？猪油和白糖放足了吗？是不是放了八种果子？"

他告诉她，一切都是按她的意思办的，她感到十分满意，躺在床上静静听着。

喜宴终于结束。客人们纷纷离去，夜晚来临，家里静了下来。那份欢乐渐渐消散，阿兰感到困乏头晕。她把刚成亲的两个新人叫到身边，说道："现在我很满足了，我身上的病，统统随它去吧。儿啊，你要照顾你爹和爷爷。媳妇啊，你要照顾你丈夫，照顾公公和爷爷。你们还要照顾好院子里那个可怜的傻子。至于别人，你们就不要管了。"

她的意思是指荷花，她从来没有同荷花说过话。她好像迷迷糊糊睡着了，尽管他们还在等着听她讲下去。过了一会儿，她又一次强打着精神说起话来，似乎不知道他们就在眼前，实际上也不知道自己在什么地方，她把头转来转去，紧闭着眼睛说："哼，说我丑，我还生了儿子。虽然我不过是个丫头，但我家里有儿子。"然后她突然又说："那个人能像我这样给他做饭和伺候他吗？光漂亮也不能给男人生儿子！"

她完全忘记了他们就在眼前，躺在那里自言自语。王龙示意他们离开。他坐到她的身边。她时睡时醒，王龙注视着她。他很心痛。她躺在那里，已经奄奄一息，她发紫的嘴唇向后缩拢，露出了牙齿，显出很痛苦的样子。他看她的时候，她也睁开了眼睛，但两眼仿佛蒙上了一层奇怪的迷雾。她使劲看着他，眼睛死死地盯在他身上，好像不知道他是谁。突然，她的头从她枕着的圆枕上斜落到一旁，身子震颤了一下，然后咽了气。

阿兰躺在床上，王龙似乎不忍心再去接近她。他把婶母叫来，让她给阿兰在入殓前净身。婶母做完之后，他还不愿进屋，叫婶母、大儿子和儿媳妇将尸体从床上移到他买好的那口大棺材里。为了摆脱痛苦，他自己也忙碌起来，他进城请了人来按风俗将棺材封好，还请来风水先生，让他挑个黄道吉日举行葬礼。风水先生选了个好日子，那是三个月后的一天，是风水先生能够找到的最近的吉日。王龙付了钱，然后去到城里的庙里，和住持商议一番之后，为阿兰的棺材租了一席之地。棺材可以在那里存放三个月，一直等到举行葬礼的那一天。如果放在家里，王龙看着是不忍心的。

王龙照规矩为死者尽心办理丧事，他和孩子们为阿兰戴孝，身上一律穿着表示哀悼的粗白衣裳：鞋子用白麻布做，扎腿的带

229

子也用白布，家中女人的头发上也要扎白绳。

这些办完之后，王龙再也不忍在阿兰病死的房间里睡觉。他将东西收拾好，搬到了后院荷花的房间。他对大儿子说："你和你媳妇搬到你母亲住过的房间去吧！她在那里怀胎生了你，你也在那里生你的儿子吧。"

两个新人满意地搬了进去。

仿佛死神来到这个家就不肯轻易离去似的，那位老人——王龙的父亲，从看见阿兰入殓之后便一直精神错乱。一天晚上，老人上床睡觉，第二天早上，王龙的二女儿来给祖父送茶，发现他仰着脖子躺在那儿，稀疏的胡子直直地向上翘着，已经死了。

女儿见了，哭喊着跑向他的父亲。王龙走进来，发现老人果真死了。他那直挺挺的身躯显得干燥、冰冷和瘦削，就像一棵古松。他已死了好几个小时了，很可能是刚到床上就咽气了。王龙亲自给老人洗净身子，然后轻轻地把他放进给他准备的那口棺材里，把棺材盖盖好，然后说："我们要在同一天埋葬家里的两个人。我想在山上挑一块好地方，把他们两个都葬在那里。若我死了，也葬在那里。"

他照他所说的做了。他将老人的棺材封好后，平放在堂屋里的两条凳子上，一直要放到风水先生选定的那个吉日。在王龙看来，老人死了以后待在家里，心里也会踏实，他也可以在边上守着父亲。王龙对父亲是很孝顺的，但对他的死并不伤心，因为他父亲年事已高，而且多年来早已半死不活了。

风水先生挑选的日子，正是在这一年的阳春三月。王龙从道观请来了道士，道士们穿黄袍，长发盘在头顶上；他还从庙里叫来了和尚，和尚们穿着灰色的长袍，每人头上都有九个戒疤。这些和尚道士为这两个亡人通夜敲鼓念经。他们一停下来，王龙便往他们手里塞银钱，他们喘口气又念起来，一直超度到天亮。

王龙在小山上一棵枣树下的庄稼地里划出一块好地做墓地。老秦找人来把墓打好，在墓地四周建了土墙，里面有足够的空间可以容纳王龙、儿子和儿媳们，以及他孙子辈的一代。这块高地适合种小麦，但王龙毫不吝惜，因为这表明，他的一家牢牢地在这块地方扎了根，生生死死，他们都歇息在自己的土地上。

和尚道士念完经的第二天便是出殡的日子。王龙穿了一身麻布孝服，他叔叔、侄子、儿子、儿媳以及女儿也全都穿着像他一样的孝服。他从城里叫来了轿子，因为他们若步行到下葬的地方，会显得他们好像是穷人或普通人似的，这样不合适。于是他第一次坐到了人们的肩上。他的轿子跟在阿兰的棺材后面，跟在他父亲棺材后面的是他叔叔的轿子。阿兰生前，荷花从未在她面前露过面，现在阿兰死了，她也乘了一顶小轿，这样可以在众人的心中留下她对丈夫的大老婆十分尊重的印象。王龙还给他婶母和侄子雇了轿子。他也给他的傻子姑娘做了孝服，租了轿子，尽管她对发生的一切感到困惑，该哭的时候不哭，反而尖声大笑。

他们一路大声哭到墓地，雇工们和老秦走在他们后边，全都穿着白色的孝鞋。王龙站在两座墓旁的时候，阿兰的棺材也从小庙运到了墓地，它被先搁在一边，得等老人的棺材下葬后再下葬。王龙站在那里看着，他的悲伤变成了严肃和冷漠。他不能像别人那样哭出声来。他眼里没有眼泪，在他看来，该发生的已经发生了，除了他已经做的，再没有任何事情可做。

墓被填上、土被弄平之后,他默默地把脸转了过去。他打发走轿夫,一个人步行回家。伤心之余,一个虽显奇怪但十分清晰的想法突然冒了出来,并使他感到痛苦:那天阿兰在池塘边给他洗衣服的时候,要是他不拿走她身上的那两颗珍珠就好了。荷花若是再将这两颗珠子戴在耳垂上,他是不忍心看了。

他这样悲哀地想着,独自一人往家里走去。他想:"就在那边,在我的那块地里,埋掉了我好端端的前半生。我的半个身子似乎已埋在了那里,如今,我家里的日子要变样了。"

忽然间,他哭了起来。哭了一会儿后,他像一个孩子那样用手背擦干了眼泪。

二十七

在整个这段时间里，王龙因为忙着办理家里的婚事和丧事，几乎没有想过庄稼的收成。但是有一天，老秦过来对他说："现在喜事和丧事都过去了，我得跟你说说地里的事。"

"那么，说吧！"王龙答道，"这些天来，忙着办丧事，我几乎忘了我还有土地。"

王龙说这话的时候，老秦一声不吭地等他说完，然后轻声说："但求上天保佑吧！今年看来好像要发从未有过的大水。虽然还没到夏天，可是水已经在涨了。这水涨得太早了。"

王龙断然说："我从来没有从老天爷身上得过什么好处，烧香也好，不烧香也好，老天爷总是做缺德的事。咱们去看看地吧！"说着他站了起来。

老秦是个胆小怕事的人，不论时令怎么坏，他从不敢像王龙那样埋怨苍天。他只是说"老天注定要这样"，然后一声不吭地承受洪水和干旱。但王龙不是这样。他去到地里，看了这块又看那块，他看到的情况和老秦说的完全一样。沿护城河和其他水沟的土地,是王龙从黄家大老爷手中买下来的,现在都灌满了水。水是从河底冒起来的。这块土地上原本长势很好的小麦如今出现了病态,叶子开始发黄。

护城河成了湖泊,水沟成了河流。水势很急,泛着浪花,打着漩涡。即使傻子也看得出来,等到夏雨一来,这年非发大水不可,大人小孩将要再次挨饿。王龙在他的地里急匆匆地跑来跑去,老秦像影子一样不声不响地跟着他。他们在一起估量着哪些地可以种稻子,哪些地在插秧前就会被大水淹没。看着这些水已经涨满了水沟,王龙咒骂道:"老天爷幸灾乐祸!非看着大家淹死饿死才称心。"

他说这话时非常生气,声音又大,老秦害怕地颤抖着说:"就算这样,老天爷总比我们厉害。快别这么说了,东家。"

但现在王龙有钱了,他不在乎,他喜欢怎样发火就怎样发火。想着水就要淹没了他的土地和好好生长着的庄稼,他一边往家走一边咒骂。

随后,一切都像王龙说的那样发生了。北边的大河冲破了堤岸,最远处的堤岸首先被冲垮。人们看到发生的这一切,都立即行动起来,他们四处奔波,为修复堤岸筹集钱款。每个人都慷慨解囊,因为防止河水泛滥符合大家的利益。人们把募捐到的钱都交给刚上任的县官。这个县官原先很穷,一辈子都没见过这么多的钱。他是靠他父亲才买到这个官职的。他父亲为此花掉了所有的积蓄,还借了债,为的是全家人能在这里发财。当河水再次冲破堤岸的时候,人们意识到县官没有兑现修筑堤岸的诺言,都号叫着拥入他家门,县官躲了起来。他们家把众人捐出的三千块大洋都花完了。老百姓冲进他家，喊叫着，要用他的命来抵偿。他怕自己会被人打死，便跑了出来，跳河自尽了。这样，人们的怒气才算平息了下来。

但是，钱没有了。于是河水冲破了另一座堤岸，接着，又冲垮了一座，一直冲得那地方的人谁也不知道原来的河堤在什么地方了。河水暴涨，它像大海一样翻滚着，淹没了周围的良田，小麦和稻秧都已沉入水底。

一座座村庄变成了孤岛。人们眼睁睁看着洪水高涨。洪水涨到离家门口不到两英尺[1]的时候，人们把桌子和床绑在一起，然后把门板放在上面当筏子。他们尽量将衣服和被褥、女人和孩子们放在这些筏子上。大水涨进了这些土坯房子，土墙泡软了，房子就塌了下来。土房子变成了泥水，好像它们根本不曾存在过似的，地上的洪水又好像引来了天上的雨水，雨一天接一天地下起来。

王龙坐在家门口，望着远处的洪水。他的房子建在一座小山上，洪水离他家还很远，但他看着洪水淹没他的田地。他望着，担心洪水会冲垮那两座新墓。还好，那些泛着泥浆的洪水只是贪婪地舔着。

那一年颗粒无收，到处都有人死亡、挨饿。人们因为又遇上了荒年而愤恨抱怨。有些人去了南方，一些天不怕地不怕的人，加入了乡下四处蜂起的盗伙。这些人甚至打算围攻城镇，镇上的人只得关闭城墙上所有的大门，只留下一个叫"西水门"的小门

---

1. 1英尺约合0.3米。

供人出入。那个小门有卫兵把守，夜间上锁。有些人逃荒去了南方，在那儿打工或乞讨，就像王龙和他的父亲、妻子、孩子当年做过的那样。也有一些像老秦那样年老体弱、胆小怕事，又无儿无女的人留了下来。他们吃些在地势较高的地方找到的野草和树枝，有好多人死在地上或水里。

这时王龙已看出，这块土地上要出现他从未见过的灾荒。眼下已到了种冬小麦的时候，水势依然不退，这就说明第二年也不会有什么收成。因此，他把家里照管得很好，钱和粮的使用也非常仔细。他时常和杜鹃争吵，长久以来，她总是要天天进城去买肉，现在他心里暗暗高兴，洪水阻断了进城的路，杜鹃自然再也不能进城逛市场了。不得到他的同意，船只也不准放行。老秦听王龙的话，杜鹃嘴巴再厉害，老秦也不听杜鹃的。

冬天来了，王龙下令，不经他的同意，家里什么东西也不准买不准卖。他精打细算，每天把家里一天所需要的粮食称给儿媳妇。雇工们所需要的东西，他都让老秦去掌管。然而，当冬天来临，水面结冰的时候，他对养着那些无事可干的雇工心痛万分，于是他让他们到南方去乞讨或打短工，等来年春天再回来。但是王龙偷偷地给荷花送糖、送油，因为她过不惯这种苦日子。哪怕是过年时，他们全家也只吃了一条从湖里捕到的鱼，宰了一头自己养的猪。

王龙不像他所装出来的那么窘迫。他家里还有一些银子藏在儿子和儿媳妇那间房子的墙缝里，但小两口一点也不知道。有些银子和金子埋在最靠近他那块庄稼地的湖底的一个小瓶子里。还有的埋到竹林里去了。他还有些去年收下但还没有卖掉的粮食。

总之，他家里不会有挨饿的危险。

然而，他的周围都是挨饿的人。他还记得那一次他经过大户人家门口时挨饿的人在大门口哭喊的情景。他知道有不少人眼红他，因为他家里还有吃的东西。他总是闩着大门，不让他不认识的人进来。但是他清楚地知道，要不是有他叔叔在，在这盗贼蜂起、无法无天的时代，即使关门也无济于事。他知道，要不是凭借他叔叔的力量，他家里的粮食、钱财和女人都会遭到抢劫和掠夺。因此，王龙对他的叔叔、婶母以及堂弟彬彬有礼，把他们当客人，喝茶先孝敬他们，吃饭让他们先伸筷子。

王龙惧怕他们，这一点叔叔一家看得十分清楚。他们自觉高人一等，要这要那，抱怨吃不好喝不好。特别是他婶母，总是牢骚满腹，她惦记过去在后院吃的好东西。她对丈夫诉苦，他们一家三人则对王龙诉苦。

王龙看到，他叔叔年纪越来越大，人越来越懒，对什么都满不在乎。如果他叔叔光是自己一个，恐怕不会有这么多埋怨，但是他还有个年轻的儿子和他的老婆在当中挑唆。一天，王龙正站在大门口，听到那两人正怂恿那老头子："喂，他有钱有粮，咱们向他要些银子！"那个女的说："我们现在是最得势的时候。他很清楚，要不是他的亲叔叔，要不是他父亲的兄弟，他就会被抢光，被绑架，他的家就会成一片废墟。要知道，你是'红胡子'里的二头目。"

王龙站在那里，偷偷地听着，肺都气炸了。但他极力使自己冷静下来，心里盘算着对付这一家三口的办法。可他想不出任何法子来。因此，第二天他叔叔对他说："喂，我的好侄子，给我些银钱吧,我要买烟袋和烟丝。你婶母穿得破破烂烂,也要添置一件新衣裳。"他从腰包里掏出五块大洋给了这老人,什么话也没说,牙齿却咬得咯咯作响。对王龙来说,即使在过去银钱极其短缺的情况下,他掏钱也没有像这么勉强。

没过两天,他叔叔又来找他要钱,王龙终于忍不住叫了起来:"喂,你想让我们都饿死吗?"

他叔叔大笑起来,满不在乎地说:"有人在替你挡风遮雨呢。你没看见,不如你阔的人,还被吊死在烧坏了的房梁上呢。"

王龙听到这话,气得浑身直冒冷汗。他又一声不吭地掏出钱来。就这样,尽管家里断了肉,他叔叔一家三口也总有肉吃。王龙本人几乎戒了烟,而他叔叔的烟斗总是青烟袅袅。

王龙的大儿子沉湎于新婚的欢乐之中,对眼前发生的事置若罔闻,只是怨恨他那堂叔对他媳妇投来的贪婪的目光,现在他们俩已不再是朋友而成了仇敌。王龙的大儿子几乎不让他媳妇离开房间,要出去也得等到他堂叔在傍晚走出家门以后,而白天必须待在屋里。看出那一家三口对父亲为所欲为的时候,大儿子大为生气,他是火暴性情。他说:"喂,如果你对那三只老虎比对你自己的儿子、儿媳——你孙子的母亲还要好,真是怪事。我们还不如到别处另立门户。"

王龙直截了当地讲出了他对谁都没有讲过的话:"我恨透了这三个人。有办法的话我恨不得把他们除掉。但是你叔公是盗匪的头目。我们只有养着他,才平安无事,你们还不能露出有气的样子。"

听到这话,大儿子的眼珠快要瞪出来了。他想了一会儿以后，火气更大了。他说:"这么办好吗?晚上咱们把他们全都推到水里去。老秦推那个女人,她又胖又软又不中用。我推堂叔,这小子总是瞅我媳妇,我恨透了他。你推那个土匪头子。"

王龙是不敢杀人的,虽然他气得宁肯宰掉他叔叔也不愿宰掉一头牛,但是当真要动手却又不敢。他说:"不行。即使我能把他推到水里,也不能那么干。让别的盗匪听说了,我们怎么办?他活着,我们太平。他死了,我们就和其他人一样,在这种灾年十分危险。"

两人都不作声了,各自都绞尽脑汁想着办法。年轻人想通了,父亲是对的,弄死他们解决不了问题,要另想法子。王龙终于若有所思地说:"要是有这样的办法就好了,既把他们稳住,又不让他们害人,不要再要这要那,那该多好!可是没有这样的妙计啊!"

这时,年轻人猛击了一下手掌,叫道:"有啦!你已经告诉了我办法!咱们给他们买鸦片吸,越多越好,叫他们像富人一样吸个够。我表面上和堂叔和好,把他引到城里的茶馆,让他去那里吸。叔公和叔婆呢,就买给他们吸。"

王龙事先没有想到这一招,有点犹豫。

"那要花好多钱!"他慢腾腾地说,"鸦片和玉一个价钱哩。"

"但是,我们就这么让他们坐吃山空?"大儿子争辩说,"再说,除了他们的蛮横之外,我还得忍受那小子对我媳妇的贪欲,这些代价要比玉更大。"

王龙没有马上同意。事情没那么容易,那要花费好大一袋子银钱。

要是一切都平平安安的,王龙还下不了决心,也许什么都会像往常一样,直到洪水开始消退,但出了这么一件事。

事情是这样的。叔叔的儿子盯上了王龙的二女儿,一个和他有着血缘关系的女孩。二女儿长得楚楚动人,看上去像王龙那做学徒的二儿子,但体态轻盈,没有她兄长那样的黄皮肤,她的皮肤洁白、细腻,像盛开的杏花,小小的鼻子,薄薄的红嘴唇,还裹了小脚。

一天晚上,她从厨房走出来,独自穿过庭院的时候,她的堂叔把她拦住了。他狠狠把她搂住,用手去摸她的胸部,她惊叫起来。王龙从屋里跑出来,照着那男人的头便打。那男的像一条偷吃了肉的狗,就是不肯把肉扔掉。王龙不得不把他女儿拽开。那人却哈哈大笑起来,说道:"我是闹着玩的,我能跟侄女胡来吗?"但他说话的时候,眼睛里发出贪婪的凶光。王龙嘴里咕哝着将女儿拉走,把她送到房间里。

当天晚上,王龙便把这事跟儿子讲了。年轻人显得很严肃,说:"我们得把她送到城里的亲家那儿去,即使刘先生说年景不好,不能结婚,也要送过去。家里有这么一条色狼,等她失去贞节就不好办了。"

王龙照着去做,第二天他便进城来到了那位商人的家。他说:"我女儿十三岁了,不再是个孩子,可以成亲了。"

刘先生吞吞吐吐地说:"今年赚钱不多,还不能娶媳妇成个家。"

王龙羞愧地说:"我是怕我家里叔叔那个儿子,他是一条色狼。"他没有再讲下去,只是说:"我照看不了这妮子。她妈死了,她又长得漂亮,到了可以出嫁的年纪了。我们家庭很大,杂七杂八的人很多,我不能时时刻刻看着她。她终归要成为你家的人,你同意的话,就让她住过来,什么时候成亲,随你意好了。"

那商人是个宽厚善良的人,他回答道:"好吧,如果这样,那就让姑娘过来。我会告诉孩子他妈。她过来之后,就和她婆婆住一起,不会有什么问题。等来年秋收之后,再让他们成亲。"

事情就这么敲定。王龙十分满意。他离开了刘家。

老秦正撑着船在城门口等他。在他回城门的路上,他路过一家卖烟草和鸦片的店铺。他走进去,给自己买了一点烟丝,晚上好抽水烟。店铺的伙计称烟丝的时候,他含含糊糊地问道:"你们有鸦片吗?怎么卖?"

那伙计说:"现在在柜台上卖是违法的,如果你要买,手里又有银子,你到后房去,可以给你称。一两一块大洋。"

王龙对他要做的事没敢想太多,只是很快说道:"我买六两。"

二十八

送走了二女儿，王龙去掉了一桩心事。一天，他对他叔叔说："你是我父亲的兄弟，我给你买了些好烟丝。"

他打开盛着鸦片的小罐，那东西挺黏，闻起来甜丝丝的。王龙的叔叔把那罐子拿过去闻了闻，然后咯咯大笑起来，他高兴地说："好，这玩意我吸过一些，不常吸。这玩意太贵，但我很喜欢。"

王龙装出若无其事的样子答道："这一点是过去为我父亲买的。他年纪大了，夜里睡不好。今天我发现他一直未用过，我就想，'我父亲的兄弟还在，为什么不先孝敬他呢？我还年轻，现在用不着'。拿去吧，高兴时或是身上哪里痛时可以抽一些。"

王龙的叔叔贪婪地把鸦片接了过去，那东西闻上去很香，是只有富人才能享用的玩意。他拿走鸦片后，买了一杆烟枪，便整天躺在床上抽起鸦片来。王龙让人买来一些烟枪，四处放着，装作自己也吸的样子。但他只是把一支烟枪拿到房间里，自己并不抽。他借口那东西太贵，不让家里的两个儿子还有荷花去动那些鸦片，却怂恿他叔叔、婶母，还有侄子抽鸦片。前院后院烟香飘溢，对于银钱，王龙一点也不在乎，他只求太平。

冬天终于慢慢地过去，水也开始退了，王龙得以到他的田里去走走。有一天大儿子正好跟着他，得意地对他说："爹，家里又要添一张嘴了，你要有孙子了。"

听了这话，王龙转过身笑了，他搓着两只手说："今天真是个好日子！"

他又笑了一阵，然后找到老秦，让他到城里去买些鱼肉和好吃的东西。王龙把这些东西送进去给儿媳妇，对她说："吃吧，吃了好让我孙子的身体强壮些。"

整个春天，王龙都想着孙子这件事，这对他是一种安慰。他忙其他活的时候，他想起了小孙子，遇到麻烦的时候也想孙子。孙子是他心头的安慰。

随着春天转入夏天，逃荒的人都回来了。一个个，一群群，在严冬过得精疲力竭，但非常高兴能回到家，虽然他们原来房子所在的地方，现在除了被水淹过的地上残留着的黄泥浆外一无所有。但房子可以用这种黄泥浆重盖，再买些席子铺房顶。许多人来向王龙借钱。他看到人们那么急需用钱，便以较高的利息借钱给他们，可以用土地作为担保。人们用借来的钱在洪水过后变得十分肥沃的土地上播种。当他们需要耕牛、种子和犁而借不到更多的钱时，有些人便把自己的一部分土地卖掉，换来钱以耕种剩下的土地。王龙从他们手里买了许多土地，他们急需钱用，卖价低得很。

243

也有一些人不愿意卖地。他们没钱买种子、耕牛和犁，便卖自己的女儿。有些人到王龙这里来，希望他能买他们的女儿，因为人们都说他有钱有势，心肠也好。

王龙想到家里快生孩子了，别的儿子结婚后也会生孩子，所以他就买了五个丫头。有两个女孩十二岁左右，没缠脚，身体很壮。另外两个年轻点的干杂务，伺候他们全家，还要一个伺候荷花。杜鹃年纪已经大了，二女儿又走了，没有人干家务。王龙是在一天里买下这五个丫头的，他已经有钱了，想做什么立刻就能做。

过了许久，有一天，一个人领来了一个六七岁的小姑娘，想卖给王龙。最初，王龙说不想买，姑娘身材娇小，身体又弱。而荷花却看中了这个姑娘，她不高兴地说："我想要这一个，长得这么漂亮。那一个粗手大脚，身上又有股羊膻气，我不喜欢。"

王龙打量了一下这女孩，看到一双显露出惊恐的美丽的眼睛和一副瘦得可怜的身躯，于是，他一方面是为了迁就荷花，另一方面也想看看姑娘能否养胖起来，就说："好吧，如果你喜欢，那就留下吧！"

他花了二十块大洋把那女孩买了下来。她住在后院，睡在荷花的床前。

在王龙看来，现在家里可以平平稳稳地过日子了。水退了，夏天来了，又到了该种田的时候。王龙这里走走，那里转转，察看着每一块土地。他和老秦讨论每块地的土质，商量根据土质怎样变换所种的庄稼。不论到哪里，他都把第三个儿子带上，他要继承王龙在田地上的事业，带着他可以让他多长点见识。但是王龙对这孩子在怎么听别人说话，甚至究竟是不是在听，根本不加注意。实际上，这孩子老是低着头走路，一脸不高兴。谁也不知道他在想些什么。

王龙只知道他默默地跟在身后，根本不知道他在干些什么。一切安排好之后，王龙满意地往家里走去，心想："我不年轻了，我不需要亲自动手了。我地里有人，还有儿子，家里也很安宁。"

然而他回家时，家里却并不安宁。虽然他给儿子娶了媳妇，买了好几个丫头伺候大家，虽然他给叔叔和婶母买了足够的鸦片让他们整天享受，可是家里还是不得安宁。原因还在他的大儿子和他的堂弟。

看来，王龙的大儿子对堂叔还是不放心，总是怀疑堂叔怀有不良的企图。他小时候便亲眼看过他堂叔的种种恶劣行为。现在，情况已经坏到这种地步：只要他的堂叔不去茶馆，大儿子是不愿离开家一人去茶馆的，只有看到他堂叔走了之后，他才离开。他怀疑这个恶棍对那些丫头有不良企图，甚至对后院的荷花也心术不正，尽管这种怀疑并没有什么根据。荷花一天天发胖，一天天变老，除了饭菜和美酒外，她什么都不在意了。哪个男人走近她，她都已经懒得瞧他一眼。王龙年事渐高，找她的次数越来越少，她也感到高兴。

王龙和小儿子从田里回到家中时，他的大儿子把他拉到一边，对他说："我再也忍受不了我堂叔那个家伙了，他粗野无礼，吊儿郎当地东晃西荡，敞着怀，眼睛老盯着家里的丫头。"他没敢说"他甚至到后院打你女人的主意"，因为他还记得，自己也曾对他父亲的这个女人产生过欲望。现在，看到她又老又胖的模样，他不相信自己曾经干过那样的事情。他深深地感到羞愧，也不想让父亲回忆起这件事，所以只提丫头。

王龙从地里回来时兴致勃勃，洪水已经从地里退了，空气干燥温暖，更因为三儿子也一直跟着他。眼下家里产生的新纠纷使他十分生气，他回答说："你总是想着这件事，太愚蠢了。你对你老婆越来越溺爱了，这不成体统。人生在世，一个男人不应该只想着父母为他娶的老婆。对老婆像对妓女那样溺爱，太不像话。"

年轻人对他父亲的责难十分生气。他最怕有人说他不明事理，就像他是个普通的、无知的人似的。他很快回嘴说："不是为我老婆，是因为在我父亲的家里，发生这种事情不成体统。"

王龙没听他在说什么。他生着气，仔细地想着，然后说："难道在我家里，男女之间的麻烦永远没完没了吗？我就要老了，血不那么热了，而且不再有什么欲望了。我想过得安静一些。难道我得永远忍受儿子们的欲望和嫉妒吗？"他沉默了一会儿又喊道："那么，你要我怎么办？"

年轻人耐着性子等他父亲发完脾气，他有话要说。当王龙喊着"你要我怎么办"的时候，他明白说话的时机到了。年轻人从容不迫地答道："我想离开这个家搬到城里去住。我们像农民一样住在乡下不合适。我们可以离开，把叔公、叔婆和堂叔留在这里，我们可以住在城里面。"

听了儿子这番话，王龙苦笑了一下，很快就否定了年轻人的主意，好像它根本不值得考虑。

"这是我的家，"他强硬地说，一边在桌旁坐下，从桌上拉过他的烟袋，"你可以住也可以不住，随你便。这是我的房子，我的地。要不是有地，我们也会像别人那样饿死，你也不会像识字先生那样，穿着好衣服走来走去。有了这些地，你才能比农民的孩子强些！"

王龙站起身来，在堂屋里咚咚地走来走去。他动作粗野，还朝地上唾了一口唾沫，举止就像一个农民。王龙一方面对儿子的漂亮感到高兴，另一方面又对他的漂亮十分蔑视。尽管他这样想，他还是暗暗地为儿子感到骄傲。凡是见到过他这儿子的人，谁都没料想到，他属于将要同土地脱离的一代人。

但他的儿子并不肯罢休，他跟在父亲的后面说："城里有黄家的老房子。虽然前院住满了普通人，可是后院却锁着没有人住。我们可以把它租下来，安安静静住在那儿。你和小弟住进来，还是可以经常到地里去，而我就不会被堂叔这条狗气到了。"他劝说着他的父亲，眼里充满了泪花，即使泪水淌到脸颊上也不去擦。他又说："我想做一个好儿子，不赌钱，不抽鸦片，你给我娶的媳妇我也满意，我就这么一点点要求，不要别的。"

是否仅仅是眼泪使王龙受了触动，王龙不清楚，但是当儿子说到黄家大院时，王龙的确对儿子的话动了心。

王龙从来没有忘记，他曾经弯着身子走进那家大院，曾经羞愧地站在住在那儿的人面前，甚至连看门的人他也害怕。这是他一辈子都不会忘记的耻辱。他活到现在一直觉得，在人们眼里，他比城里人要低等，当他站在那家的老太太面前时，这种感觉尤其强烈。因此，当他儿子说可以住进那家大院时，那情景就立刻跳

247

进他的脑海,好像他真的看见那院子就在眼前。"我可以坐在老太太坐过的位子上,在那个地方,他们曾让我像奴隶一样站着。现在我可以坐在那里,我也可以把别人叫到我的面前。"他想着这种情景,心里暗暗地说,"我想办的话,就可以办到。"

他琢磨着这个想法,默默地坐着,并不回答儿子。他在烟袋里装上烟叶,点上抽了起来,心里想着如果他愿意,他能够做些什么。所以,梦想住进黄家大院,倒不是因为他儿子或是他叔叔的儿子,而是因为那地方对他来说永远代表着大户人家。

因此,他最初没有表示说他愿意去,或是说他要做什么改变,但打那以后,他比任何时候更讨厌他叔叔儿子的懒惰。他密切地注视着这个人,而这人的确两眼盯着那些丫头。王龙说道:"我不能和这条色狼一起住在家里。"

他看着他叔叔,由于吸鸦片,他叔叔越来越瘦,皮肤越来越黄,腰弯了,人显得苍老,咳嗽还带血。他看着婶母,她也已经成了一棵黄芽菜,对那杆烟枪爱不释手,吸得昏昏沉沉。他们不再找王龙的麻烦,鸦片已经完成了王龙原先的计划。

剩下的还是叔叔的儿子。这个人依然光棍一条,像野兽那么贪婪。他可不像那两个老的,吸鸦片那么容易上瘾,他只在晚上做他的风流梦。王龙不想让他在这个家里结婚,怕他传宗接代,一个像他那样的人就够对付了。既没有必要又没有人催他,他一点活也不干,但夜间常常外出活动。现在,他外出的次数也少了,因为人们都回到田里干活,村上和城里也都恢复了秩序。盗匪撤到西北方向的深山里去了。这个人没有跟盗匪一起走,情愿叫王龙养着他。这样,他便成了这个家庭中的"肉中刺"。他悠悠荡荡，整天闲聊，发懒，打哈欠。他甚至在中午也半裸着身子。

有一天，王龙到城里去看他在粮行的二儿子时，对他说："啊，二小子，你哥哥想让我们搬到城里来。如果能租到一部分黄家的房子，我们就搬到那个大院里，你说这事怎么样？"

二儿子现在已经长成了一个大人，跟店里的其他伙计一样，温雅干练。他身材不高大，皮肤黄黄的，但眼睛锐利有神。他从容地答道："这可是件好事。对我也合适，我可以在那里成亲，我的妻子也可以住在那里。我们大家都可以住在一起，就像一个大家庭一样。"

对于二儿子的婚事，王龙什么都还没有准备过。这孩子冷静，身上还看不出任何青春冲动的迹象，再说王龙又有许多其他的麻烦事。王龙知道自己不该不操心这件事，所以他带有些歉意地说："我早盘算着该给你成家了，可是因为这事那事的，一直没有工夫，再说上次闹灾荒也不便安排宴席……不过现在又可以办喜酒了，这事一定要办的。"

他心想着从哪里可以找个姑娘。二儿子说道："这么说我要成家了。这是正事。结婚比把银钱花在不三不四的女人身上强得多。一个男人就应该有儿子。可是别给我找城里的闺女，就像我哥哥的妻子那样，这种女的会说她在娘家怎么怎么样，让我花钱，还生一肚子气。"

王龙听到这番话大为惊讶，他不知道他的大儿媳妇这样说话。他只看到她行为得体，相貌端正。但是在他听来，二儿子的话讲得有理。这儿子很精明，知道省钱，对此他很高兴。对这个儿子，他确实了解得很少，和他大儿子强壮的体魄相比，二儿子长得很瘦弱，除了爱哭之外，不管是小的时候，还是现在长大成人，几乎都不被人注意。因此，他到粮行之后，王龙便渐渐把他淡忘了，除了有人问王龙有几个儿子时，他会回答："哦，我有三个儿子！"

现在王龙看着这个青年，他的二小子：光滑的头发抹了油，平平整整；那件小号的灰绸子长衫干干净净；他还看见他利落的动作，眼神坚定而深邃。他惊异地想："这也是我的儿子！"他高声说："那么，你喜欢什么样的姑娘呢？"

年轻人好像已经把事情盘算好了似的，从容而坚定地答道："我要从农村找一个姑娘，家里有土地，没有穷亲戚，有许多东西做陪嫁，长得不用十分漂亮，当然也不能难看。饭要做得好，这样即使厨房里有仆人，她也可以管住。如果她买米，米要够分量，但也不多出一把来。如果她买布，布要剪得正合适，做好衣服后剩下的布不能超过一只手掌那么大。我想要的就是这样的姑娘。"

王龙听到这番话后更是惊讶。这个年轻人虽是自己儿子，他可真是不了解！这种秉性与他年轻时大不一样，与大儿子也截然不同。然而，他佩服这个年轻人的才智，笑哈哈地说："好啊，我给你找个这样的姑娘！老秦会到各个村里去找的。"

他走开了，仍然呵呵地笑着。他穿过大街，走到黄家大院。他在蹲在门口的石狮子中间犹豫了一下，没人拦他，他便走了进去。前院还像他来找那个妓女时的样子，那时他怕那个妓女将他的儿子勾引坏了。树上挂着洗晒的衣服，到处坐着女人，一边聊天，一边用长针一针上一针下地缝着鞋底。孩子们光着屁股在院子的砖地上爬来滚去。整个院子充满了平民百姓的气氛。这些人在黄家的人走了以后，拥进了这个大户人家的院子。他看了看那妓女住过的房子，房门半掩着，已经换成一位老头在里边住。王龙感到高兴，便继续往前走。

从前，大户人家在的时候，王龙和这些平民百姓一样，对大户人家又恨又怕。可是现在他有了土地，还有藏匿着的银钱，他瞧不起这些处处挤在一起的人了。他觉得这些人太脏了。他在这些人中间穿过的时候，皱起鼻子，屏住呼吸，怕闻到臭气。他瞧不起他们，讨厌他们，仿佛他自己是这个大院子的主人。

他穿过几个院子往里走，他还没有决定租不租房子，只是出于好奇。在一个锁着的大门旁边，他发现一个半睡着的老太婆，他认出是以前那个看门人的麻脸老婆。他大吃一惊，他记得她是个肥胖的中年女人，现在竟面容憔悴，满头白发，满脸皱纹。她嘴里的牙齿七歪八倒，满是黄斑。看着她这副模样，他刹那间觉得，从他年轻时抱着第一个儿子上这儿来到现在，岁月过去得多么快啊！王龙有生以来第一次感到，他也在不知不觉中老了。

他以相当悲伤的口气对那个老婆子说："醒醒，开开门让我进去。"

那老婆子开始眨眨眼睛，舔着她干裂的嘴唇，说："你把整个后院都租下来，那样我才开门。"

王龙突然说道："那好，如果合我的意，我就全租下来。"

他没有告诉她自己是谁，只是跟着她走进去，那里的路他记得清清楚楚。先是幽静的院子。那边是他放过篮子的小屋，这边是大红漆柱子撑着的长走廊。他跟着她走进那间大厅,他立刻就回到了从前的岁月,他想起他曾经站在那里等着娶这家的一个丫头。他看见了那个雕工精美的大椅子,老太太曾坐在上面,瘦小的身体裹着绸缎衣服。

出于某种奇怪的冲动,他走上前去,坐在老太太曾经坐过的地方。从这个高高的椅子上,他俯视着老婆子的面孔。她默默地等着,等着他决定。这时,他多少天来一直渴望而不甚理解的某种满足冲上他的心头,他用手拍了一下桌子,突然说道:"我要这房子!"

二十九

这些日子,王龙决定了的事情巴不得立刻就做。随着年龄渐长,他也渐渐失去耐心,只希望快快把事情办完,好让他到地里转一圈后,静静地坐在地里,望着渐渐西沉的太阳,打一个盹。他把自己决定的事告诉了大儿子,吩咐他去安排。他派人将二儿子叫回来,帮助搬家。一切准备妥当,他们便开始行动。先搬的是荷花、杜鹃、丫鬟们,以及她们的东西。接着是王龙的大儿子、儿媳以及他们的仆人。

但是,王龙自己没有很快搬过去,他和小儿子留了下来。当真要离开他出生的那一片土地时,搬家就不像他所想象的那么容易和迅速了。当儿子们催促他的时候,他对他们说:"那好吧,给我留一间院子,哪天我高兴了,我便搬过去。这一天也许是在我抱孙子之前。我愿意的时候,还是要回到我的土地上来。"

儿子们再次劝他的时候,他说:"唉!我还有一个傻子姑娘。是不是让她待在我的身边,我还拿不定主意。看来,我非把她留在身边不可。除了我,谁也不会关心她的温饱。"

王龙这话是说给大儿媳妇听的。她不愿意这个傻子跟在身边,她过于细致,有点神经质,她说:"这样的人根本不应该活在世上,见了她会坏了我肚子里的孩子。"王龙的大儿子知道老婆不喜欢他的傻妹妹,因此沉默不语。王龙对他刚才的话有点后悔,接着婉转地说:"给二小子找到定亲的姑娘以后我就来,事情办成前,我最好留在老秦住的地方。"

于是,二儿子也不再继续催促了。

后来,除了王龙和他的小儿子、傻女儿之外,住在家里的还有王龙的叔叔、婶母、堂弟和那些雇工。他叔叔一家搬进了后院荷花住过的房子,把它当成了自己的房子,这一点王龙不感到心疼。他心里很明白,他叔叔活在世上的日子不多了。老东西一死,王龙对上一辈的义务便尽完了,要是他的堂弟不听安排,王龙就把他赶出家门,别人也不会说王龙的不是。老秦和那些雇工搬到了前院去住。王龙和他的小儿子、傻女儿住在堂屋里,他雇了一个身体健壮的女人来伺候他们。

王龙睡觉、休息,什么事情都不放在心上,家里已平安无事,他也突然感到非常疲倦。家里没有人打搅他,他三儿子寡言少语,不惹麻烦。这小儿子这么不爱讲话,王龙一点也不知道他究竟是个什么样的人。

王龙终于打起精神,叫老秦去给他二儿子找媳妇。

老秦现在又老又弱,就像一根干草。但他仍然有着老狗那样的忠诚。王龙不再让他拿锄锄地或跟在牛屁股后面耕地了。不过,他还有用,他能监督别人干活,在称粮食的时候,他能站在旁边管着。他听到王龙叫他办那件事时,便洗了洗身,穿上了他最好的那件蓝布长衫。他走了几个村子，看了好多姑娘，最后他回来说："要是我还年轻，我真愿意挑这样的媳妇给我自己，而不给你儿子，三个村庄以外的那个村里有个好闺女——又结实又细心，唯一不太理想的地方是老爱笑。她爹很愿意让闺女跟你家结亲。他家里有地，嫁妆呢——就眼下时兴看，还算是多的。可是我说要等你拿个主意后才能给他准信。"

王龙觉得这门亲事相当不错。他急于把这件事办完，所以就答应了。当婚帖送来时，他画了押。他卸下了一副重担似的，说："现在只剩下三儿子，我就要办完所有孩子的婚事了，很高兴不久后我就能过清静日子了。"

这事定了下来，并选好了成亲的日子，他便在太阳底下休息睡觉，好比他父亲以前那副样子。

王龙想，老秦年龄越来越大，体力越来越弱，自己饱食终日，而且年龄不饶人，也越来越萎靡不振，总是昏昏欲睡，他的小儿子年龄太小，挑不起重担，因此，最好能将离家远的一些土地租给村子里的人去种。王龙就这么办了，附近村子许多人都来租王龙的土地，成了他的佃户。他们之间订立了租地条件：收成的一半归王龙，因为他是土地的主人；另一半归佃户，因为他们付出了劳动。另外，还有双方必须遵循的其他条件：王龙要提供肥料、豆饼和芝麻经过榨油之后剩下的油渣；佃户们要储存一些农作物供王龙一家享用。

这样一来，家里的农活不像过去那样靠王龙一人去安排，他便时常进城住在为他准备好的那个院子里。天亮之后，他就穿过城门，回到他的地里来。他闻到田野的芳香，一看到自己的土地，便感到心旷神怡。

接着，好像菩萨突然开恩，准备让王龙安度晚年似的，他叔叔的儿子，由于家里除了一个雇工的老婆外再无其他女人而感到不耐烦了。他听说北边在打仗，便对王龙说："听说北边在打仗，我要去当兵，干点事，长长见识。你给我些银钱，我好添置些衣服和被褥，还要买一只外国的电筒挂在肩上！"

王龙高兴得心都快跳出来，但他把欣喜巧妙地藏在心底，说："可你是叔叔的独生子，你下面没有续他这股香火的人了。你去打仗，谁知道会发生什么事呢？"

堂弟笑着说："放心吧，我不是傻子。我不会待在有生命危险的地方。开起火来，我就溜走，等到仗打完。我只是图个新鲜，想出去逛逛，看看其他地方，老了就出不去了。"

王龙痛痛快快把银钱给他，这一次，他把银钱直接倒进他堂弟的手心里。他心里琢磨："如果他喜欢打仗，我家里的这些糟心事就结束了。这个国家总有什么地方在打仗。"接着，他又想道："如果我福气好，他可能被打死。打仗的时候常常有些人要送命。"

他非常高兴，但是他没有表现出来。他婶母听说儿子要走，哭了起来。他安慰了她一番，又给了她一些鸦片，为她把烟枪点上，对她说："他在军队里肯定能当大官，我们全家都要靠他得势。"

家里终于安定了，乡下的房子里除了那两个昏昏欲睡的老东西,就是他自己。城里的房子里,王龙的小孙子快要出生了。

小孙子出生的时刻一天天逼近,王龙在城里的家中住的时间越来越长。他常常在院子里逛来逛去,默默地想着过去发生的一切,他心中从来没有像现在这样充满着某种神奇感:从前黄家大户住的院子,现在却让他、他的妻子、他的儿子和儿媳妇住了,而且他的儿子就要添一个第三代的孩子了。

他心里充满喜悦。在他看来,世界上没有他买不起的贵重东西。他给家里买来了成匹的绸缎,因为那些雕花椅子和那些用南方黑木做的雕花桌子罩着粗布套子,看着实在刺眼。他还为丫头们买来了成匹的蓝色和黑色的棉布,这样她们就不用穿得那么破破烂烂了。他儿子在城里结交的那些朋友来到这个大院,见到了他购置的这一切,为此他很得意。

王龙从前吃白面烙饼就大蒜就非常满意,现在却一心想吃美味佳肴。他睡到日上三竿才起,不再动手干活。他对饭菜越来越讲究,他吃冬笋、虾仁、南方的鱼、北方海里的蛤蜊和鸽子蛋等等,这些都是富人用来增加食欲的食品。他的儿子们和荷花自然也一起吃。杜鹃看到这些好菜,笑着说:"真和从前我在这大院住的时候一样,不同的是我老了,干瘪了,老爷不要我了。"

她说着,偷偷地看了王龙一眼,然后哈哈大笑。王龙装作没有听见她那挑逗话,但是心里很高兴,因为她把自己和那个"老爷"比。

他们就这样养尊处优地过着日子,想起就起,想睡就睡。王龙在等候他孙子的出生。一天早晨,他听到女人的呻吟声。他走进大儿子的院子,大儿子迎上来,对他说:"已经到时候了,可是杜鹃说还要拖好长时间,我女人骨盆小,生起来很难。"

王龙回到自己的院子里,坐下来听那喊叫的声音。多年来,他第一次害怕起来,想求菩萨保佑。他起身到香烛店买了香烛,然后来到城里的小庙。镶着金边的神龛里蹲着一尊观音菩萨。他请来一个懒洋洋的和尚,给了钱,请和尚将香烛插在菩萨面前,说道:"我一个男人来烧香,是不好的。可是我第一个孙子就要出生了,孩子他妈受着苦痛,她是城里人,身子骨小。我女人已经去世,家里没有女人能来烧香。"

他瞧着那和尚将香烛插在菩萨面前香炉的死灰里,他突然惊恐地想到,如果生的不是孙子而是孙女,那可怎么办?于是他慌忙大声说道:"菩萨啊,如果生个孙子,我要为你买件新的红色长袍;若是生孙女,我就什么都不给。"

他惴惴不安地走了出去,事前他一点也没想到这件事——可能不是孙子而是孙女。他又去买了一些香烛。虽然天气很热,尘土飞扬,但他还是去了乡间的小庙。庙里,两尊小菩萨正坐在那儿,守护着田野和土地,他把香烛插上点着,然后说:"我们都伺候你,我爹,我自己,还有我儿子。现在我儿子要有孩子了。如果生的不是男孩,我就再也不供奉你们两位了。"

他做完他能做的一切,疲倦万分地回到家里。他在桌边坐下,想叫一个丫头给他端茶,再叫一个丫头给他端热水洗脸。他拍拍手,但一个人也没来。人们跑来跑去,他也不敢问一下究竟生男还是生女,甚至不敢问一声是不是生了。他就那么坐着,满身尘土,疲惫不堪,没有一个人跟他讲话。

终于在天快要黑的时候,荷花迈着她的小脚来了,她身子太重，杜鹃扶着她。她咯咯笑着，大声说："你啊，你儿子屋里生了个儿子，母亲和孩子都平安。我已经看过孩子了，长得可好了。"

于是王龙也哈哈地笑了。他站起身，拍着双手，笑呵呵地说："我一直坐在这里，就像在等自己的头生儿子出世，不知道该做些什么，真放心不下。"

荷花回到她自己的屋里，他又坐下来开始沉思，他想起来："阿兰生我第一个儿子的时候，我并没有这么害怕。"他静静地坐着，沉思着，想起了那天的情况：她怎样一个人去到黑暗的小屋，怎样给他生了儿子，后来又是怎样给他生了儿子和女儿。她悄悄地就把他们生了下来，又回去跟他一起下地，一起干活。然而现在家里这个——他的儿媳妇，却疼得像孩子一样哭叫，而且还有丫头们跑前跑后，丈夫在门口守着。

他仿佛想起了一个遥远的梦，又想起了阿兰怎样在干活休息的时候给孩子喂奶，她的奶汁如何丰富，如何从她的奶头上溢出来，滴落到泥土里。这一切如今看来都似乎太遥远了，就像根本没有发生过似的。

这时，他的儿子走了进来，面带笑容，得意扬扬，大声说道："爹，生了个男孩。现在我们得给他找个奶妈。我不想让我媳妇喂奶，这会毁了她的模样，弄弱她的身子。城里没有一个有身份的女人是自己奶孩子的。"

王龙说不上他为什么突然觉得伤心起来，他说："好吧，如果她不能奶自己的孩子——一定得找个奶妈，那就找吧！"

孩子满月时,王龙的儿子——婴儿的父亲,办了一次满月酒。他请了不少城里的客人,从岳父母到城里的要人几乎都请到了。他还准备了几百只鸡蛋,送给每一个客人。整个家里充满了喜庆欢乐的气氛。孩子健康地活了下来,还长得胖嘟嘟的,大家都很高兴。

宴席散了之后,王龙的儿子来到王龙面前,对他说:"现在这个家已经有三代人了。我们应该像大户人家那样立祖宗牌位,把牌位供起来,逢时逢节祭拜。我们现在是有身份的人家了。"

这话使王龙感到高兴,于是他定做了牌位并供在大厅里,第一个写王龙的祖父的名字,下面是他父亲的名字,留了一些空位等王龙和他儿子们死时,再补上他们的名字。王龙的儿子买来一只香炉,也供在牌位前。

办完这些事之后,王龙突然记起他许愿给菩萨买红长袍的事,于是又到庙里捐助了一笔钱。

但是,好像神不愿一味给予恩赐,同时也要给人们带来痛苦似的,在王龙从庙里回家的路上,一个人从正在收割的地里跑来,告诉他老秦突然倒在地上,快要不行了,问王龙能否在他死前去看看他。王龙听完气喘吁吁的雇工说的话,生气地喊道:"是乡下庙里的那两尊该死的菩萨眼红,因为我给城里的菩萨买了红长袍。我想他们不明白自己只能管土地,没有本事让女人生男孩子。"

尽管午饭已经做好,等着王龙去吃,但王龙连筷子也不碰,荷花大声喊着,叫他等太阳下山了再去,他却不肯再等,立刻就去了。荷花见他没有听她的话,便让一个丫头拿把油纸伞去追他。王龙走得太快,这个壮实的丫头很难将伞撑到他的头上。

王龙很快来到了老秦躺着的房间,他高声问道:"这是怎么回事?"

屋里挤满了雇工,他们七嘴八舌地抢着回答:"他一定要亲自去打场……""我们告诉他,像他这样的年纪不要干了……""有一个新雇来的长工……""那长工拿连枷不得法,老秦教他……""对一个上了年纪的人来说,那活太重……"

王龙用可怕的声音喊道:"把那个长工给我找来!"

他们把那个人推到他面前。那个人哆哆嗦嗦地站着,两个裸露的膝盖不住地碰撞——这是个高大粗壮的乡村孩子,牙齿露在下嘴唇的外面,眼睛圆而迟钝,就像牛眼一样。但王龙对他毫不同情,他使劲地打那孩子的耳光,又从丫头手里拿过雨伞,敲打那孩子的脑袋。没有人敢去拉他,他已经上了年纪,怒气攻心就不好办了。那个孩子恭顺地站在那里,咬着牙,忍着痛小声哭泣。

这时,老秦从躺着的床上发出了呻吟声,王龙扔掉雨伞,说:"人快死了,而我却在打一个蠢货!"

他在老秦的身旁坐下来,拉过老秦的手,紧紧地握着,那只手又轻又小,就像一片干树叶似的。一双这么干燥、这么轻、这么热的手,简直让人不敢相信,里面还有血液正在流动。老秦那原来就日渐苍白枯黄的脸如今显得灰暗,皮下还出现了一些出血斑。他半睁着的双眼已经看不见东西,呼吸艰难。王龙俯下身,在老秦的耳边高声说:"我在这里。我要给你买一口和我爹的差不多的棺材!"

可是老秦的耳朵里满是淤血，即使听到他的话也不会有任何表示了。他躺在那里，费劲地喘着气。他就这样死了。

老秦死了以后，王龙趴在他的身上失声大哭。他自己父亲死的时候，他也没有这么哭过。他买了一口上好的棺材。出殡时他请了和尚，自己穿了孝服走在灵柩后面。他甚至还让大儿子腿上扎了孝带，就像死了亲人似的。他的大儿子抱怨说："他只不过是一个高级仆人。仆人的事这么办不合适。"

王龙强迫他戴了三天孝。按照王龙自己的想法，他要把老秦埋在坟墙里边，也就是埋在埋他父亲和阿兰的地方。儿子们不同意这样做，他们嘀咕说："难道让娘和祖父跟仆人葬在一起？我们死了，也要跟他葬在一起？"

于是王龙便把老秦埋在了坟墙门口；他希望家里平和，不愿和儿子们争吵。他为自己的做法感到宽慰，说道："这样做是合适的。他一直是我忠实的管家，能保护我免中邪气。"他吩咐他的儿子们，在他死了以后，要把他埋在离老秦最近的地方。

王龙已不像从前那样经常到地里了。老秦去世了，他一个人去会感到很伤心。再说他对地里的活已感到厌倦，当他一个人走过高低不平的田野时，他浑身的骨头都酸痛。他把能租的土地全部租了出去。人人都想租他的土地，都知道那是些好地。但是王龙从来没有想卖哪怕一寸土地。他只愿按双方同意的条件一年一期出租。这样，他会感到那些土地永远是他的，永远在他的手里。

他让一个雇工和他的老婆孩子住在乡下的房子里，来照顾那两个鸦片鬼。他看到最小的儿子眼里显露出若有所思的神情，便说:"你可以和我一起进城,我还得带上我的傻女儿,她可以和我住在一个院子里。老秦死了之后,你在这里太寂寞了。他们会如何对傻姑娘,我也放心不下。她挨打受饿了没有,谁都不知道。老秦死了之后,也再没有人教你干农活了。"

因此,王龙把他的小儿子和傻女儿全部带到了城里。这以后,他很少再回到乡下的房子里去住了。

三十

在王龙看来，他现在的状况称得上十全十美了。他可以坐在椅子里和傻女儿一起晒太阳，可以抽他的水烟，无忧无虑，心平气静。地有人种，钱有人往他手里交，他不必再操心了。

如果不是因为大儿子，生活是满可以这样称心如意的。大儿子对现况永远不会满足。他总是那样贪心。一天，他到父亲面前说："我们这个家需要的东西很多，我们千万不能以为把后院租下来就算一个大户人家了。弟弟的婚事六个月内就要办，客人们来了，家里椅子不够，碗不够，桌子不够，啥都不够。更不光彩的是要客人们走那些大门。从大门出出进进的那些人吵吵闹闹，身上还有臭气。弟弟结了婚，他会有孩子，我也还会有孩子，我们需要前面那些院子。"

王龙看着他儿子穿着漂亮的衣服站在那里，他闭上眼睛，狠狠地吸了一口烟，几乎像喊叫一般地说："说吧，你想要什么？"

大儿子虽然看出父亲很不耐烦，仍然固执地用比刚才还高的嗓门说："我说，我们应该把那些前院全租下来，像我们有这么多钱、这么多好地的家庭，总得有相配的排场。"

王龙吸着烟，喃喃地说："可是，地是我的，你从来没在地里干过什么活。"

"可是，爹，"年轻人听到王龙的话哭了起来，"是你要我做读书人。当我真正要做一个庄稼人的儿子时，你瞧不起我，这样不顾及我和我的妻子。"年轻人猛地转过身去，就像他要用头去撞院子里那棵苍松似的。

看见这种情景，王龙有点害怕了，他怕年轻人火冒三丈，伤害了自己，于是他喊道："你愿干啥就干啥吧！随你的便！只是不要给我惹麻烦。"

听了这话，儿子立即就走开了。他怕父亲变卦，便尽快从苏州买来了雕花的桌椅，还买来红色的丝绸门帘，悬挂在门上。他买来大大小小的花瓶，还买了画轴挂在墙上。他还弄来许多奇形怪状的石头，按照他在南方见过的样式，在院子里造了假山。就这样，他忙忙碌碌了许多日子。

每天进进出出的时候，他不得不多次穿过前面的院子。他从那些平民中间走过时都皱起了鼻子。他讨厌那些人。居住在那里的人在他走过去之后，都望着他发笑。他们说："他忘了他父亲老屋门口的大粪臭了。"

然而，在他走过时，没有人敢讲这话，他是富贵人家的公子。等到过节时，即重新考虑租金的时候，住在黄家大院里的平民们发现，他们居住的房间和院子的租金都提高了，说是有人出高价，他们若是不愿意出就得搬走。后来他们打听到，这是王龙的大儿子干的。他很聪明，自己不开口，却写信给住在外地的黄老爷的儿子。黄老爷的儿子什么都不管，只希望他的那些老房子能收到更多的租金。

住在黄家大院里的平民们不得不搬走，他们边搬家边咒骂着为所欲为的富人。他们收拾起破破烂烂的家当走了。离开时刻，他们怒气满胸、咬牙切齿地说，他们总有一天还要回来的，有钱人钱多过了头，穷人是要要回来的。

但是，这一切王龙都没有听见，他住在后院，很少出来。他年纪大了，只是吃饭睡觉，消磨时光，把一切事都托给儿子去办。儿子请来了木匠、泥瓦匠，修缮房屋和院子之间相通的月牙门。这些建筑被那些粗野的平民糟蹋了。他重新建了水池并买了金鱼放进去。竣工之后，他又根据他的审美，在水池里栽了荷花和百合花，还有印度红竹，以及他在南方见到的一切东西。他老婆出来看他布置的那些东西，他们夫妻俩检查每一个庭院、每一间房。她数落这里缺了什么，那里缺了什么，他恭恭敬敬地听着，答应要照着去办。

在城里，街上的人们都听说了王龙的大儿子做的那些事，还谈到大院内发生的一切，说又有一个大富人住进了大院。那些从前说"种地的王家"的人，现在开始说"王老板"或者"王财主"了。

钱就像流水一样从王龙的指缝里流走了，他却几乎没有觉察到。他的大儿子总是对王龙说"我要一百块大洋"，或者说"有一个旧了的大门，只需一点银钱就能修得和新的一样"，或者又说"有个地方需要放张长条桌"。

就这样，王龙坐在院子里抽烟休息，就将银钱一点一点地给了他,这些银钱都是每次收获之后或是急需的时候,直接从佃户那里弄来的,来得容易,花得容易。要不是有天早上太阳刚爬上东墙,他的二儿子来院子里找他,他还不会知道到底付出去了多少银钱。二儿子对他说:"爹爹,你这样大手大脚地花钱,就没个底吗?难道我们是住在宫殿里吗?要是将这些钱以二分利借出去,会赚回好几斤银子。这些水池和不会结果的光开花的树,有什么用处?"

王龙怕兄弟俩会为这些事情争吵起来。为了他自己的安宁,王龙赶紧说:"这都是为了你的婚事。"

年轻人似笑非笑地说:"我的婚事要花的钱是花在新娘子身上的十倍,真是怪事。这是我们的遗产,你百年之后我们兄弟之间要分的,现在大哥是为了摆阔气,就这样白白地花掉了。"

王龙是了解他二儿子的执拗的。他知道,话头一开始,二儿子会一直和他辩下去,于是他急忙说:"好啦——好啦!我再也不给钱了。我要跟你大哥谈谈,将我手头把紧。好了,你的话是对的。"

年轻人掏出一张条子,上面写着他大哥的逐项开支。王龙看了一下那张长长的账单,很快说:"我还没吃饭呢。我这么大年纪,早上不吃饭,浑身无力。找个时间再看吧!"他转身走回自己的房间,这才把二儿子打发走。

当天晚上,他便对大儿子说:"油漆、粉刷,这一切都收拾妥当了吧?已经不错了,我们到底是庄户人家。"

但是,年轻人得意扬扬地回答道:"我们不是庄户人家了。城里的人开始叫我们'王家大户'。我们的生活应该和这个名字相符,即使弟弟看不到这层意思,两眼只盯在银钱上,我和我老婆可以撑撑场面。"

王龙一点也不知道别人这样称呼他一家人。他年纪大,很少到茶馆里去,也没有到过粮行,反正有二儿子在那里做生意。但是,他对这种说法还是暗暗地高兴。他说:"可是,大户人家也是乡下来的,根是在地里。"

年轻人机灵地回答说:"是的。但他们不住在乡下。他们要繁衍子孙,开花结果。"

王龙不喜欢他儿子如此随便和快速地回答他的问题。他说:"我要说的就这些。银子已经花得不少了。大树要开花结果,根必须扎在土壤里。"

夜晚降临了,他希望儿子回到他自己的院里去。他希望年轻人快走开,让他在黄昏里独自安静一会儿。有他儿子在,他就不会有安宁。大儿子如今愿意听他父亲的话,因为住在这些房子和院子里,他很满足,至少是暂时如此;再说,他也已经做了他想做的事情。然而他又开始讲起来:"好吧,就算够了。但是还有一件事。"

王龙将烟袋摔在地上,叫了起来:"我就永远不得安宁吗?"

年轻人执拗地说:"这不是为我,或者为我的儿子。这是为我最小的弟弟,你的亲生儿子。他长大了却目不识丁,不是办法,应该学点什么。"

听到这话,王龙睁大了眼睛。这确实是一件新鲜的事情。他早就计划好了他小儿子的前程。他说道:"家里再不需要读书人了。两个就够了。我死了,由他照料地里的事情。"

"这不错,但恰恰因为这事,他夜里直哭,脸色才那么苍白,身材才那么瘦小。"

王龙从来没有想过要问问他的小儿子这辈子想干什么,因为他已经决定他要有个儿子留下来照管土地。听了大儿子的话,他十分震惊,寻思了一会儿,从地上慢慢地捡起烟袋,想着他的三儿子。这个儿子不像他的两个哥哥,倒是有些像他母亲那样不爱讲话,谁也没有去多想他的事情。

"你听到过他说这些话吗?"王龙不怎么相信地问他的大儿子。

"爹爹,你自己去问他吧!"年轻人答道。

"可是,总得有个孩子照管土地啊!"王龙像是争辩似的突然说,声音很高。

"爹爹,为什么?"年轻人激昂地说,"你这样的人,儿子不应该像农奴一样。那不合适。人们会说你这人心眼太窄。人家会说,有的人自己生活得像王爷,可是让儿子去种地。"

年轻人说话很机灵,他知道,父亲最怕人家说他什么,他继续说:"我们可以请个先生来教他,也可以送他到南方的学校里去上学。有我在家里帮你的忙,二弟做好他的生意,让三弟爱怎么就怎么吧!"

王龙最后说:"把他叫来!"

不一会儿,三儿子走来站在他父亲的面前。王龙望着他。他是一个细高个子的青年,长相既不像父亲也不像母亲,只有着像他母亲那样的严肃和沉默。但他长得比母亲漂亮,而且除了二女儿之外,他比其他孩子都漂亮,虽然二女儿已经出嫁,不算王家的人了。不过,他的眉毛对他太苍白的脸来说显得太重太黑。他一皱眉头——他很容易皱眉头——他的两道黑眉挤在一起,合成一条又粗又黑的直线。

王龙看着他的儿子,说道:"你大哥说你想读书。"

孩子微微动了动嘴唇,说:"是。"

王龙敲掉烟袋里的烟灰,用拇指慢慢地重新装上烟叶。

"我想,你的意思是不愿务农了。我有好几个儿子,可是没有一个肯照管我的土地!"

他说这话时非常痛切,那孩子却一声不吭。他直直地站在那里,身上仍然穿着夏季的白色长衫。终于,王龙对他的沉默动了气,冲着他喊道:"你为什么不说话?是不是你真的不愿干地里的事情?"

那孩子又一次用一个字回答:"是。"

王龙望着他,心里终于明白,像他这样大的年纪,对这些孩子真是管教不了了。他们实在是麻烦和负担,他不知道该怎么办才好。他觉得这些孩子待他不好,所以又一次喊道:"你做什么跟我有什么关系?给我出去!"

这孩子马上就走了。王龙孤独地坐着。他心里想,两个女儿比儿子们要听话。可怜的傻瓜姑娘,除了吃和玩那点布头,其他什么都不要;另一个姑娘也已结婚离家。夜幕落下来遮住了院子,把他一个人笼在阴影里。

但是,正像他一贯的那样,一旦怒气消去,他就会让儿子们随他们的意愿去做。他把大儿子叫来,说:"如果老三想念书,就给他找个先生吧,依了他算了。只是别再来麻烦我就行了。"

他又把二儿子叫来,说:"既然没有一个儿子来经管土地,那么收租的事情,每次收下的粮食卖钱的事情,都得由你来管了。你能称会算,给我当管家吧。"

二儿子十分高兴。这样一来,所有的钱至少要先经过他的手。他将知道进账一共有多少,如果家里花过了头,他就可以告诉父亲。

王龙觉得这个二儿子比别的儿子都怪,到了成亲的日子,他还对买酒买肉花的钱非常仔细。他将宴席分档,把最好的东西留给他城里的朋友,这些人分得清菜肴的好坏。而对必须请来的乡下人,他把宴席开在院子里,只上次等的酒菜,他们每天粗茶淡饭,稍微好一点,就很满足了。

他注意收进来的银钱和礼物,而对丫头和仆人,他尽可能地少给赏钱。当他把区区两块银圆放到杜鹃手里时,她大为生气,当着许多人的面,扯大嗓门说:"真正的大户人家可不是这样抠门的!大家看得出,这户人家不是这些院子真正的主人。"

大儿子听到这话觉得有些丢脸。他害怕杜鹃那张嘴,便偷偷地又给了她一些银钱,他对他的弟弟很有些不满。这样一来,就在大喜日子当天,当客人们围桌而坐,新娘的花轿抬进院子的时候,兄弟之间就出现了矛盾。

大哥只请了他最不用顾忌的几个朋友来赴宴,因为他弟弟小家子气,又娶了一个乡下姑娘。他轻蔑地站在一边,说道:"我弟弟挑了一个瓦罐,凭我父亲的地位,他满可以挑一只玉杯。"

当两个新人来行礼时,他只僵硬地弯了下身子。他的妻子端庄而骄傲，稍微躬了躬身子，免得有失她的身份。

现在，所有住在这些院子里的人，除了那个小孙子以外，似乎没有一个觉得平静和舒适。王龙住在荷花院子隔壁的房间里，即使是半夜，他也常常在雕花大床上醒来，他甚至梦见自己回到黑暗简陋的小土屋里，在那儿，他可以把凉茶泼到地上，而茶不会溅到雕花木头上，而且一抬脚就可以走进他的土地。

至于王龙的儿子们，他们一刻也没有安宁。大儿子唯恐花钱太少，在众人眼里不够体面，还怕乡下人进出大门时，碰上城里人来访，使他丢脸；二儿子担心花钱太多；三儿子则奋力追赶，弥补作为农家子弟所失去的岁月。

但有一个人摇摇摆摆地跑来跑去，对生活十分满足，这就是大儿子的儿子。除了这个深宅大院，这小家伙从来没有想到过其他地方。对他来说，这个家不大不小，正好是他的天地。这里有他的母亲，他的父亲，还有他的祖父，所有住在这里的人都为他服务。王龙从他身上得到了安慰。他总是看不够他，总是对着他笑，小家伙倒在地上，王龙便把他抱起来。他想起了自己父亲的做法：他高高兴兴地拿出一条腰带，围在孩子的腰上，他跟着孩子跑，不让孩子摔倒。祖孙俩从这个院子走到另一个院子。孙子指指水池中的游鱼，戳戳这里，戳戳那里，还乱摘花朵。王龙啥东西都由着孙子的兴致，只有这样，他才感到欣慰。

不仅是小孙子，大儿媳妇也很实在，她怀孕、生孩子，再怀孕、再生孩子，十分准时。她每生一个孩子都找一个奶妈。就这样，王龙看见院子里的孩子逐年增加，奶妈也越来越多。有人对他说"大儿子的院里又要多一张嘴"时,他只是大笑着说:"嗯——嗯——不怕,我们有田有地,粮食够大家吃的。"

他的二儿媳也如期生了孩子,他感到非常高兴。她头胎生的是个女孩,这好像是出于对嫂子的尊重,显得合适而得体。在五年的时间里,王龙有了四个孙子和三个孙女,院子里满是孩子们的笑声与哭声。

如果不是特别年轻或是特别年老,五年的时间在人的一生中算不了什么。在这五年里,王龙安全度过,他叔叔却去世了。对他叔叔,王龙除了供给他和他年迈的老婆吃穿和足够的鸦片外,差不多已经把他忘了。

那是在第五个年头的冬天,天气非常寒冷,是一个三十年不遇的大冷天。在王龙的记忆中,护城河第一次结了冰,人们可以在冰上来回行走。东北风夹着飞雪呼呼地刮着。即使穿羊皮袄或毛皮大衣也不能御寒。在大院的每间房间里,都烧起了木炭。但是,天气仍然很冷,人们能看到从嘴里哈出的热气。

王龙的叔叔和婶母因为吸鸦片而瘦得皮包骨头。他俩整天躺在床上,像两根干柴棒,浑身发凉。王龙听说,他叔叔已经卧床不起,一动便要咯血。他看得出来,这老头再没有多久好活了。

王龙买了两口可以说好但不是特别好的木头棺材,让人抬到他叔叔的房间,那老头看见棺材也许会舒舒服服地死去,他知道有地方放他的遗骨了。他叔叔的声音发着抖,对王龙说:"你就是我的儿子,比我那流浪在外的儿子要亲多了。"

老女人的身子骨比老头结实得多,她说道:"如果我死后儿

273

子才回家来,答应我替他找个好姑娘,他能给我们生几个孙子。"王龙答应了下来。

王龙不知道叔叔什么时候死去的。一天晚上,女仆进屋送汤时,发现他躺在床上不再动弹。王龙葬他叔叔那一天,天气很冷,大风卷着成团的雪花。他把棺材安放在王家坟地里他父亲的墓的旁边,位置稍低,但高于王龙未来的墓穴。

王龙叫全家人为他叔叔披麻戴孝,穿了整整一年的孝服。这倒并不是有人真正悼念这个只给他们增添麻烦的老人,而是因为亲人死了之后,这样的大家族应该这样办。

接着王龙将他婶母接进城里,使她生活不至于太孤独。王龙在远处一个院子的尽头给了她一间房子,吩咐杜鹃派一个丫头照料她。老女人非常满意地躺在床上抽她的鸦片,天天昏睡不起。为了使她放心,她的棺材就放在她身边看得见的地方。

王龙想,他过去竟害怕这个女人——高大肥胖、又懒又爱吵闹的乡下女人——自己也觉得有些惊奇。她现在躺在那里,又干又黄,干瘪得就像黄家落魄后的那个老太婆一样。

三十一

王龙这一辈子不断听说这里或那里在打仗，但除了年轻时逃荒到南方城市那次，他从来没有看见过战争。不过从他还是个小孩子的时候，他就常常听人们说"今年西边打仗了"，或者"东边打仗了"，或者"东北方打起来了"。

对他来说，战争就像大地、天空或流水，没有人知道为什么会有这些东西，人们只知道有就是了。他还不时听人们说"我们要去打仗"，人们说这话的时候，一般都饿得要死，宁愿当兵也不愿当乞丐。有时候，一些不安于待在家里的人也说这种话，就像他叔叔的儿子那样。不过战争总显得那么遥远，像是在一个很远很远的地方。然而，恰似凉风骤然从天而降，战争突然逼近了。

王龙最早是从他二儿子那儿听说的。一天，他二儿子从粮行回家吃午饭，对父亲说："粮价突然上涨，因为现在南边在打仗，一天天靠近。我们一定要储存粮食，等军队越靠越近，粮价会越涨越高。那时候我们就可以卖到上好的价钱。"

王龙一边吃饭一边听着这话。他说:"啊,这可是件怪事。我倒很想看看战争到底是什么样子。我生来就听说有战争,可从没见过它。"

他想起自己一度非常害怕战争,那时,他可能被迫去当壮丁。但是现在他太老了,没有什么用了。再说他已经富有了,富人是用不着怕这些事的。此后他并不注意这些事。他没有被这点传闻所动摇,只觉得有点好奇,他对二儿子说:"你认为怎么好就怎么办!粮食在你手里。"

他还是像以前一样过日子,兴致好时同小孙子玩玩,像以前一样睡觉、吃饭、抽烟,有时还去看看那坐在远处墙角的可怜的傻子。

接着,初夏一天,一大队人马像群蝗虫似的从西北方向席卷而来。在一个阳光明媚的、晴朗的早晨,王龙的小孙子和一个男仆人站在门口闲望,他看到有几条长队,都是穿着灰衣服的男人,便跑回家到他祖父跟前,嚷嚷道:"爷爷,去看出了什么事啦!"

王龙为了使他高兴,便和他一起走到大门口。他看见了那些人——满街满城都是。他觉得仿佛空气和阳光一下子消失了似的,因为这一大批穿着灰色制服的人正踏着沉重的步伐从城里走过。他仔细地看着,发现每人身上都有一种武器,上面插着刺刀,每个人的面孔都显得野蛮、凶狠而粗暴,尽管有些人差不多还只是些年轻的孩子。王龙看见这些人的面孔,赶紧把孩子拉到他身边,小声说:"咱们进去吧,把大门闩上。这些人不是好人,别看了,我的宝贝。"

但是，突然间，他还没来得及转身，其中一个人看见了他，冲着他喊道："嘿，那是我老爹的侄子！"

王龙听见这喊声抬头看了看，他看见了他叔叔的儿子。他穿得和别人一样，一身灰衣服上沾满了尘土，他的脸比任何人都显得凶残。他哈哈地大声笑笑，冲着他的同伙们喊道："弟兄们，我们可以停在这里！这家人有钱，是我亲戚！"

王龙在惊慌中还没反应过来，这群人就从他的身边拥进了大门，他被夹在这些人中间，无法动弹。他们像邪恶而肮脏的洪水冲进他的院子，充塞每一个角落和缝隙。他们有的躺在地上，有的把手伸进池塘捧水喝。他们把刀子扔到雕花的桌子上，还随地吐痰，互相吆喝。

王龙对发生的事情一筹莫展，便带了孩子跑到后边找他的大儿子。他进到大儿子的院子，大儿子正在那里读书，见父亲进来便站起身来。他听到王龙喘着粗气告诉他的话以后，苦叹了一声，匆匆地走了出去。

他看见他的堂叔，真不知道该骂他一顿还是以礼相待。他看了看，痛苦地对身后的父亲说："人人都有一把刀！"

于是他客客气气地说："啊，堂叔，欢迎你回到自己家里。"

他的堂叔咧着大嘴笑了，说："我带来了一些客人。"

"既然是你的客人，欢迎欢迎，"大儿子说，"我们这就去准备些好吃的，让他们吃了饭上路。"

他的堂叔仍然咧着嘴笑着说："备饭吧！但不着急，我们要在这里休息几天，住一个月，一两年，不一定。我们驻扎在这座城里，等打起仗来才走。"

王龙和他儿子听到这话，几乎掩饰不住内心的惊异和恐惧，但又必须掩饰住，因为整个院子里到处都有军刀在闪着光，他们尽可能堆出笑脸，说道："我们真是幸运……幸运……"

大儿子装作去准备的样子拉了拉父亲的手，两人匆匆地走进后院，把门闩上。父子两人惊惧地对望着，不知道该做什么才好。

这时二儿子跑回家来使劲敲门。当他们开门让他进来时，他在慌忙中跌倒了，他气喘吁吁地说道："家家户户都有兵——甚至穷人家里也有——我跑回来是告诉你们千万不要反抗，今天我店里有个伙计，我跟他很熟——他天天跟我一起站柜台——他听说之后赶忙回到家里，见他那生病的老婆躺着的屋里也有兵住着。他埋怨了一番，他们就在他身上扎了一刀，好像他是猪油做的似的——就那么光滑——一下子就扎透了——刀子穿过他的身子，从另一面扎了出来。他们要什么我们就给什么——我们只求战争不久就能转移到别的地方去！"

他们父子三人恐惧地互相对视着，心里想着家里的女人和那些野蛮贪婪的士兵。大儿子想到他那仪态万方的妻子，他说："我们一定要让女的一起住在最后边的院子里，白天黑夜都看护她们，把大门闩好，但后面的太平门要随时敞开。"

于是他们把所有女人和孩子，一起安排到荷花、杜鹃以及荷花的仆人们所住的后院。他们对挤在一起生活感到很不舒适。大儿子和王龙日夜看守着院子的大门，二儿子能来的时候也常来，他们不分昼夜仔细看护。

但是有一个人，就是王龙的堂弟，谁也没法把他拒于门外，他是家里的亲戚。他常常敲门进来，手里提着他明晃晃的军刀，随便走来走去。大儿子四处跟着他，满脸苦恼，却什么都不敢说，因为他拿着那把寒光四射的军刀。他堂叔看看这个又看看那个，从头到脚打量每一个女人。

他看见了王龙的大儿媳妇，粗野地大声笑着说："喂，大侄子，你娶了个漂亮的老婆，一个城里女人，她的脚小得像荷花苞子。"对着王龙的二儿媳妇，他说："这是乡下产的胖红萝卜——一块红通通的肥肉！"

他这样说，是因为这个女人又胖，身子骨又粗，满面红光，但倒并不难看。每当他瞧大儿媳妇的时候，大儿媳便有意躲开，用衣袖遮住脸；而二儿媳妇则大笑着，开着玩笑，有点粗鲁，冒冒失失地答道："是啊，有些男人喜欢吃辣萝卜，有的男人却喜欢啃肥肉。"

王龙的堂弟立刻答道："对，我就喜欢啃肥肉！"他像是要抓她的手。

王龙的大儿子看到男女之间的挑逗，感到又羞又怒，男女之间本来是连话都不该说的。他看了一眼他的老婆，当着老婆的面，他为堂叔感到丢脸，也为他的弟媳感到丢脸，因为他老婆的出身比弟媳更高贵。堂叔看出他在老婆面前畏缩怕事，便充满恶意地说："我宁愿天天吃肥肉，也不愿吃一片又冷又无味的鱼干！像旁边的那一位。"

听到这话，王龙的大儿媳气愤地站了起来，进了里屋。他的堂弟粗鲁地笑了，对正抽着水烟的荷花说："城里的女人太讲究了，是吧，老太太。"他瞪眼看着荷花，说："喂，老太太，我堂兄真发财了,看一看你就知道了。你全身堆满了肥肉,你吃得多好,多阔气,有钱人家的太太才像你这个样子。"

荷花十分高兴,他管她叫老太太,只有大户人家的女人才配这样称呼的。她的粗喉咙里发出咯咯的笑声,甚至把烟锅里的余灰吹了出来。她将烟袋递给一个丫头,让她重新装满烟锅,再转过身来对杜鹃说:"这个粗人还真会开玩笑呢!"

她说这话的时候,眼睛挑逗地瞟了那个堂弟一眼。现在她胖脸膛上的那双眼睛,已不再像从前那么大,也不再是杏仁样了,她的眼神也不像从前那样羞答答。看见她送过来的眼神,他大声地笑着,然后喊道:"还是老婊子的样子!"说完,他又高声地笑了起来。

王龙的大儿子一直愤怒地、一声不吭地站在那里。

堂弟看过这一切之后,王龙领他去见他的母亲。她躺在床上,睡得死死的,她儿子几乎叫不醒她。他在床头的地上砰砰地戳他的枪托,终于吵得她醒来。她好像还在做梦似的死盯着他看。他不耐烦地说:"嘿,你儿子来啦!可是你还在睡觉!"

她从床上坐起身子,久久地望着他。然后,她惊异地说:"我儿子——真是我儿子……"她久久地望着儿子,好像不知道干什么才好,她把鸦片枪递给他,就像献给儿子一件最好的礼物。她对伺候她的丫头说:"让他抽些烟吧!"

他回头瞪了她一眼,说:"不,我不抽!"

王龙站在床边,突然害起怕来,怕堂弟会发火,怕他会说:"你是怎么待我母亲的,她怎么会这样瘦弱、面色蜡黄、骨瘦如柴?"

所以他急切地说:"她一天抽鸦片花不少钱,我们劝她少抽一点,但她偏要抽那么多,想想她这样的年纪,我们不敢惹她生气。"他一边说一边叹气,偷偷地看着堂弟,但他什么都不说,只是来看看他母亲怎么样了,见她又倒身睡去的时候,他把枪当作手杖,橐橐地走了出去。

在外边院子里的那群懒懒散散的士兵当中,这位堂亲最使王龙一家人感到害怕和痛恨。尽管那些兵攀折花木,用大皮靴跺坏椅子,他们毁坏漂亮的金鱼池塘,使里面的鱼死去,翻着白肚皮漂浮在水面上。

但是这位堂亲随意地跑进跑出,两只眼睛老盯着丫头。王龙和他的儿子们面面相觑,因为不敢睡觉而弄得精疲力竭。杜鹃看到了这一切,她说:"现在只有一个办法。他在这里的这段时间里,给他一个丫头玩玩,不然他就会乱找女人。"

王龙连忙采纳了她的意见。他觉得家中如此动乱不安,这样的日子实在难以忍受下去,他说:"这是个好主意。"

他吩咐杜鹃去问他的堂弟喜欢哪个丫头,因为堂弟已把所有的丫头都看过了。

杜鹃去了,回来说:"他说,他想要睡在夫人床边的那个脸色白白的丫头。"

那丫头叫梨花,是王龙在荒年时买来的。那时她身材矮小,饿得半死,惹人可怜。因为她身体瘦弱,人们才宠爱她,让她做杜鹃的帮手,只给荷花干点零碎活,如点烟倒茶等等。正因为这样,王龙的堂弟才看见过她。

杜鹃在后院他们坐的地方已将事情说出，梨花听了之后，在给荷花斟茶的时候便失声哭了出来。梨花手中的茶壶掉在砖地上，摔成了碎片，茶都溅了出来。这丫头并没有意识到她做错了事，只是一下子跪倒在荷花面前，在砖地上叩起响头来，痛苦地说："夫人，我不去——不要让我去——我怕死他——"

荷花很不满意，生气地说："他只是个男人，男人都一样，丫头有什么好挑的？这有什么好啰唆的？"她转过身对杜鹃说："把这丫头给他送去。"

这小姑娘凄惨地把两手合在一起哭了起来，就像要哭死和吓死一样。她细小的身躯吓得剧烈地抽动着，她看看这个人的脸又看看那个人的脸，哭着，恳求着。

王龙的儿子们不敢在父亲的小老婆面前表示意见。他们不敢，儿媳们也就不敢。王龙的小儿子也不敢。他站着，瞪着眼看着荷花，他的拳头紧攥着放在胸前，两条眉毛紧锁着，又黑又浓，不过他没有开口。孩子们和那些丫头，也只是看着，一声不吭，只有那小姑娘害怕的、惊恐的啼哭声。

但是王龙被搅得心烦意乱。他疑惑地看着那个小姑娘，虽不敢惹荷花生气，心里却有所动，因为他的心肠始终是软的。那小姑娘看出了他脸上的表情，跑过去，双手抱住他的腿，头抵住他的双脚，呜呜地哭起来。他低下头看她，看到那两个肩膀是那么瘦小，抽动得那么剧烈。他脑子里浮现出他堂弟那五大三粗、充满野性的躯体，他早已不年轻了，心里对此产生了一种难言的厌恶。他温和地对杜鹃说："逼迫这样一个小姑娘是有罪过的。"

他说这话时，声音十分柔和，但荷花尖厉地叫起来："叫她干啥她就该干啥。叫我说,为这点小事哭哭啼啼太不值得。女人早早晚晚要走这条路。"

王龙的心是宽容的,他对荷花说:"咱们先看看有没有别的办法。如果你愿意,我可以为你再买个丫头或别的什么。让我想想怎么办。"

荷花早就想要一只外国造的钟表和一枚新的宝石戒指,听到这话突然不作声了。王龙对杜鹃说:"去告诉我堂弟,他要的那个姑娘得了恶性的不治之症。如果他还要她,那也好,她一定会去的。如果他和我们一样感到害怕,那就告诉他,我们还有身体健壮的丫头。"

他的眼睛向站在周围的丫头们身上扫了一遍。她们转过脸去,哧哧地笑着,装出害臊的样子。只有一个粗手大脚的乡下丫头没有这样,她差不多已经二十岁了,她红着脸笑着说:"嗯,这样的事情我已经听过不少了。如果他要我,我愿意去,他并不像其他有些人那样吓人。"

王龙宽慰地答道:"好,那就去吧!"

杜鹃接着说:"跟我来吧!我知道,他会拣最近的果子摘。"她们便走了出去。

那小丫头还紧紧地抱住王龙的脚不放,只是停止了哭泣,趴在那里静听发生的事情。荷花还在生她的气,她站起身,没说一句话便进房去了。王龙轻轻地把那丫头扶起来。她站在他面前,低着头,脸色苍白。他看见,她有一张红润的鹅蛋脸,特别娇嫩白净,还有一张粉红色的小嘴。他温柔地说:"孩子,这一两天不要伺候你的夫人了,等她气消了再说。那个男人再来的话,你就藏起来,免得他再打你的主意。"

她抬起双眼深深地看着王龙,接着像影子一样溜走了。

那位堂亲在家里住了一个半月,高兴时便和那个丫头住在一起。他使她怀了孕,在院子里吹嘘这些事情。接着,上面突然下了战斗的命令,那群人好比木屑草料让一阵风刮走了,留下的只有他们造成的脏乱和破坏。那位堂亲把他的军刀插在腰间,肩上背着枪站在他们面前,嘲弄地说:"好啦,即使我回不来,我也留下了后代,给我娘留下了孙子。并不是人人都可以在一个地方停留一两个月就留下个儿子的。这是当兵生活的好处——他的种子在他走后生长起来,别人一定会加以照料。"

说完,他冲着他们笑笑,便跟别人一起上路了。

三十二

军队开拔以后,王龙和他的两个儿子这一次取得了完全一致的意见,他们决定铲除掉军队住过的一切痕迹。他们找来了木匠、泥瓦匠。男仆打扫庭院,木匠灵巧地修复被毁坏的雕花桌子。污泥被清除之后,水池里换上了干净的清水。大儿子又买来了金鱼,再次栽种花草树木,剪掉树上的断枝。只一年的工夫,这个地方焕然一新,花草茸茸。每个儿子搬进了各自的院子,整个王家又一次显得秩序井然。

王龙吩咐那个和他堂弟怀了孕的丫鬟去侍候他的婶母,帮她寿终,反正,她活不了多长时间了。她死之后,王龙也要为她装棺入殓。王龙高兴的是这个丫鬟生了个女孩,如果生的是男孩,她就会觉得了不起,会要求在家里得到一定的地位。既然孩子是女的,这就不过是丫鬟生丫鬟,地位比先前高不了多少。

不过,王龙对她和对其他人都同样公正。他对她说,老太婆死后,只要她愿意,她可以占用老太婆的房间,还可以睡那张床。这一房一床对王龙这样有六十间房子的大户人家来说算不了什么。王龙给了这丫鬟一点银钱,她非常满意,只有一个要求。王龙给她钱的时候,她把这要求提了出来。

"东家,这钱给我留着做嫁妆吧。"她说,"不麻烦的话,把我嫁给一个农民或者好心的穷人。这也是你的恩德。跟一个男人住过之后,我觉得很难再一个人睡。"

王龙应诺了。他应诺的时候,心里泛起了一个想法:他现在答应把一个丫鬟嫁给一个穷人,曾经自己也是一个穷人,为了他的女人来过眼前的这些院子。虽然他下半辈子没怎么想过阿兰,但现在想起来,他感到悲伤,感到回忆早已逝去的东西的那种悲伤,他现在离她多么远啊。他沉重地说:"那个老烟鬼死了之后,我一定给你找个男的。不会太久了。"

王龙说到做到。一天早上,那个丫鬟跑来对他说:"东家,现在你要兑现答应过的事了。老太婆一清早死了,醒不过来了。我已经把她放进她的棺材里了。"

王龙在他所知道的他的土地上的那些人中思索着。他记起了那个曾经害老秦死去的哭哭啼啼的孩子,牙齿露在下嘴唇外面的那个。他说:"他当时不是有意的,人并不坏,我现在能想到的就是他。"

他派人把那个孩子找了来。他现在已经长成一个大人了,仍然很笨,牙齿还和从前一样。王龙很高兴地坐在大厅里的雕花椅子上,把两个人叫到他面前。为了充分体验那一奇妙时刻的况味,他慢慢地说道:"小伙子,这个女人,如果你愿意娶她,她就是你的人了。除了我叔叔的儿子以外,没有任何人碰过她的身子。"

那人十分感激地要了她,她的身材高大,脾气又好,他也穷得只能娶这样的女人。

随后,王龙离开了那把巨大的雕花椅子。他觉得,他现在的生活已很圆满,他这一辈子已经做了他曾经想做的一切,所得到的比他所梦想的更多。他自己也不知道这一切是怎样发生的,只是觉得,现在他可以得到平静了,可以在太阳底下睡觉了。他已接近六十五岁,孙子们像翠竹一般长在他的周围。他的大儿子有三个儿子,最大的一个差不多有十岁了,二儿子也已经有了两个儿子。三儿子也很快会在哪一天结婚的,等这件事办完,他就再没有心事了,可以享清福了。

但是,生活一点也不平静。那些大兵来的时候就像一窝野蜂,开拔之后,也像野蜂一样到处都留下了毒刺。大儿媳妇和二儿媳妇原本互敬互让,可是当她们搬到一个大院住的时候,却像有着深仇大恨似的互相敌对起来。起因都是些数不清的小事。她们的孩子在一起生活,一起玩耍,总是狗撕猫咬般地打闹。做母亲的都跑去护着自己的孩子,猛捆别人家的孩子,因为吵起架来自己的孩子总是有理。这两个女人从此成了冤家。

那天,王龙的堂弟曾当面评论城里的媳妇,嘲笑农村的媳妇,这事虽然已经过去,但她们都没有忘记。大儿媳妇从二儿媳妇面前走过时总傲慢地仰着头。一天,她经过弟媳面前时,大声地对丈夫说:"家里养着一个又粗野又缺乏教养的女人实在让人受不了。那个男人把她叫作红通通的肥肉,她还冲着人家笑。"

二儿媳妇没有等到她把话说完便大声顶了回去:"我嫂子嫉妒了吧!人家说她是一片冻鱼呢!"

这两个冤家怒目相视，怀恨在心。然而，大儿媳妇觉得自己正确，总是用无言的蔑视应战，故意对二儿媳妇视而不见，孩子们走出自己的院子时，她便喊叫起来："不要跟没有教养的孩子玩！"

她是冲着她的弟媳妇这样喊的，她弟媳妇就站在隔壁院子里看得见的地方。二儿媳妇也对着自己的孩子喊了起来："不要跟蛇一块儿玩，小心他们咬你一口！"

这两个女人的积怨越来越深。更糟的是，弟兄之间也不和睦。老大总是害怕，由于自己的出身，他那在城里长大、门第比他高的老婆会瞧不起他，而老二担心大哥总想大手大脚花钱，在分家之前便会将遗产花个精光。此外，让大儿子感到羞耻的是，老二知道父亲进账的底细，也知道花掉了多少，因为钱是他经手的。虽然王龙接收并分配所有的地租，但只有老二知道收了多少钱，而他这个当大哥的却一无所知，像小孩子那样向他父亲要这要那。因此，当这两个儿媳妇吵起架后，她们的仇恨立刻蔓延到男人身上，院子里便充满了火药味。王龙痛心地叹息着，他的家庭又失去了平静。

自从那天王龙没有让他叔叔的儿子把那个丫头从荷花手里弄走后，王龙和荷花之间便产生了别人看不出来的裂痕。从那时起，女孩子和荷花之间也产生了隔阂，尽管她还是默默地、顺从地伺候着荷花，天天在荷花的身边，替荷花点烟，替她取这取那。夜里荷花睡不着，她便替她按摩腿和身子。即使这样，荷花仍不满意。

她对那女孩产生了一种嫉妒心。王龙来时,她把那女孩支开,骂王龙用眼死盯着那女孩。王龙却一直把那女孩当作一个被吓坏了的可怜孩子,他对她就像对自己可怜的傻女儿一样,除此之外,毫无别的意思。但是,当荷花骂他鬼迷心窍,看中了那女孩时,他才发现她果然非常漂亮,白嫩得真像一朵梨花。他望着她,最近十多年来在他枯老的身躯中缓慢地流动着的血液又开始奔涌起来。

他一面笑着对荷花说:"怎么——我一年进不了你房三次,你还认为我是个色鬼吗?"一面又斜着眼看那女孩子,心里躁动不安。

荷花别的不懂,却很明白男女之间的那些事。她知道,男人们老了的时候,还会有短期的春心萌动。因此,她对那女孩非常恼火,扬言要把她卖到茶馆去。但荷花心里对梨花善于服侍人这点又很喜欢,杜鹃已越来越老,越来越懒,而她却非常伶俐。她听从荷花的使唤,荷花自己还不知道需要什么的时候,她常常已经想到了。因此,荷花不愿跟她分手,又必须让她离开自己。在这种不平常的冲突中,荷花由于心境不佳,肝火越来越大,别人难以和她相处。王龙有很长一段时间没到她的院子里去,她的脾气太坏,他忍受不了。他对自己说,再等一下吧,这种状况也许会过去的,但与此同时,他却想见到那个漂亮的、脸色白净的姑娘,王龙自己都不相信,他居然那么想她。

仿佛王龙受家里那些无事生非的女人的麻烦还没有受够似的,他小儿子又插了进来。他原是个非常沉静的孩子,一直忙于他迟误了的学生生活,没有人对他多加注意,只知道他又瘦又

289

高,经常在胳膊下面夹着书本,那位年迈的老师像一条狗一样跟在他后面。

那些兵在的时候,这孩子曾生活在他们中间。他听他们谈论打仗、抢劫和战斗。他听得着了迷,一句话都不讲。那以后,他向他的老师要了几本小说——讲古代战争故事的《三国演义》和讲强盗故事的《水浒传》。他的脑袋里充满了幻想。

现在,他走到他父亲的跟前说:"我知道我想干什么了。我要当兵,要去打仗。"

王龙听到这话时,感到非常沮丧,他认为这是可能发生在他身上的最坏的事情。他大声地叫道:"你这是发什么疯啊?难道我的儿子们永远不会让我安宁?"他和孩子争论起来。当他看到孩子的黑眉毛拧成一条线时,他尽量说得温和而慈爱:"孩子,自古以来人们说,好铁不打钉,好男不当兵。你是我的小儿子,是我最好最小的儿子,要是你在战争中东奔西走、到处流浪,我夜里怎么能睡得着觉呢?"

但是,这孩子决心已定。他看看他的父亲,垂下他浓黑的眉毛,只是说:"我一定要去。"

然后,王龙哄骗似的说:"你可以到你喜欢的任何学校去读书。我可以送你到南方的大学堂里,甚至到外国人开的学校里去学那些新鲜的事情,只要你不去当兵。像我这样一个人,有钱有地,却让儿子去当兵,这实在是一种耻辱。"见那孩子一句话也不说,他又劝说道:"告诉你爹,你为什么要去当兵?"

那孩子的眼睛在睫毛下闪闪发光,他突然说:"就要发生一场我们从没听说过的战争了——就要爆发一场前所未有的革命了,我们的国家要自由了!"

王龙听了这番话惊愕万分,他三个儿子说的话还从来没有如此使他惊愕过。

"我不知道你在胡说些什么,"他不解地说,"我们的国家已经自由了——所有我们的好地都是自由的。我愿意租给谁就租给谁,它给我带来银钱和上好的粮。你吃的和穿的都靠这土地。我不知道你还要什么自由。"

那孩子只是痛苦地喃喃说道:"你不明白……你太老了……你什么都不懂。"

王龙望着他的儿子,心里感到纳闷。他看到这孩子愁眉苦脸的样子,暗自思忖起来。

"我给了这孩子一切,甚至他的生命。他从我这里得到了一切。我甚至同意他不在地里务农,弄得现在没有一个儿子会在我身后照管土地。我让他上学、读书,虽然家里已经有两个上过学的了,用不着再让他也去。"他沉思着,仍然望着他那儿子,又自言自语地说,"我已经满足了他的一切要求。"

他又仔细地看着他的儿子,虽然还很年轻,但他已经像个大人一样高大了。王龙在这个孩子身上看不到青春萌动的迹象,但他还是有点怀疑,于是低声咕哝道:"嗯,也许还有另外一种需要!"于是他慢慢地大声说:"孩子,我们很快会给你娶亲的。"

那孩子从他浓重的眉毛下面,向他父亲投出了怨恨的一瞥。他用一种轻蔑的语气说道:"那我真的要跑了。对我来说,可不是什么事都能靠女人解决的,只有我哥哥才那样!"

王龙立刻明白自己错了,赶紧解释说:"不——不——我们不是要给你娶亲——我的意思是，如果你想要一个丫头……"

但那孩子两手抱在胸前，带着骄傲和庄严的神色答道："我不是一个普通的青年，我有我的理想。我要的是荣誉，而女人到处都有。"他似乎记起了什么他忘记的事情，突然失去了庄严的神情，两手垂下来，用平常的声音说："再说，没有比我们家的那些丫头更难看的了。如果我喜欢的话——但我不喜欢——是的，除了后院那个长得白白净净的小女孩，院子里没有一个好看的。"

王龙知道，他说的是梨花，一种奇怪的嫉妒揪着他的心。他突然感到，自己已经衰老了——一个上了年纪的人，大腹便便，头发渐白，而儿子却那样修长、年轻。在这种时刻，这两个人似乎不是父与子，而只是一个年迈的和另一个年轻的两个男人。王龙生气地说："不准动那些丫头——我家不准有少爷的坏作风。我们是老老实实的庄稼人，清白端正，家里不许发生这种事！"

那孩子睁大了眼睛，皱起浓黑的眉毛，耸了耸肩膀，对他父亲说："是你先提出来的！"说完他转身走了出去。

王龙一个人坐在他屋里的桌子旁边，觉得疲倦而孤独。他喃喃地对自己说："我家到处不得安宁。"

惹他生气的事实在太多。虽然他说不上是什么原因，但这件事最使他生气。他的儿子已经看上了那个脸色白净的姑娘，并且产生了好感。

三十三

对小儿子谈到梨花的那些话，王龙翻来覆去地想着。梨花进进出出的时候，王龙不断地拿眼看她。不知不觉，她占据了他的脑海，他爱上了她。但是他对谁都没有说。

那年初夏的一个晚上，空气凝重、温热，充溢着芳馨。王龙独个儿坐在院子里一株鲜花盛开的月桂树下乘凉，闻着桂花散发的浓郁扑鼻的香气。他坐在那里，浑身的血液像年轻人的一样奔涌起来。一天下来，他一直有着这种感觉。他想到他的土地里去，去感觉一下脚下那松软的土壤，还想脱掉鞋和袜子，光着脚在地里走。

他真会到地里去的，但是，他怕别人看到。在城里，人家不把他看成农民，而看成地主、有钱人。因此，他在院子里不安地走来走去。他和荷花住的院子已完全隔离开来。荷花会坐在树荫底下吸她的水烟，而她对一个男人会在什么时候心神不定知道得很清楚。她目光锐利，能看出毛病出在什么地方。于是王龙一个人走来走去，他无心去见那两个争吵不休的儿媳妇，甚至不想去见给他带来欢乐的小孙子。

这一天过得又长又寂寞,他浑身的血液像沸腾了似的在皮肤下面流动着。他怎么也忘不掉他那小儿子,看来高大挺直,两条浓黑的眉毛拧在一起,虽然年轻但显得庄重。他也忘不了那个小姑娘,他对自己说:"我看他们都到岁数了——儿子已经十八岁了,姑娘还不到十八岁。"

他想到,过不了几年,他就要七十岁了。他对自己身上那股躁动不安的热血感到羞愧。他想:"把那姑娘许给儿子或许是件好事。"他心里一遍遍重复着这句话。他每次自言自语的时候,这件事就像在他身上的痛处戳了一刀。他不得不戳这一刀,也不得不忍受那疼痛。

这一天对他来说是那么漫长,那么寂寞难忍。

夜晚降临的时候,他还是一个人孤零零地坐在院子里,整个家里找不到一个可以像朋友一样推心置腹的人。夜晚的空气又闷又潮,弥漫着花香。

他在黑暗里坐在树下的时候,有人从门口经过。他坐得离门口很近,那棵桂树也在门口处,他很快地看了一眼,那正是梨花。

"梨花!"他叫了一声,声音很低。

她猛地停住脚步,低着头听着。

接着,他又叫了一声,那声音像是从嗓子眼里冒出来的一样:"你过来!"

听到这话,她胆怯地进了大门,站在他的面前。在黑暗里,他几乎看不见她站在那儿,但他感觉到了,于是伸过手去,抓住了她小小的上衣，艰难地说："孩子！——"

说到这里他停住了话头。他暗自想，自己是一个老头了，自己的孙子孙女都和这女孩子差不多大了，那将是不光彩的事情。他只是用手摆弄着她小小的上衣。

她等着他说下去，她感觉到了他身体中的血气。像一朵花从花梗上垂下一样，她一下子趴在地上，抱住了他的脚。他慢慢地说："孩子……我老啦……年纪很大了……"

在黑暗里，她说话的声音像是桂花树的呼吸声。她说道："我喜欢老人，喜欢老人……老人心肠好……"

他弯身靠近了她一点，温柔地说："像你这样的小姑娘应该嫁一个高高大大、腰杆笔挺的青年人——像你这样的小姑娘。"他心里想说的是"像我儿子"，但是他不能够大声说出来，生怕姑娘真的会产生那个念头，而这是他不能忍受的。

但是，她说："青年人心肠不好——他们只会凶。"

他听着她那孩子气的颤抖的声音，心里充满怜爱。他用双手把她轻轻地扶了起来，领她进了自己的院子。

事情过后，晚年时的情欲比以往任何时候更使王龙感到惊奇。他对梨花的爱，并不像从前对他所结识的其他女人那样，他没有直接扑在她身上。

他没有扑上去，而是轻柔地搂住她。她年轻的身躯贴着他臃肿粗糙的肉体，使他感到满足。白天，只要看上她一眼，他便感到满意。夜晚，他用手轻轻地触摸着她的衣角，她的身体安静地轻轻靠着他。

梨花是一个情欲未谙的姑娘，她依偎着他，像女儿依偎着父亲。在王龙看来，梨花既不是个孩子，也不是一个成熟的女人。

王龙干的这件事并没有很快透露出去，他一点也没有走漏风声。他是一家之主，为什么要把事情告诉别人呢？

但是杜鹃眼尖，首先有了察觉。她看见梨花早上从王龙的院子里溜出来，便拦住了那姑娘，哈哈笑着，老鹰一般的眼睛闪着亮光。

"好啊！"她说，"老爷子又来劲啦？"

王龙在屋里听见杜鹃说话的声音，很快扣上长衫，走了出来。他又是害臊又是自豪地说："是这么回事！我说，她最好去找一个年轻小伙子，可是她看中了我这老头。"

"最好去跟姨太太讲一声！"杜鹃说，眼睛里透着恶意。

"我自己也搞不清这是怎么一回事，"王龙慢慢地回答道，"我也不想在我的院子里增加其他女人了。可是事情就这么自然发生了。"接着，杜鹃说："那好吧，这事必须告诉姨太太。"王龙最害怕荷花生气，央求杜鹃说："如果你一定要告诉她，那就随你的便吧。如果你能使她不冲着我发火，我就给你一些银钱。"

杜鹃仍然哈哈笑着，笑得脑袋直晃动，但她同意了。王龙回到了自己的院子，等了一会儿，杜鹃回来跟他说："喂，这事讲过了。姨太太非常生气，我提醒她你早就答应给她买外国时钟的事后，她的气才消。她要玉石手镯一对，每只手上戴一只。她想起别的东西还会向你要。她还要一个丫头代替梨花，不准梨花靠近她。你也不准马上去见荷花，她看见你会恶心。"

王龙急切地一一答应了。他说："她要什么就给她什么，我不心疼。"

他也很高兴不必很快去见荷花，等荷花那些要求得到满足，不再对他生气了的时候再说。

剩下的就是他的三个儿子。在他们面前，王龙对自己的所作所为感到羞愧。他对自己一次又一次地说："我是一家之主，难道不能收个用自己的钱买回来的丫头吗？"

他既感到羞愧，也有点自豪，就像一个在别人眼里是祖父辈了的人，仍觉得自己人老心不老。他等着儿子们来到他的院子里。

他们是分头来的。二儿子先到。到了之后，他便谈起了土地，谈到了收成，谈到了夏天的旱灾，说今年的收成减了三成。实际上，这些日子王龙根本不考虑阴雨干旱，即使今年歉收，他还有去年存下的银钱。他仗恃着家里存满了银钱，粮行也欠了他的账，而且他还有钱放高利贷，二儿子会替他收的，因此，他不再关心田地上空的天气了。

二儿子还是照样谈着。他说话的时候，用眼睛偷偷瞧着屋子的周围。王龙心里明白，他是在寻找那位丫头，想看看他听到的是不是真的。于是，他把藏在卧室里的梨花叫了出来，他喊道："孩子，给我端茶来，给我儿子泡茶！"

她走了出来，细嫩洁白的脸蛋像新鲜的樱桃那么好看。她低着头，两只小脚轻轻地挪动着。王龙的二儿子目不转睛地看着她，似乎是直到现在他才相信他听说的事情。

他什么话也没有说，只是谈地里的事，这个雇工在年终要辞退啦，或者那个雇工光抽大烟，根本不去收割庄稼啦。王龙问二儿子有关孙子们的情况，二儿子答道："孙子们得了百日咳，但问题不大,因为天已经转暖了。"

就这样,父子俩一问一答,喝着茶。二儿子在房间里看了个一清二楚,然后转身走了。王龙对老二也放了心。

就在同一天,刚过了中午,大儿子来了。他身材高大,风流潇洒,由于老练成熟而自视清高。王龙最怕他那种高傲劲。他开始时并没有把梨花叫出来,只是等待着,抽着他的烟袋。大儿子一本正经地坐在那里,十分得体地询问王龙的健康状况和生活状况。王龙迅速而稳重地回答说,他身体很好。当他用眼睛看着他的儿子时,一切恐惧都烟消云散了。

他看清了他的大儿子是什么样的人:他身材虽然魁伟,但害怕从城里娶的老婆,羞愧于自己的出身不像她那么高贵。王龙身上自己以前都未察觉到的那像大地一般的粗犷性格,已经在他身上增长壮大。就像从前一样,王龙根本没把大儿子放在眼里,也没把他那漂亮的外表放在眼里,于是他突然很随便地喊道:"喂,孩子,再替我的另一个儿子泡茶!"

梨花这一次出来的时候,脸上冷冰冰的,很镇静。她那椭圆形的脸蛋像她的名字梨花一样雪白。她进来的时候,眼睛下垂着,动作呆板,她做完了她该做的事情之后,很快走了出去。

梨花倒茶的时候,父子俩坐着一声不吭,梨花走了之后,两人才端起茶碗。王龙直瞪瞪地瞧着他儿子的眼睛,看到了一种艳羡的眼神,这是一个男人对另一个男人暗暗羡慕时才有的眼神。接着,他们将茶一饮而尽,大儿子才用一种深厚、刺耳的声音说:"我不相信这事是真的。"

"为什么不相信呢?"王龙不动声色地说道,"这是我自己的家。"

儿子叹了一口气,停了一会儿,回答说:"你有钱,爱干什么就干什么。"他又叹了一口气说:"我看一个男人要一个老婆是不够的。总有一天——"

他突然停住了话头,情不自禁地微露出一个男人对另一个男人嫉妒的神情。王龙看到这种神情,心里暗暗发笑。他清楚大儿子沉湎于声色的特点。大儿子那位漂亮的城里老婆不能永远拴住他的心,有一天,野性会重新在他身上发作的。

王龙的大儿子没有再说一句话便走掉了,他的脑海里萦绕着一个崭新的念头。王龙坐着,抽着他那杆烟袋。他很为自己骄傲,在他风烛残年的时候,还能那样随心所欲。

小儿子进来的时候,已经是晚上了。他也是一个人来的。王龙坐在客厅里,桌子上点了几支红蜡烛,他坐在那里抽烟。梨花静静地坐在桌子的另一边,她的两手交叉着放在两腿中间,不时地看看王龙,目光像孩子的那样充满深情,且毫无挑逗之心。王龙看着她,很为自己干过的事感到得意。

突然,他的小儿子站到了他的面前,就像从黑洞洞的院子里蹦出来的一样,谁都没有看见他进来。他用一种奇特的低首屈背的姿势站在那里。王龙来不及思索,刹那间想起,他有一次曾见过村里有人从深山里抓了一头小虎回来,那虎被捆绑着,蹲在地下,就像要猛扑过来,它的眼里闪着凶光。现在,他儿子的眼里也闪着凶光,盯着父亲的脸。小儿子那副又黑又浓的眉毛,在他的眼睛上面紧紧拧着。他就那样站着,终于用低沉的声音说:"我要去当兵……我要去当兵……"

299

他没有看那丫头,却只是看着他的父亲。王龙一点也不怕他的大儿子和二儿子,可是现在他突然害怕起小儿子来。小儿子出生之后,他一点也没有把他放在心上。

王龙咕咕哝哝地想开口说话,但他把烟袋从嘴里拿出来之后,却连一句话也说不出来。他目不转睛地看着儿子。他儿子一遍又一遍地重复着:"我要去……我要去……"

他突然转过身去,看了那丫头一眼。她哆嗦着,看了看他,接着她用两只手遮住了脸。年轻人从她身上移开眼睛,一步踏出门,走了。王龙朝门外空旷的暗处望去,那是一片漆黑的夏天的夜晚。儿子走了,留下的是一片寂静。

最后,他转向那丫头,开始谦卑而温柔地说话,他的声音里充满着伤感,所有的自豪都荡然无存了:"对你来说,我太老了,我的心肝。我很清楚自己已太老了,实在太老了。"

那丫头将两手从脸上放下来,哭了,她哭得比从前任何时候都更揪人心肺:"青年人太凶了——我最喜欢老年人!"

第二天早上,王龙的小儿子不见了。没有人知道他去了哪里。

三十四

王龙对梨花的情欲，就像秋冬之交出现的那种温热的天气。短暂的热度冷却之后，情欲也消失了。他还喜欢她，但激情已经没有了。

他身上的欲火熄灭之后，因为年龄的关系，他突然变得冷漠起来，有点老态龙钟了。然而，他还是喜欢她，只要她在他的院子里，并且忠心耿耿地以超出她年龄的耐性来侍奉他，他心里便感到莫大的安慰。他总是从心底里疼爱着她，渐渐地，这种疼爱变成了父亲对女儿一样的疼爱。

为了王龙，她甚至对王龙的傻女儿也十分疼爱，这对他又是一种安慰。因此，有一天他把埋在心底里的话掏给了她。王龙曾多次想到他死后，他那傻女儿会怎么样，除了他，再没人关心她的死活和温饱。于是他从药店里买了一小包白色的毒药，准备在知道自己快死的时候，让傻女儿吃下那毒药。想到这里他比想到自己的死还可怕。现在，他看到梨花那么尽心，他心里便踏实了许多。

一天，他把她叫到自己跟前，说："我死后，除了你，再没有别的人可以照管我的傻女儿了。我死后，她还要活好久好久。你看她无忧无虑，一点烦恼也没有，她也不会想个办法使自己早死。我很清楚，我死后，没有人会不怕麻烦地给她喂饭，在雨天和寒冷的冬天里把她领到屋里来，在夏天领她去晒太阳。她可能会到街上去流浪——这个可怜的女儿只有她妈和我照顾着她。这个纸包可以永保她太平。我死后，你把纸包里的东西掺在饭里让她吃下。这样，我走到哪里她就会跟我到哪里，我死也瞑目了。"

梨花缩着手，不敢接他手里拿的那个纸包。她轻轻地说："我连一条虫都不敢杀死，怎么敢谋害一条人命呢？老爷，我不能那样做。我来照顾她吧，你对我那么好——我这辈子，你比谁都心疼我，你是唯一的好人。"

她的一番话使王龙差点哭了出来，从来还没有人像她那样要报答他的恩情。他的心和这个丫头更近了，他说："可是，你还是拿着吧，孩子。我谁也不相信，只相信你，但是总有一天你也会死的——我不该说这些话——你死后，就再没有人来照顾她了——我知道，我的那些儿媳妇忙着照管她们的孩子，忙着吵架。我的儿子是男人，男人是不会想到那些事情的。"

梨花明白了他的意思之后，便接过了纸包，再没有说什么。王龙相信她，也不再为傻女儿的命运担心了。

王龙越来越老了。他的院子里除了梨花和傻女儿，就是他孤零零一人。有时他的精神稍微振作些，他便望着梨花，难过地说："孩子，你生活得太孤单了。"

但她总是温柔地感激道："这里的生活很安静，也很安全。"

有时，他还会再重复一遍："对你来说我太老了，我身上的火已经成了灰。"

但她还是感激不尽地说："你待我太好了，我什么男人都不想找。"

一次，当她又说这话的时候，王龙感到迷惑不解，他问道："你年纪这么轻，是什么东西使你如此害怕男人呢？"

他望着她等她回答，发现她眼里流露出恐惧的神情。她用两手遮住眼，声音极低地说："除了你，我恨一切男人——我恨每一个男人，包括我父亲，是他把我卖了。我所知道的男人都是干坏事的，我恨透了男人。"

他惊讶地说："应该说，在我的家里，你生活得很安静很舒适呀。"

"我心里恨，"她说着，把头转了过去，"我恨所有的男人，我恨所有年轻的男人。"

她没有把话说下去，而她的话引起了他的沉思。他不知道，荷花是否把她一生的遭遇告诉过梨花，使她害怕起来；或者，杜鹃告诉了她那些见不得人的肮脏事，把她吓坏了；又或者，她发生了什么事而不愿跟别人讲；或者，还有其他的事情。

他叹了一口气，不再追问下去。他现在最需要的是安静，他只希望在自己的院子里，同这两个女孩子生活在一起。

王龙坐着坐着，他一天天、一年年地老了下去。他像他父亲从前那样，在太阳底下睡睡醒醒。他心里思忖，他这辈子就要完

303

了,而对这辈子他是满足的。

他难得到其他院子里去,但有时也去走走,见荷花的次数更少。每当见了她,荷花只字不提那个丫头的事情,热情地跟王龙打招呼。荷花也老了,她有她喜欢的佳肴美酒,什么时候要钱就有钱,也心满意足。这些年来,她和杜鹃平起平坐,像是一对朋友,不再是姨太太和仆人了。她俩谈这谈那,更多的是回顾过去她们和男人们相处的那些日子。她们叽叽喳喳谈那些不便大声讲的事情,她们吃、喝、睡,一觉醒来,又开始聊,聊了再吃。

王龙去他儿子院子的次数虽然很少,但他们对他都很有礼貌,争着给他倒茶。他总是喜欢看看新生的小孩。他现在容易忘事,所以他几次三番地问:"我现在有多少孙子孙女了?"

他们总是马上回答他:"各房合起来,有十一个孙子,八个孙女。"

他咯咯地笑着说:"每年添两个,我要知道个总数,是不是?"

这时,他常常坐一会儿,望着聚在他周围的孩子们。他的孙子们现在都成了高高的男孩子,他望着他们,看看他们究竟像谁。他对自己说:"那个看上去像他的曾祖父,这个是小刘老板。这个跟我小时候一模一样。"

他问他们:"你们上学吗?"

"上学,爷爷。"他们一起回答。

他又问:"学不学'四书'?"

他们哈哈大笑,对这样一个老古董表现出明显的轻蔑,他们说:"不,爷爷。革命以后,没有人再念'四书'了。"

他沉思着回答道:"啊,我听说有一次革命。可是我这辈子太忙,没工夫去注意,地里的事没完没了。"

孩子们听了这话又笑了起来,于是王龙便站起身来,觉得自己毕竟只是儿子们院里的一个客人。

有好长一段时间,他没有去看儿子们,有时他会问杜鹃:"我的两个儿媳妇,这些年来相处得好吧?"

杜鹃向地上吐了一口唾沫,说道:"她们俩?相处得好?她们像两只猫,你瞪着我,我瞪着你。大媳妇唠唠叨叨,你大儿子对她厌烦透了——她太正经,老是说她在她父亲家里时怎样怎样,叫男人讨厌。听说你儿子要另娶了,他经常到茶馆去。"

"啊?"王龙叫了起来。

但是当他想对此事慎重思考一下的时候,他对这个问题的兴趣突然消失了。他蓦然间想起要喝热茶,他感觉到那早春的风正冷冷地吹着他的双肩。

又有一次,他问杜鹃:"有谁听到过我小儿子的消息吗?谁知道这么长的一段时间里,他到哪里去了?"

在这个院子里,杜鹃没有不知道的事情,她回答说:"嗯,他一直没写过信。但是常有人从南方来,传闻说他已经当了军官,在一个什么革命当中很了不起。不过什么叫革命,我不知道——也许是做什么生意吧!"

"啊?"王龙又喊了一声。

他本想把这件事思考一番,但天色晚了,太阳落山,起了冷风,他的骨头疼了起来。他心思不定,无法集中思考一件事情。他衰老的身体现在最需要的莫过于食物和热茶。夜里他的身体发冷时,梨花就躺到他身边,她身子暖暖的,散发着青春的气息。

床上有梨花的温热，像他这么大年龄的人就感到非常舒服了。

春天年年到来，然而，随着岁月的流逝，他对春天的感觉越来越迟钝。但是，有一样东西还留在他的身上，就是他对土地的热爱。他已经离开了土地，他在城里安了家，成了富人，然而他的根还扎在他的土地上。尽管现在他一连几个月想不起他的土地了，但是每年春天到来的时候，他都一定要到地里去看看。他现在既不能扶犁，又不能干其他活计，只能看着别人在地里扶犁耕田，但他仍然坚持要去。有时候，他带上一个仆人和他的床，再次回到他的旧土屋里去睡。他曾在那里养大他的孩子，阿兰也死在那里。天亮醒来之后，他走到外边，伸出颤抖着的双手，采一些含苞的柳絮，从树上折一束桃花，整天把它们攥在手里。

在临近夏季的晚春中的一天，他在田间走了一段路，来到小山上他埋葬家人的那块围起来的土丘上。他拄着拐杖，颤巍巍地站在那里。他看看那些坟头，想起一个个死去的人。他觉得在自己的脑海中，这些人比住在自己家里的儿子们显得更清晰，比家里除了他的傻女儿和梨花外的任何人都更清晰。他的思绪回到了多年以前，他清楚地看到了过去的一切，甚至看到了小时候的二女儿，虽然他记不起已有多久没听到她的消息了。他看到她还是个漂亮的小姑娘，跟她在家里没出嫁时一模一样，薄薄的、红红的嘴唇，像一小片丝绸。他觉得她跟坟墓里躺着的人一样清晰可见。他沉思着，突然想道："下一个就该我了。"

他走进坟墙里面，仔细地察看他就将被埋在这里的那块地方——在他父亲和他叔叔的下首，在老秦的上首，离阿兰不远。

他使劲地看着他将要躺着的一小方土地,他看到自己被埋在下面,永远回到他自己的土地之中。他喃喃地说:"我一定要准备好棺材。"

他怀着这种痛苦的想法回到了城里,派人把大儿子找来,说道:"有件事我要跟你说。"

"说吧,"儿子答道,"我听着哩。"

王龙要说的时候,突然记不起他想要说的是什么了。泪水充满了他的眼睛,他心里曾非常痛苦地想着那事,现在却想不起来了。他把梨花叫来,问她说:"孩子,我想说什么来着?"

梨花轻轻地答道:"今天你到哪里了?"

"我到地里去了。"王龙答道。他等待着,眼睛盯着她的脸。

她又轻轻地问:"去过哪块田里?"

这时,那件事又突然回到了他的心里。他流着眼泪,呵呵地笑了起来,喊道:"啊,我想起来了。儿啊,我已经在坟地上选好了我的地方。就在我爹和他兄弟的下首,在老秦的上首,紧挨着你母亲。在我死以前,我想看看我的棺材。"

这时他的大儿子尽职尽责地大声说:"可别说那样的话,爹。不过我会照你说的去做的。"

于是他的大儿子买了一口雕镂过的棺材,那是用一根大楠木做成的,用它埋葬人再好不过了。它像铁一样耐久,比人的骨头更耐腐蚀。王龙心里踏实了。

他让人把棺材抬进他的屋里,天天看着它。

然后,他突然又起了新的念头,他说:"喂,我想把棺材抬到城外老房子里去。我要在那里度过我剩下的日子,我要死在

307

那里。"

他们看出他决心那样做时,便照他的意愿做了。他又回到了他土地上那座房子里,那里有他、梨花和他的傻女儿,还有他们所需要的仆人。他又住到了他的土地上,把城里的房子留给了他创立起来的家庭。

春天过去了,接着夏天也很快转入了收获的季节。冬天到来之前,在秋天温暖的阳光下,王龙坐在从前他父亲靠墙坐着的地方。现在,除了吃喝和土地,他再也不想什么新的事情。但是他只想土地本身,不再想地里的收成怎样,也不再想该播什么种子或别的事情。他有时弯下身,从地里抓些土放在手里,手指间仿佛充满了生命。他握着土,感到心满意足。他时而想着土地,时而想着他绝好的棺材。仁慈的土地不慌不忙地等着他,一直等到他应该回到土里的时候。

他的儿子们对他很好,几乎每天都来看他,至少隔一天来一次。他们把合老人胃口的东西给他送来。他最喜欢的却是玉米粉粥,就像他父亲当年那样喝下去。

有时候,如果他的儿子们没有天天来看他,他就有些抱怨,他会对总是在他身边的梨花说:"嘿,他们有什么事这么忙?"

梨花说:"现在他们处在一生中最忙的时候,有许多事情要做。你的大儿子在城里的富人中间当了官,他另娶了女人;你的二儿子自己正在开一个很大的粮行。"王龙会很仔细地听着,但他听不明白究竟是怎么回事。只要他往外看看他的土地,他马上就会忘了所有的这些事。

但他有一段时间头脑非常清楚。这天,他的两个儿子来了。他们彬彬有礼地向他问安之后,便走了出去。他们先在屋子周围转了一圈,然后便走到地里。王龙默默地跟着他们。他们停下来时,他慢慢地走到他们身边,他们没有听到他的脚步声,也没有听到软地上他拐杖的声音。王龙听到他的二儿子用细细的声音说:"我们把这块地卖掉,还有这块,钱,我们平分。你那一份我想用高利贷借过来,现在有铁路直通,我可以把稻米运到沿海一带,而且我……"

但老人只听到"把这块地卖掉",他气极了,不由得声音发颤,话都说不完整。他大声喊道:"哼,没出息的孽种!把地卖掉?"他抽泣着,在他就要倒下去时,他们一把抓住他,把他扶了起来。他开始失声痛哭。

他们安慰他说:"不,不,我们永远不会卖地的……"

"当人们开始卖地时……就是一个家庭的末日……"他断断续续地说,"我们从庄稼地来……一定要回到庄稼地里去……你们守得住土地,你们就能活下去……谁也不能把你们的土地抢走……"

老人的眼泪顺着面颊流下,干了之后,在脸上留下了一道道泪痕。他弯下身抓起一把泥土,握着它,喃喃地说道:"你们要卖地,那就完了。"

他的两个儿子扶着他,一边一个,抓着他的胳膊。他手里紧紧地握着那把温暖松散的泥土。大儿子和二儿子安慰他,一遍又一遍地说:"不要担心,爹,这一点你放心——地绝不卖。"

但是隔着老人的头顶,他们互相看了看,会心地笑了。